吕新作品系列

阮郎归

吕新/著

山西出版传媒集团 北岳文艺出版社
BEIYUE LITERATURE & ART PUBLISHING HOUSE
·太原·

图书在版编目(CIP)数据

阮郎归 / 吕新著. —太原:北岳文艺出版社,2018.1
(吕新作品系列)
ISBN 978-7-5378-5388-0

Ⅰ.①阮… Ⅱ.①吕… Ⅲ.①长篇小说—中国—当代
Ⅳ.①I247.5

中国版本图书馆CIP数据核字(2017)第266690号

书名:阮郎归
著者:吕　新
策　　划:续小强
责任编辑:谢　放
项目统筹:马　峻
装帧设计:张永文
印装监制:巩　璠

出版发行:山西出版传媒集团·北岳文艺出版社
地址:山西省太原市并州南路57号
邮编:030012
电话:0351-5628696(发行部)　0351-5628688(总编室)
传真:0351-5628680
网址:http://www.bywy.com　E-mail:bywycbs@163.com
经销商:新华书店　印刷装订:山西人民印刷有限责任公司

开本:890mm×1240mm　1/32　字数:241千字
印张:10.875　版次:2018年1月第1版　印次:2018年1月山西第1次印刷
书号:ISBN 978-7-5378-5388-0
定价:39.00元

上 卷

第一章

世界就是个舞台，每个人都得上去表演一场，表演完了，就得赶快下来，不管你表演得好坏，都得下来，不能因为你比别人演得好，就一直赖在上面不下来，没有那样的事。也有那些脸皮比城墙还要厚的，死活就是不想下来，可那能由得了他么。

四叔，我没演好。

四叔也没演好。一二三四……有七棵柳树，咱们就在这几棵树下坐一会儿吧。

四叔，你知道现在是几月么?

是九月吧，应该是九月，九月的后半个月。

都已经九月了，没想到太阳还是这么毒。要是在咱们那里，秋风早就起了，天气也一天比一天凉了，地里，山上，也都空了。

有一年夏天，我就是顶着比这还要毒的日头去通知人们开会，嗓子喊破了，还敲烂了一个锣。全村就那么一个锣，让我一不小心敲烂了，不写检查是说不过去的。我写了，我是从两个方面入手的，第一，我为什么会把锣敲烂？我当时认为主要是由于我的心情太迫切，太急躁，用力过猛造成的。不能说锣的质量不好，绝对不能那么说，因为锣的质量还是很好的，既然锣没问题，那就是敲锣的人的问题了，对不对？第二，把锣敲烂了，会给广大人民群众的生活带来什么样的危害和影响？我认为危害是很大的，影响也是很坏的，一个没有锣的村庄，就像是永远都处于无边无际的黑暗中，永远都在呼呼地睡着，永远都醒不过来。这时候要是突然来了灾害，来了敌情，人民群众会防不胜防，根本不可能知道，叫娘也没地方去叫，更别说万众一心地奋起抵抗了，只能束手待毙，这是一个方面；另一个方面，一个村庄没有锣，等于全村的人都成了聋子、哑巴，上面的指示落不下来，就算落下来也听不懂，人民就像瞎子、傻子。我把这份自以为很深刻的检查交上去，但祝主任认为很不深刻，认为完全没有说到点子上，没有找到病根和要害，当然也就不可能对症下药。祝主任让我重写，他认为至少要从九个方面进行剖析。

九个方面？

九个方面。

祝主任也死了吧？

死啦……哎，不对，好像没死，好像还活着，是的，还活着，至少我死的那时候，我还见过他，退休了，成天背着个风筝，到处去放，心里闷呢。

四叔，我原以为会漆黑一片，谁也看不见谁呢。

我原来也是那么以为的，后来才知道不是。教条主义，先验论，片面论，想当然，这些东西都是非常害人的，我们的党，多少年来一直都在反对这些东西，这是非常正确的。

四叔，你是哪一年死的？

分完地以后，又过了几年。

我在大学里读书的时候，有一年家里忽然来信，信上说的是别的事，但后面有一行提到了你，说你已经不在了，我才知道四叔已经死了，但一直不知道是怎么死的。

过去的事了。

四叔，我记得我最后一次见到你，还是在我上中学的时候，寒假里我回来，天上下着雪，看见一个白茫茫的人正在井边饮马，穿着带补丁的蓝棉袄，戴着狗皮帽子，我在后面叫了你一声，你没有听见，除了风和雪，灰腾腾黄澄澄的狗皮帽子也让你很难再听到别的什么声音……从那以后我就再没有见过你。

没有哪一个人是放心地死去的，大多数的人死的时候，都会有几件甚至一大堆放心不下的事情还没有做完，四叔当然也有，不仅有，还很多呢。从大的方面来说，实现共产主义，解放全人类，让天下的劳苦大众都解放。从小的方面来说，那就更多了，南湾的水库一直蓄不上水，别看他们叫喊得凶，实际上谁也没有我着急；扁豆一亩地只能打三四十斤，我研究了好多年也没有研究出个眉目来，这样下去的结果只能是不种扁豆，改种别的，可别的豆子能有扁豆好吃么？肯定不如，不如也没办法，你研究不出来。你四婶一直都梦想能有一块梅花手表，我总是哄她说那东西不好，就这样哄了一年又一年，有时候实在哄不过去了，就说，等秋后一定买！到了秋后又说，过年的时候保证会有的！等到真的过年的时候，一忙乱，又混过去了。一年又一年，阶级斗争一直都存在着，只是有时候比较激烈、火辣，有时候却不显山露水，不显山露水，并不等于就没有。四叔认为，只要世上有人存在，这事就永远没个完。

四叔，我完全同意你的看法。

我见到史文龙了。白纸坊村的史文龙，活着的时候经常和我一起去公社开会，一生最大的愿望就是想成为一名真正的游手好闲的国家干部；但是却不能够，人家说他还有罪没有赎完，还得再苦一辈子，于是就让他转世去做石匠，做石匠也不能安稳地做，还有近十年的牢狱之灾在等着他。做石匠，苦是苦点儿，能有什么牢狱之灾呢？但命里注定他有，他就得有，非有不可，别的石匠遇不到的事，也非得让他摊上，一桩一件的都在前面等着他呢，躲也躲不开。他不是不想掌握任何一种技艺，就喜欢游手好闲么，那不行，非得要让他掌握一种手艺，而且还是那种永远都不能够游手好闲的技艺。石匠的一生，每天都叮叮当当地没完，连撒泡尿都得提着锤子去，怎么能够让他游手好闲呢？所以，史文龙是哭着走了的，抹着眼泪转世去了。

我小的时候见过他，看见他站在台上领着人们喊口号，腰里扎着草绳，一个耳朵是红的，一个耳朵是白的。

看看能不能苦尽甘来吧，等再有一轮的时候，文龙或许会有一个好命，不再走背字，不再总是戗碴。

四叔，你见过我的父亲和母亲么？

没有。

一次也没有？

一次也没有。

唉，也不知他们在不在一起，一定不在。

这也正是我要说的。我们活着的时候，见到的好多东西，或者经历过的一些东西，有些是非常不可靠的，不能说件件都是假的吧，但真的也并不多，有时候就算是眼睁睁地亲眼看见的，那也是靠不住的，也是会变的。比如，谁都知道夫妻死后要埋到一个坑里，有时候就是我们亲眼看着埋进去的，那还能有假么，牌位也是放在一起的，满以为从此他们就永远在一起了，哪想到完全不是那么回事。

四叔，这些年你在做什么呢？

粗人干细活儿，四叔知道了一些事情。

什么样的事情呢？

好多事情，比如一个人的来历，比如，你到底是谁？曾经是谁？好几代以前你又是谁？来来去去的都是同一个人么？五代的时候你是谁？前朝的时候你在干什么？就拿我来说吧，我是从什么时候成为你的四叔的呢？一直就是么？当然不是，那并没有多久，也就是最近几十年的时间，我到了你爷爷的家里，碰巧和从别处来的你的父亲，你的另外的几个伯伯、姑姑、叔叔，先后成为一对夫妻——你爷爷和奶奶的几个孩子，成为一个家里的弟兄姐妹，在那个家里，我们慢慢地长大，成人。后来，你们小一辈的又陆陆续续地都来了，我就顺理成章、理所当然地成了你们的四叔、四舅，没有什么奇怪的，就是这样，想不成为也不行，事情到了那一步，已经不由你了，谁也变不了啦，况且，也没有人会觉得不正常，谁家没有孩子呢，谁家没有老的小的呢……我要说的是，在这以前，在这以前所有的那些数不清的年月里，我并不是你们的四叔、四舅，咱们根本没瓜葛，你们也统统都不知道在哪里，咱们之间毫不相干，就是攒足了劲儿，拼命地撞，也撞不到一起去，更不可能会成为亲戚。你们也是碰巧了才来到了我们家里，你想想，你们要是到了别的人家呢？那咱们之间不是还是没有一丝一毫的关系么？

四叔，这真是一件悬而又悬的事情，听起来充满了偶然性。

就像两块砖，碰巧被砌在同一堵墙里，位置也正好又挨着，那就算是有缘了，要是没碰上，那也是正常的。

四叔，你知道你以前是谁么？哪里人氏？

第二章

远的就先不说了，说近的吧。

康熙年间，四叔姓吴，不，严格地说，应该是我姓吴，那时我还不是你的四叔。我是淮南的盐商，富得要命，一直到死也不知道自己究竟有多少钱。现在可以这么说了，不知道就是不知道，但在当时不行，当时不敢这么说，明知道真的不清楚自己到底有多少钱，也不能说出来，怕被人们以为是一个傻子，你一傻，不要紧，别人不傻，就会有人动心思，钻空子，所以，你不想胸有成竹也不行。

府内自然是人丁兴旺，大约有三四百口，也有可能是四五百口，具体有多少人，对于我这个一家之主来说也是个谜，完全不清楚。我常想，管他多少呢，多了总比少了好吧，又不是养活不起，支应不起，谁想来就来吧，我都欢迎，我对谁都是一样的。

经常会看到一些生面孔，像是从来没有见过，这些人都是谁呢？我不知道，我也不去管他们，按道理都应该是我府里的人，想必也是。有时候，你正坐着，一个孩子忽然跑过来抱住你的腿，喊你爷爷。我问他：“你是谁?”孩子说：“我是伏龙，你的孙子。”伏龙?我的孙子?是谁给这个孩子起了这么个名字?我眼前那个雾啊！没有世事人烟，前后左右，方圆多少里以内全都是白茫茫的大雾，像我的盐呢。

我有五六处园林，但也有人说是九处，这一点，我也不敢确定，因为我很少到那些地方去，有的甚至从来都没有去过。有时候累了，会在某一个园里喝一杯茶，听一段戏，或者舞几下剑。舞得也并不好，就不可能好么，我又不是专门靠剑吃饭的剑客，可就是那样，每次总会有人在旁边大声地喝彩、叫好，被认为是世间一流、天下无双，这样的无风起尘般的夸奖和赞誉，连我本人都时常觉得有些羞愧和无耻，可是他们却丝毫不觉得有什么。说那种话的人，就用那种话来进行交换，然后得到他们所需要的。我常在心里说，这就是世道啊，世道就是这样的啊，一千年前和一千年后都是一样的，身上穿的衣裳不一样了，名字也不一样了，但做事情的办法却还是一样的。

我似乎没有理由活得不好，皇帝那个人也算是够能活得了吧，可是，他却也死在了我的前面，在我还很健壮的时候经过了国丧，他死的时候，我一把年纪还给他戴了孝。有一天，我正在沁园里舞剑，舞得热气腾腾，忽然听说皇帝驾崩了。我到街上去看，街上都挂了白，到处都白茫茫的，连河里的船上也挂着孝，河水好像也成了白的。

新皇帝我们都不熟悉。忽然又有一天，我正在桂园里喝茶，新皇帝又死了。

一年一年地下来，眼看着那些比我年纪小的，甚至小很多的人，都呼啦呼啦地走了，都噌噌地走了，而我还活着。至于当年那些年纪和我差不多的人，更是早就都走得没有了踪影。

街上的人，码头上的人，也都又不知换了多少茬新面孔。那时候，我就常在心里想，这不对呀！你认识的人，几乎没有了，从前和你打过交道的那些人，也都早已经不在了，不管是朋友还是仇人，他们都不在了，我们的年代好像已经过去了，没几年的工夫，皇帝都走了两个了。一个人活到这种时候难道还有什么意思么？我在桂园里一边喝茶，一边回想着那些早已远去了的烟雨迷蒙的往事。我想起我的一个仇人姜十堰临死前对我说过的话，他眼泪汪汪，满含悲愤地对我说：“吴老爷，你有本事，你厉害，你就好好地活吧！你能活一千年、一万年呢。”我后来经常会想起姜十堰临死前说过的这句话，原来一直以为他说的是气话，直到有一天我忽然觉得心中有所顿有所悟，我不禁吓了一跳，啊呀，姜十堰让我活一千年、一万年，他这纯粹是在害我呀！纯粹是没安好心啊！姜十堰啊，和我斗了几十年，风风雨雨，砍砍杀杀，明里暗里地斗了几十年，临走也没忘了给我挖个坑，设个局，一代又一代的人都像庄稼一样纷纷倒下了，死去了，他却只让我一个人坚持活着，还得活一千年、一万年，一千年活下来，满世界没有一个我认识的人，那该是怎样的一件事情啊。

乾隆年间，我终于死了。我没有上姜十堰的当。

那年冬天，江南大雪，梅花开得正艳，我想去踏雪寻梅，但是被儿孙们拦住了，他们把我按在一张太师椅里，只让我用眼睛看雪，用鼻子闻梅花的清香，却不让我到处去走动。于是，我就只好用眼睛看雪，用耳朵听雪，看见雪像丝绸一样在飘舞，漫天飘舞，飘到哪里，哪里就响成一片。梅花下面有歌声，十分纤细的歌声，不用心听是听不见的。有人在我的脸前低声说：“爷爷，看看就回去吧，天又阴了。”我在心里说，不回去，就不回去，我还没看够呢。回去干什么呢，回去也是个睡觉。远处的雪地上也有一些人在观赏梅花，还有人把梅花拿在手里，放在脸前。我认出那些人里有巡抚钟文焕，蓝进士，翟总兵，还有姜十堰，穿着一件丝棉袍子，站在雪地上，一副站不稳的样子，但脸上却浸满了笑容。是的，那个把一枝梅花拿在手里，不时地又放到脸前的人就是他，姜十堰。他们几个人站在一起，让我觉得有些吃惊，远远地看着他们，我在想，这是怎么回事呢？像是在哪一点上出了毛病？肯定有不对的地方，但我一时又觉得有些理不大清楚，雪在我的脸前轻纱一样地挂着，从上至下地垂挂着，我等了好久，一直没有人能替我把我脸前的那道轻纱掀开，撩起来。

有人对我说："爷爷，该回去了。"

说的正和我想的一样，我点了点头，我也觉得是该回去了。

在外面看了两个时辰的雪，回到屋里后却倍感燥热，都已经是十二月的天气了，怎么会怎么热呢？我想了半天，想不明白。我让他们脱去衣服，但燥热还是并没有退去，依旧在热昏昏地生长着，还要不时地爆出响声，噼的一下，嘭的一声。听见有人说："这个冬天真冷啊！"这话从何说起呢，我倒没觉得。梅花一枝跟一枝地飘移过来，没见有人举着它们，也没有人捧着它们，自己就过来了，笑盈盈地站立着，一会儿站成齐齐的一排，一会儿又不知不觉地浑成一片，有的靠在一起，有的弯下了腰，香气在它们的中间圆滚滚地隆起，隆着隆着，最顶上的原本合在一起的褶子忽然开了，于是，丝丝缕缕地跑了出来，有的站在原地，慢慢地绕着，有的像是长了腿，安了羽翼，暴露出一身的匪气。

这就是我对那个世界的最后的一抹印象。

第三章

到了嘉庆末年的时候，我已经又是一个快二十岁的年轻人了，我只模模糊糊地知道自己姓倪，却不知道父母是谁。离家的时候，正值春天，一位私塾先生没有要钱，白送给我一个名字，叫倪春。他说，人活一世，哪能没有一个名字呢。来招兵的也说，得有，没有名字就不能登记造册。我有什么说的呢，我当然也盼望着有。我把那个名字反复地在心里念了好几遍，我觉得很好，念完一遍还想再念一遍，我要永远记住他。

当我念的时候，我就在想："那不是别人，那就是我啊！"

我从余姚乡下被招兵的招到杭州来当兵，看守城门。我和另一个名叫黄世充的弟兄共同掌管着杭州西门的钥匙，一大串如漆似墨的铁，叮当有声，哗啦作响，除了它们本身的硬质，它们发出的响声也给我这个从未出过门的人的身上增添了不少的胆量和勇气，让我比刚从乡下出来时勇敢了很多，每次手里拿着钥匙往城门口走的时候，我都会觉得身上布满了山脉一样的力气，在嘭嘭地鼓胀，跳动，甚至会有一种巨人的感觉，觉得杭州城的西门有我这样一个巨人来把守，多少年都会铜墙铁壁，金身不坏，万无一失。拿着钥匙的时候是这样，不拿钥匙的时候，把钥匙重新挂回到墙上，就不是这样了，明显地觉得身上的那种山脉一样的力气和胆量像钱塘江的潮水一样在逐渐退去，回落得很快，觉得像我这样的人，一万个人也很难守得住一个城门，觉得自己缺少凶狠。每天天一黑，我们就把城门关了，上了锁。在城门口附近的一间青砖的小房子里，我和黄世充两个人轮流值日，逢单日是我，逢双日是黄世充。

西门外面有一座小小的土地庙，经常有一个要饭的坐在那里，我在城门口值日的时候，看见他大多数的时候总是坐在庙前的空地上一门心思地捉虱子，对于周围的别的从不理会。也不知他有多少虱子，总也捉不完，每天捉，一年四季地捉也捉不完。除了捉虱子还算勤快外，他在别的上面都很懒，那种懒是能够看得见摸得着的，甚至是能够听得见的，几乎从来也不见他出去要饭，也不知他每天都在吃什么。每次一看见他，我的心里就会觉得别扭，莫名地难过，有头发一样的东西堵在里面，又变成一条一条的愁绪，卷起来，再展开。为什么那么一个人他会让我那么愁呢？当时不明白，也没有去多想，现在想起来，我怀疑那个一年四季都坐在土地庙前捉虱子的懒鬼，极有可能是我做盐商时的一个儿子，一个曾经的花钱如流水的天塌下来都砸不醒的纨绔子弟，是的，肯定是他，不是他又能是谁呢，他娘的！他的相貌是变了，可他的底子没变，别人不认识他，感觉不到，我能感觉到，我还能认出他来。现在我总算是明白了，为什么当初一看见他就总觉得别扭、难过，什么也不是，就因为他曾经是我的儿子，冤家，人倒是转世了，可那副天生的懒骨头还没有转过来，和前世比起来，一点儿都没变，成天在土地庙前稳坐钓鱼台，神闲气定，不慌不忙，还以为他老子有用不完的钱呢。

或许是前世用去的太多了，这一辈子我的日子过得真叫紧，看守城门能挣几个钱？职责重大，报酬低微，我常想，如果把我的职责比作是一座城门，那么，我得到的报酬就相当于城门下的一捧土。我一文一文地攒钱，一吊一吊地积存，每当能够串成一串时，我都会心存感激，感天谢地，心中的恩义也在一天天地增长，会想起在乡下从小和我一起长大的伙伴们，他们正在田里插秧，在山上放牛，而我却在杭州城乌青的城门口站着。

铜钱一枚一枚地被我小心地串起来，透过铜钱中间的方孔，我看到世间变得十分的整齐，许多的事情都在一个框子里进行，再没谱没边的事情，也跑不出那个框子去。

我成了家，我屋里的女人叫彩云，也是穷人家的孩子，她爹是吹糖人的，成天摇着个拨浪鼓在杭州城里转来转去，每天所接触的都是市井上的街坊，孩子、女人、老太太。彩云一开始的时候还是挺好的，每天我快要到家的时候，她总是站在门口等着我，一遍又一遍地望啊望，看见我回来了，她就放心了，脸上红一会儿，接过我手里的刀立到一边，在我洗脸洗手的时候，她已经把饭端上来了，我们一边吃饭，一边说话。我告诉她街上发生的事，告状的坐在城门口，每经过一顶轿，都要站起来向旁边的人打听一下。彩云身上的粗布衣裳常常会让我感到愧疚，我总在想，看见别的女人身穿绫罗绸缎，彩云肯定也想，怎么能不想呢？别说她这么年轻，就是那些比她年长好多的女人也还都在想呢。我对彩云说：“彩云，对不起。”彩云问我：“你怎么了？”我说：“我成天看守城门，让你吃不好，穿不好，将来有一天，我要是能当上西门的提督，你就能过上好日子了。”彩云听了我的话，看着我，只是笑。“真要是能有那么一天，那就好了。”她说，“你当吧，我盼着你当，算命的说我三十岁以后有好运呢。”啊，彩云这话犹如一道白光，噗的一声劈开了黑暗，照亮了我眼前的路。从那以后，再带着刀往城门口走的时候，站在城门口值日的时候，换班后回家的路上，我心里想的事情和以前就不一样了，虽然从外表看上去我还和原来完全一样，但只有我自己知道已经不一样了，心里想的，眼里看的，手里做的，好多东西都开始变了，东一声西一声地响着，一点一点地改变着，成长着，没有人知道在我的心里发生了多大的事情。

就是这样的一种清水般的日子，也让和我一起值日的黄世充十分地羡慕，因为他无论什么时候回去，都不会有人在门口等着他，望着他，对于他来说，早回去晚回去都是一样的，并没有什么区别，甚至回去不回去也是一样的，回去了是一个人，不回去还是一个人，有什么不一样的么？没有。而我要是不回去，彩云就会是一个人，我也是一个人；我要是回去了，我们一下就成了两个人。这和黄世充是完全不一样的，黄世充是一只，我和彩云是一双，这就是我们的区别。有时候我看着黄世充，我想他羡慕我是对的，要是换一下，假如黄世充过着的是那样的一种日子，我是黄世充，我也会心生羡慕的，这个世界上，有谁不想好呢？看见别人有出处，有归宿，成双结队，如鱼似水，怎么会不觉得好呢。所以，照眼前的情形来看，我也应该算得上是一个有福气的人了，一个守城门的小兵，还要怎么样呢？杭州的知府大人、总兵大人，浙江的巡抚大人，很难说他们就一定活得比我好，他们的麻烦，我们只是不知道罢了。可是后来，我没有想到，这样的日子竟然不知不觉地越来越少了，也不知是从什么时候开始的，再后来，就完全没有了。黄世充也很快就不再羡慕我了，平日里，神情言语之间，倒像是处处都在可怜我，用一种我不太能够明白不大能看得懂的眼神看着我，看得我心里疑疑惑惑的，不知道自己怎么了；也没有人告诉我，每天就只能把那种如同刚刚拱出来的草芽般的疑惑带在身上，走到哪里带到哪里，别看只是一种看不见摸不着的东西，可并不轻松，比直接在身上背一个包袱或口袋更让人难受，吃力。当我回家的时候，再也看不见彩云站在家门口等我了，再想起以前的那些情景时，竟觉得像是一个梦一样，一醒过来，颜色褪尽，荒芜一片。不等就不等吧，我想，两个人在一起过日子，一个哪能天天站在门口等另一个呢，那是多么的胡闹，多么的孩子气！而过日子是不能有孩子气的，更不能胡闹。彩云不再在门口等我，有什么不对么？没有。我想，不对的应该是我，是我不对，我没有弄清楚过日子的含义，不知道到底应该怎么过，自以为明白，实际上却什么都不懂，只是在装模作样地瞎混。是的，就是这样。我回到家里，看见彩云一个人坐着，也没有做饭，还有的时候是面朝墙躺着，一动不动，像是在那里躺了有几百年了。问她，她也不说，扳她的肩膀，她也不动。一开始的时候，我还努力地说一些笑话，搜寻一些街市上的觉得好笑的事情，想让她高兴，但很快就发现，不知是那些事情本身不好笑，还是彩云根本就不想笑，无论说多少，她都没有笑过，反倒是说笑话的人本身变得有些好笑和可怜。我没办法了。我拿着刀从家里出来，往城门口走的时候，一路上我都在想，彩云到底怎么了，为什么突然和以前完全不一样了呢？每天我都在想，站着想，坐着想，躺着想，甚至连睡着以后也还在想，但没有一次能想清楚，反倒是越想越糊涂，越不明白，眼前和心里的浓雾般的重物越堆越多。在城门口值日的时候，看着来来往往的行人，我在心里说，彩云啊，到底出了什么事呢，为什么不说出来呢？我是干什么的，我活在世上，有一多半就是为了听你说的，听你像柳絮一样慢慢地飘舞，慢慢地说的。窗前的竹竿上晾着她的衣裳，我忽然想起有一回看见她一个人站在那几件衣裳下面，眼里含满了烟水一样的东西。或许就是从那时候起，我开始觉得世上最难懂最不好琢磨的莫过于女人了，一看见一个女人，我就会从心里发抖。为什么发抖？还能为什么，当然是怕她们，让她们吓得。

在杭州的这一辈子，我只活了二十几岁就死了，严格地来说，那也不能叫作一辈子，因为从头至尾，满打满算也只有那么二十几年。守了几年城门，突然就死了，对于杭州的大营来说，少了一个兵，和没少的时候一模一样，西门那边很快就又有人补上了，一个长着一张红扑扑的脸的年轻后生提着刀出现在那里。我说突然，是因为我对我的死完全没有料到，没有想过，事先一点儿准备也没有，我没想到我还那么年轻就会死，而且是真的说死就死了。穷我不怕，命不好也不怕，我已做好了要活下去就必须要受苦受罪的准备，但是，突然一下，就什么也不需要我再准备了，准备好的也都用不着了。

我是怎么死的？二十多岁的人，那还能怎么死，肯定不是老死的，当然是被害死的，是的，就是被人害死的，害死我的就是这些年来我在杭州城里最亲近也是最熟悉的两个人，就是彩云和黄世充。

正是一年中的端午时节，杭州城里飘满了粽子的香气，彩云和黄世充在粽子里包了毒，他们为我准备了七个粽子，但我只吃了两个就不行了。事情是从什么时候开始的呢？是由什么引起的呢？我不知道。每个月里，逢单日我在城门口值日，逢双日是黄世冲当值，当我在城门口站着的时候，黄世充就到我的家里去，在我的家里坐着，躺着……这是黄世充亲口告诉我的。在亲眼看着我吃完两个粽子以后，他像搬一件东西一样把我搬到一张席子上，然后笑了一下。

我在城门口站着，他们在家里躺着……在得知真相的那一刻，我觉得整个杭州城都变了颜色，彤云密布，大雨滂沱，全城像一艘千疮百孔的船，到处都在漏水，我听见我前面的院子里在咕咚咕咚地冒泡，房后在跑水。我说："外面的雨好像越来越大了——"黄世充说："大不大和你也没有多少相干了。"我又问他："彩云呢？别让雨把她淋着。"黄世充说："这个也不劳你费心。"听到这些，我不再问了，我闭上了眼睛。

彩云又有了笑脸。或许正是因为看到彩云的笑脸，我才从来没有给他们两个人托过那种布满鬼影的噩梦，也从来没有在他们的屋里吓唬过他们，这样的事情连想也没有想过。我亲眼看到，他们活得也十分的不易，我要是每天躲在一个角落里或哭或笑，他们也会活不下去，光是吓也吓死了。黄世充还在西门的城门口值日，每天天还没黑的时候，他们就早早地关了门，他们开始活得拘束、小心，两个人甚至连日常的笑话都不敢说，尤其是彩云，一听见门外有响动，立刻就会吓得面色如土，手里的勺子或剪子像受了惊的马一样突然跳起来，窜出去，叮叮当当地叫唤起来，这是家里只有她一个人的时候；要是黄世充在，情形稍微会好一些。但是，彩云不知道黄世充的心里也暗藏着麻烦，当黄世充在城门口站着的时候，他总担心会有人像他曾经那样逢单日或双日在他的家里坐着或躺着，担心往日的情景会重现，作为一个过来人，他本人尤其明白这些，深知其中的弯弯和道道。回了家，又担心我会找他报仇。

人世间与我已没有瓜葛，我终于能够旁观这些了，当我在杭州城里到处飘荡的时候，我就像一缕风、一片叶子、一面圆圆的小镜子。

有时候，夜深人静时从我原来的家门前经过，我知道我再也不能进去了，再也不能在那里吃饭睡觉了，不管有多熟悉都不行了。我看见我的那个小院子，两间房子，一砖一木，房檐下挂着的干鱼、腊肉、霉干菜、坏了的蚊帐，还有那个我亲手一锹一锹一锄一锄地开辟出来的小菜园子和花畦，里面的蜡梅还活着，芍药和凤仙花也活着，但玫瑰和美人蕉却都已经死了，菊花也死了，像我一样地死了；看见门楣上方的用白纸包着的一包南瓜子还在，没有人动过；看见我们的两扇门静悄悄地关着，门上的门神几乎没有了，右边的尉迟敬德连人带兵器都不见了，左边的秦琼只剩下一张脸；看见屋里亮着灯，彩云和黄世充在吵架。

看见他们在吵架，扔东西，我很难过，拼死拼活，两个人好不容易到了一起，为什么又要吵呢？看见黄世充那样对待彩云，我很着急，也很生气，我也很想害死他。可是我又一想，我已经死了，如果黄世充再死了，那彩云怎么办呢？此前，我的那位辛辛苦苦地吹了几十年糖人的岳父也已经不在人世了，那样一来，彩云就再没有一个亲人，会成为一个真正的无依无靠、孤苦伶仃的人。我们都死了，把她一个人剩下，撇在那里……一想起这些，伤心的东西就会来找我，就会像杭州城里的月色一样，像端午天粽子里的毒药一样，渗进我的眼里和心里。

有一天，我终于走了，永远地离开了那里。

第四章

在塞外河套地区，出生一年以后，我就能帮主人干活了。我的主人叫薄进财，年轻时因为引水浇地和别人打架，被打瞎了一只眼，所以人们又都叫他瞎进财，进财是个好人。进财给我起了一个名字，叫我小四。在进财家里，不仅我有名字，猪，羊，鸡，他们也都有自己的名字，小猫小狗更是都有名字，因为，要是他们都没有名字，叫他们的时候，他们就不知道是在叫谁，会互相乱看，还以为是在叫别人呢。进财家的小猫叫咪儿，小狗叫旺儿。

旺儿是个很讨嫌的家伙，只有一只小板凳那么大，人们叫它板凳狗，经常猛不防地抱住我的腿乱咬乱啃，有时候龇着牙，喘着气，还想扑上来打我，我踢都踢不开它，它像是长到了我的腿上，不管我怎么踢，它都死死地抱着我的腿不放，就像是绑在我腿上的一块狗皮，想要把它踢开，甩下去，根本不是一件容易的事。进财在家的时候，我就大声地叫，让进财管一管旺儿，我的叫声把进财从屋里叫了出来，看见旺儿还顽强不屈地纠缠在我的腿上，进财就说，旺儿，不要啃小四的腿，想啃啃你自己去。不光是啃我，它还喜欢抱进财妻子的腿，哼哼叽叽地在她的两腿之间拱来拱去，伸出舌头飞快地乱舔。进财的妻子问进财，这狗怎么这样儿？进财从门后的墙上取下鞭子，对旺儿说，旺儿，你以为你是谁？你以为你是我么？你以为她是谁？你以为她是一个母狗么？错了，都不是。你要再这样，我就不要你了。这样说过几次以后，旺儿果然收敛多了，再也不到处乱抱乱啃了，很多时候，它趴在门口，眼睛看着地，一言不发，像是在想事情，人从它脸前走过时它也没有反应。我们都觉得，它咋能这么安静呢。进财的妻子出门的时候，会向它招一招手，旺儿，跟我走。女人们做事好像从来没有道理，我心里说，怎么还叫它呢，难道就不怕它再舔你抱你么？但她似乎把以前的事情全忘了，头发梳得又光又亮，满脸春色，腰扭得吱吱乱响，水汪汪地一浪下去一浪上来。有时候旺儿会站起来跟她去，但有的时候，它只是抬起头看看她，然后想一想，接着就又趴下了，眼睛看着地。它为什么不跟她去呢？一开始我也不明白，后来我想，它很有可能是怕出去以后管不住它自己，怕把握不住自己，一看见她，就忍不住又想舔，又想抱，抱完以后马上就知道又错了，又闯了祸，回来后，进财肯定又要说它，骂它，给它颜色。

除了旺儿，还有那个小猫也时常来捣乱，总是趁我不注意的时候，突然噌地一下蹿到我的背上，有时甚至就站在我的头上，眯着眼睛，看着太阳，东张西望，觉得自己高高在上，神气得不得了。一个小猫，不到一尺长，有什么可神气的，它能这样，还不全是仰仗着我么？我只要一低头，一甩耳朵，它马上就会咚的一声跌下去，连东南西北都分不清楚，我只是不愿意那样做罢了，它又那么小，还有进财的面子。心情好的时候，我会放开嗓子，亮亮地来上几声，一时间，山上，河里，到处都跑动着我的回声，声音让一直在旁边埋头犁地的老牛都停了下来，我问它我唱得咋样，老牛说，没说的，甚响！

每次我跟进财出去的时候，旺儿、咪儿，还有那些小猪小羊小鸡都会乱七八糟地跟在后面，闹哄哄地吵成一团，都想要跟着去。进财将它们喝住，堵在大门口，对它们说，站住，都给我站住！我只能带小四一个人去，你们去了没用，只能给我添乱、坏事，都给我回去。它们互相看看，就都回去了，小猪一声不吭，公鸡耷拉着翅膀，鸡冠歪到一边，颜色由赤红降成灰红。我想，别说由赤红变成灰红，就是直接变成蓝的绿的，恐怕也不行，也不可能带它们去。

我们离开家，进财带着我去卖豆子，换羊皮，把莜麦换成谷子，把谷子变成米。进财总是怕我驮得太多了，他总会匀出一些来，自己背着，和我并排着走。我们走在风里，听见沿路上的树木唰唰地响着，树上的叶子在不停地招手，听见有人在嘲笑进财，嘲笑他的愚和迂，放着活生生的东西不骑，非要自己走，最不能让人理解的是还替人家背着东西，这是个甚人呢？进财对我说，别理他们，咱们走咱们的，他们想说甚让他们说去吧。塞外的云彩棉絮一样在天上铺着，飘着，大雁齐声叫着，哦哦啊啊地飞过。在路上，经常能碰到那些和我长得差不多的，它们伸长脖子，费力地拉着车，还有的被人骑着，或者身上驮着高高的小山一样的东西，低着头走着，迎面有声音过来时，它们有的会忽然抬起头，把好奇的目光从眼睛的深处流出来，再送过来，然后再回头看看他的主人，赶上主人的心里正麻烦，会很不耐烦地给它一鞭子，一下就把刚流出来的那种带着孩子气的东西又给打回去了，于是，只好低下头继续照旧走路，知道不该看的就不能看，不该问的也不能问。那种时候，我就在想，啊呀，还要怎么样呢，我这一辈子啊，能够遇到进财，真是我不幸中的万幸啊！我知足了，没有什么不满意的，进财从来没有打过我，一次也没有，有的时候，他宁可啪啪地打他自己，也不会打我，一条命，上哪里去找这样的运气和福气呢？转成个人，又能如何呢？我也不是没有见过，有的人，名义上说是人，实际上活得那个无奈，窝囊，受得那个罪，几天几夜也说不完，活得还不如我呢，还不如旺儿呢。旺儿活得多悠闲，多自在，想趴着就趴着，想站着就站着，想跑就跑，想叫就叫，想不理谁就可以不理谁，一个人能这样么？不能。进财说过，有的人，你明明知道他不是个东西，可你还是得对他笑，还是得跟他说话，没办法，不能不说，尽管心里是无数个不愿意。这又让我想起旺儿，旺儿要是觉得进财不好的时候，连进财也不理，尽管明知道他是它的主人。有一回，进财的妻子又在进财的面前告了旺儿一状，真实的原因是很复杂的，连我也说不清楚，但进财只是往一边倒，不问青红皂白地把旺儿打了一顿。旺儿趴在地上，眼睛看着地，蚂蚁在它的眼前走来走去，蚂蚱在附近蹦着，我问它疼不疼，它没有说话，连我也不理了。进财的妻子从我们的面前过去了，等她出了大门以后，旺儿忽然对我说，这个女人，真是个婊子啊！我对旺儿说，还能这么骂主人么，我也知道她不对，可你这么骂她，不是在骂进财么？旺儿说，我就骂了，你要是想告就告去。

家里家外的活儿，我总是拣最重最苦的干，而且干得心甘情愿，我要替进财分忧解难，我要报答他对我的好。旺儿曾对我说，进财不打你是因为你有用，能给他干活儿。我对旺儿说，你也有用，你能看门。旺儿说，我还小，还看不了门，等再过一两年，我再长大一点儿，我就能看门了。我承认旺儿的话有道理，春天时往地里运送肥料，秋天时又去地里驮谷子，运麦子，除了这些固定的营生，还有许多不固定的，比如拉磨，比如去草地深处驮皮毛，去乌兰卖草，去临河赶集，铁掌换了一副又一副，连钉掌的铁匠们都认识我了。进财的鞋也不知磨破了多少，有时候我真想对他说，你上来骑一会儿吧，但他一次也没有。他站在路边背风的地方吃干粮，干粮常常把他噎得说不出话来，看上去像是中了毒一样，两个眼睛瞪着，两个脸腮鼓凸着，好半天才能消下去，两个眼睛也才能重新变小。看见我的眼睛是湿的，他摸着我的鼻梁，对我说："一刮风你就流泪，这是咋闹的呢?"

可惜的是，这样的日子也没过几年，有一天，进财忽然死了。

我都不知道他是怎么死的，那天我没跟他出去，只看见那时候门口一带很乱，日头光里如同有邪气在作怪一样，黄白黄白的光线在一下一下地抽搐，每一下都抽得很厉害，跳来跳去，就差没有吐白沫了，也许吐了，是我没有注意到。紧接着就看见门口有人进来了，他们的手里抬着进财，进财看上去变得很小。一个人上去把家里的门拆了下来，这以后进财就一直躺在那扇门上，那时候他已经死了，脸是灰的，上面有几道血，都不太长，像是有人用毛笔趁他不注意的时候给他画上去的，一横，一竖，还有一个钩，都是短短的一下，似乎来不及画得更长。当进财被平放到门板上的时候，两块发硬的干粮骨碌碌地从他的身上滚落出来，几只鸡眼睛一亮，立即奓开翅膀，想直奔过去看看那到底是什么，我喊了一声，把它们都吓住了，一只公鸡看着我，打了一声鸣。大约两三个月前，我就是用这样的喊声把一个半夜里来偷羊的人吓跑了，喊声拔地而起，更重要的是，我还踢到了那个人的腿，尽管他穿着皮袄，背着脸，却仍然还是像箭一样地飞走了。

它们的头上有毛在往下落，一根，两根，进财的妻子忽然被进财的一只垂在门板边上的手绊了一下，她以为是进财的手在拉她，立刻瘫软在地上，她是被吓哭的。她说，他拉我，想让我跟他走，我不想跟他走啊！有人对她说，他没拉你，他已经死了，再也不会拉你了。她坐在院子里的地上，十分不相信地看着躺在门板上的进财，越看越觉得害怕，越让她觉得不敢相信，两手撑在地上，上半身向后仰着，一点一点地摩擦着朝后退。

是我拉着车把进财送到坟地里的，坟在阴山下。

进财一死，原来的那个很大很满很齐整的家马上就完了，塌成了平的，鸡也不飞了，狗也不叫了，我不知道它们都到了哪里，一转眼的工夫一下就都不见了，所有的东西都好像变成了水，没有流向任何地方就消失了。

进财的妻子很快就又嫁了，她和一个姓孟的人入了洞房。夜里，我听到他们在滚烫火热的炕上一声接一声地叫着，叫得水汪汪明晃晃的。后来，我忽然想起了进财，以往在这个时候，进财会提着马灯，端着一碗豆子或高粱，一只手摸着我的耳朵，总要亲眼看着我吃一会儿他端来的东西，然后才会放心地离去。进财啊！这样想着，我忍不住叫了几声，声音溅到黑乎乎冷寂寂的阴山上，没有被山上的东西挂住，却又被碰了回来，青石头一样咚咚地落在了院子里。进财的妻子嫌太响，嫌不安静，就让那个姓孟的人出来打我。姓孟的那个人出来后，倒也无心打我，他在门口愣了一会儿，像是在用眼睛寻找东西，找那种既能够让他觉得顺手又能够打我的东西，踅摸了一会儿，先是随手拿起立在门边上的一把扫帚，在手里掂了掂，晃了晃，好像是觉得不太顶事，就又放下了；又拿起一把铁锹，看了看，可能是又觉得太重，也放下了；后来，为了省事，他终于十分果断地提起半桶脏水，哗地一下泼到了我的脸上。

第二天，在黄澄澄的日光里，进财的妻子和那个姓孟的人并肩站在屋门口，她的一张脸被照得又鲜艳又光亮，觉得没有人会以为她曾经是进财的妻子，也曾经披头散发地赤着脚喂过猪，只怕是见到她的人都会不容分说地把她认成是一位仙女呢。她对站在她身边的那个姓孟的男人说，她的两条腿已经不能并拢了，中间像是有了一条开阔的沟。姓孟的那个男人听到她这样说，顿时显得又高兴但又有些冤屈，他往旁边跨出一步，又转过来看着她的腿，用眼睛丈量着那两条腿之间的距离，量了一会儿，没有量出多少尺寸来，倒是量出一片让他感到无比松快的笑意，女人的话明显是在夸大，撒娇，但他喜欢这样的夸大和不实，喜欢她那种看似鬼精的样子，要是照实说来，实打实地道来，反倒没有什么趣味了，是的，要的就是这样。之后，他又贴近她的耳边说了一句话，刚说完，女人的脸前就飘上来一片红云。

他们又说了一会儿别的，后来就说起了我。

“把它卖了吧，它在外面，我老觉得是进财站在那里。”

“噢?”

“一想起这些，我都不好意思脱衣裳。”

姓孟的男人看着身边的这个春天的杨柳一样飞花飘絮摇来

摆去的女人，他本想说“还说不好意思脱呢，脱得比谁都快——”但最终说出来的却是：

“它几岁了?”

“不知道。”

“不知道?”

“能卖了么？……便宜一点儿也行。”

“不愁卖不了，看上去它并不大。”

埋下种子，就会发芽。几天以后，一个名叫韩茂生的人把我买走了。

韩茂生和他的两个儿子，他们是父子三个人一起来的，回去的路上（从这时候起，我就再没有名字了，其实也并不是这时候，从进财一死，我就开始没有名字了，再没有人叫你的名字，那就等于你没有名字了），他们父子三个人都骑在我的身上。我驮着他们走了一会儿，听见韩茂生突然尖叫了一声，随即就疼痛万分地跳了下来，看见他的两个儿子还在我的身上泥胎一样坐着不动，马上火烧火燎地对他们说：“下来，都下来!”两个儿子就像刚从梦里被叫醒一样，愣怔怔雾蒙蒙地看着他，不知道发生了什么事，不知道他们的这个爹在张着嘴叫喊什么，还没有等他们想明白，两个人就都被连拉带拽地揪了下来。

“还坐着？心安理得地坐着，也不怕把你们都坐死?”韩茂生对他的两个儿子说道，“我要不把你们揪下来，你们还会一直坐在上面，是不是?”

“是呀，肯定是，肯定是那样的。”他的大儿子说，“因为直到这时，我也没闹明白我们究竟哪儿不对了，让你这样又跳又叫的。”

“说得好！我就知道你没闹明白。为甚？因为你是一个真正的饭桶，一个有名的大傻子，你要是闹明白了，那倒成了一件奇怪的事。”

这样说着，他又看看两个儿子，看到他们都是一副无辜的冤深似海的样子，才终于确信他们是真的没有弄明白他的意思，不知道他为什么要发那么大的火，这个发现也终于让他这个做爹的最先泄了气，他听见有哧哧的跑气的声音传来，他知道那是他的心劲在漏光，在流失，流一点儿少一点儿，流走了就不会再回来了，刚才还像鼓一样，到这会儿开始瘪了，一点儿一点儿地往平里走，往瘪里去，这种事，瞒得了别人，瞒不了自己。于是，他不得不在心里劝说自己，儿子是那样的两个儿子，生多大的气也没用，除了能把人气得像鸡毛一样晕晕地浮起来，再没有别的作用，不是么？这样一点儿一点儿地想着，盘算着，慢慢地觉得不再那么生气了，已经好多了，看到一片风平浪静的晴朗景象，蓝色的阳光，绿色的风，燕子飞来了，桃花也开了。于是，他心平气和地对两个儿子说，你们知道么，咱们三个人不能一齐上，无论如何都不能，这要是一路上骑回去，非把它压死不可，那样一来，我们就等于白白把一笔钱扔到了路上，还落个不仁不义的名，想起来都后怕！我忙糊涂了，你们两个也不懂得提醒我，我气的是这。都这么大了，一点儿事也不懂，光知道吃，光知道坐着偷懒。

为了表明自己不是一个纯粹对家里没有一点儿用处的人，他的小儿子皱着眉头想了一会儿，然后忽然问他说：“你说咱们白白地把一笔钱扔在了路上，我没看见，在哪儿呢？”

听到小儿子这样说，韩茂生急忙吃力地将心里的一股就要蹿出来的舌头一样的火压住，夹住，因为这，他的嘴像是被烫了一下，嘴里咝咝地响了两声。他说：“当然是不久前花出去的那笔钱，它要是在路上死了，那不就是把钱扔在路上了么。唉。”

听他这么一说，小儿子好像终于明白了，这个眼睛里白眼仁比黑眼仁多很多的孩子，就用他的那种眼神看着他的爹，看着这个名叫韩茂生的人，他头一次觉得人活着很像是一汪水，不知道里面到底有多深，不知道里面到底有什么。

他听见他们的父亲韩茂生对他们弟兄两个说：“赔一笔钱还不是一件大事，除了这，还有别的麻烦，看见我们三个人骑着人家一个，别人会笑话我们，会骂我们，会说我们父子们心眼儿不好，心狠手辣，用不了多久，这事就会传到所有人的耳朵里，我们担当不起哪。”

听到这话，弟兄两个都终于明白了，他们骑得好好的，他为什么要把他们拉下来了，弟兄两个都觉得拉得对，还就得拉下来，不拉下来还真不行，就那么骑着回去，那还不让人们骂死？爹做得对，若没有他在，他们弟兄真不知该如何收场。爹啊，你总是在最关键最危急的时候突然出招，拨云见日地挽救咱们，挽救咱们这个家！……然而，爹同时又告诉他们，最多只能有两个人骑在上面。这是甚么意思呢？这就是说，必须有一个人在下面走，让谁走呢？让谁走谁都不愿意走。于是，当爹的想出一个办法，父子三人比赛往一棵树下跑，决出输赢胜负，落在最后的那一个在下面走。小儿子对韩茂生说：“要是你跑在最后呢，你也不能骑么？”韩茂生说：“当然不能，别说我，天王老子也不行；我在下面给你们牵着。”

先把我领到一棵树下。

这以后，韩茂生让两个儿子与他站成齐齐的一排，谁也不能先把腿迈出去。随着他一声令下，他本人第一个率先跑了出去，从他的姿势和步子上看，明显的有一股疯劲在他的身上作怪，在用力推他，一鞭子一鞭子地抽打着他，抽完以后又一道儿一道儿地缠绕在他的身上，这使他看上去像是在躲避，像是在拼命地逃窜——就是在逃窜。当他终于窜到那棵树下的时候，发现他的小儿子也已经到了，于是他们转过身来，看见他的大儿子正在往这边跑，大张着嘴，哈哈地喘着，嘴里在冒白烟。

“他完了。”韩茂生笑着对站在他身边的小儿子说道。

大儿子终于跑过来了，还没有站稳，韩茂生就迎头对他说：“你输了，我和你兄弟在上面，你就不要上来了，在下面牵着走吧。”

大儿子两眼翻着白，用手指着韩茂生说：“不公道……就是成心……不想让我骑……”嘴里含着话，整个人已软软地倒了下去，脸朝下，在地上趴了一会儿。

“咋不公道呢？”韩茂生说，“咱们三个人，我呢，比你老，你兄弟呢，比你小，按道理，你是最应该得第一的，是你不行，谁让你不行呢。你兄弟和你吃的一样的饭，又比你小那么多，他怎么就能跑得那么快呢？他难道是四条腿么？他和你一样，也都是两条腿。至于我，我就不说了，我不说，你也能看得见，我也是两条腿，只有两条，再没有多余的。”

“我又没说你们是四条腿，我只是说不公道。”

“咋不公道呢？”

“你们知道我不能跑，跑不快，才专拣我不行的比，我肯定赢不了；要是比别的，我不一定会输。”

“你想比甚哩?”

“比吃包子，我一定不会输给你们——”

“老大，你行，你真行！我看你有些面生呢，我得重新认识你哩。”

最终当然没有比赛吃包子，别说没有包子，即使有，即使沿路上到处都摆满了热气腾腾的包子，韩茂生也不会那样去做，除非不打算再继续过日子了，除非那是在这个世上吃的最后一顿饭，吃完以后，连嘴都顾不上擦一下，就马上领着一家人去死……正常情形下，韩茂生是决不会那样去做的，所以，大儿子的想法只是大儿子的一个想法，一个十足的黏稠暗哑的馊主意，用它来败家，或许倒非常地合适。“也亏他能想得出来——”韩茂生看着大儿子，心里不无愤慨和奇怪地想道。也只有他那样的人才会想出那种主意来。咋就有了这么一个儿子呢？要是换了他韩茂生本人，无论如何也不会往那些方面去想，往包子上去想。大儿子原来是这么一个人，若没有今天这件事，还不知道他是这样的一个人呢。又觉得，要是能认清一个人，就算赔上一顿包子，那也非常地值得。就怕像有的人那样赔尽家产，再赔上一生一世，到头来还是什么也没闹清楚，一切也都是黑乎乎的一堆，雾蒙蒙的一片，从头到尾始终连一个人一件事也没有闹清楚过。

再开始上路的时候，韩茂生和他的小儿子都高高兴兴地骑了上来，韩茂生挺胸抬头地看着周围和远处，小儿子甚至呜里哇啦地唱了起来，也许那不是在唱，只不过是在乱七八糟地瞎叫唤，但不管他是真的在唱还是在瞎叫唤，都表明他的心里是非常高兴的，这个时候，没有比他更高兴的人了。这个时候，只有大儿子一个人耷拉着脸，垂头丧气地在下面走着，他尽量不让自己抬头去看他的爹和他的兄弟，因为那不仅仅需要仰视。一路走着，他总觉得有一个声音一直在他的上面盘旋，忽有忽无地伸展着，从上面投下来的影子有点儿像是鹰或鹞子的形状，那个声音将会告诉他，他们走着走着会突然停下来，要和他换一换，让他也上去骑一会儿，他们当中的谁下来，像他先前一样在地上走，那样一来，情形立刻就不一样了，他的心里和脸上也会随即雨过天晴，变得明明朗朗。自从有了这样的一个判断以后，他就开始变得仔细了，一边慢慢地走，一边等着，悄悄地竖起耳朵，十分留意地听着，生怕漏过任何一个声音，生怕由于自己一时的不留神而错过了后面的一连串的好事，那样一来，就纯粹是他自己的不是了，就不能再怨任何人了，他懂得这道理，一个人，自己非要往下出溜，别人是拉不住的，老天爷也救不了。

但是，已经走了很久了，却一直没有听见期盼中的那个声音传下来。

他开始怀疑自己是不是有些耳背，是因为聋得太厉害的缘故么？不然怎么会一点儿也听不到呢？也许他们已经说过了，甚至已经说过好几遍了，也许真的是因为自己耳背，再加上路上风大，他一直都什么也没有听见，脑海里所想的那些事情并没有发生，一心盼望着的那种图景也一直没有在他的眼前展开。他的爹和他的兄弟，平时都那么好说，那么能扯，而这时候他们的话却变得比金子还要贵重多少倍，他们谁也没有提出来让他一下，自始至终，没有一个人主动地下来，让他上去。

就那么期期待待、委委屈屈地走了一程又一程。

后来他就不再期待不再盼望了，因为已经用不着再期待再盼望了，因为已经看见了他们的村落，甚至已经看见了家里的房子，听见有狗在叫，盛满了水的木桶在清汪汪地晃荡，牛在向阳处站着，影子比骆驼还要大。

快到村口时，他张开嘴，大声地狠狠地“呸！”了一声，感觉到一股在心里窝藏了多少个年头的黑雾轰地一下冲了出去，瞬间就把眼前的世界全染黑了，黑人，黑马，黑山，黑河，黑屋，黑树。

还有黑的亲人，黑的邻里和街巷。

我在黑暗中躺下，透过顶棚上的窟窿，能看到天上的星星，冷冷的几颗，世界是那么的荒凉。

在韩茂生家里，我每天拉磨，每天离天亮还很远的时候就到了磨坊里，磨杆上搭着一块黑布，是用来给我蒙眼的。

韩茂生走到小窗户前，看看磨坊外面的天色，外面还是黑得甚也看不见呢。看了一会儿，然后蹲下来，一边解口袋，一边对我说：“别怨我这么早就把你叫起来，我不也起来了么，我还是个人呢，我还瞌睡得不行哩。”

又说：“成人不自在，谁让你长大了呢，你要还是个小孩子，肯定就不用起来了，想睡多长就睡多长。”

说着，又转过身去，自言自语地说：“小的时候总是想快快地长大，不要命地瞎长，总是嫌长得慢，以为长大了有好事在等着呢。”

不一会儿就嗵嗵地走起来了，我在前，韩茂生在后，一前一后地在磨道里转。转啊转啊，磨盘上的粮食沙沙地响着，拥挤着，喊叫着，翻山越岭地迁移着，听见它们之间在悄悄地说话，有的是独自在说，自己说给自己，从嘴里说出来，然后再用耳朵收回去，在身体外面转了一圈儿后又回去了；有的在说给别人，把自己的嘴贴到对方的耳朵上，一时间就像两根空管接到了一起，然后那话语就细溜溜毛茸茸地出来了，油一样，水一样，呲呲地流进了对方的耳朵里，有些直接沉了底，到了那一个的心里，稳稳地停住，安顿下来。

转啊转啊，小窗户外面的那个世界就在那种慢慢的转动里一点儿一点儿地醒过来了。

有人起来了，猛烈地翻箱倒柜地咳嗽着。

狗也出来了。

猫也出来了，揉着眼睛，怪物一样把腰弓起来，老虎下山一样长长地伸着懒腰。

韩茂生站在门口说："啊呀……"

感觉他在门口站了一会儿，黑木桩子一样立在那里，把里面堵得越发黑暗。黑暗里，我听见一颗被去掉了皮又大伤元气的米对一群米说："我不行了，我已经烂了，再也不能继续和你们在一起了。"说完，头也未回，就已化作一撮粉尘，从那些缝隙中漏了下去。不知从哪一刻开始，它就已经和它们不一样了，要仅仅只是一般的伤筋动骨，那也还不至于这样，不知不觉中，它已变成了另外一种东西，等到后来过箩的时候，它就会被摇晃着箩下去，漏出去，再被随时都会刮来的风吹走，没有了去向。黑暗里，韩茂生走过来，解开蒙在我脸上的那块黑布，对我说："天亮了，你也亮一会儿吧。"

门外真的已经很亮了，黄灿灿白花花的一个世界。一根桶粗的柱子一样的光芒从门外直挺挺地斜插进来，进来的那一头搭在地上，圆光里面有数不清的小东西在翻腾，在游走，我听见鸟雀在叫，叫声像春天的种子一样撒在那个又黄又亮的铜锣一样的世界里。

一个叫有财的人，把满地的亮光踩踏得吱吱乱叫，忽然出现在磨坊的门口，又伸出一只手把韩茂生的衣领揪住，露出嘴里的牙。

名叫有财的人向韩茂生指控，说我吃了他的豆子。

韩茂生说：“不能吧？”

“咋不能？你去看看——”

韩茂生看看有财那张短平的脸，又看看我，我觉得他好像是在问我，向我核对，于是，我对他说，我没吃。但他不太信，披着一身谷糠和灰尘的他，既不信有财说的，也不信我说的。而那个叫有财的人却根本不管他信不信，也不管他到底信谁的，手上只是一再地用力，手上的劲儿一次比一次大，一次比一次硬，明明白白地传递给他，死死地揪着他，往门外拉，要让韩茂生跟着他去他地里，去看他的豆子。韩茂生被揪着朝门外的方向走，后来他猛地一低头，他的头就不见了，等再看见他的头时，他的头已经像一个大蘑菇一样从有财的胸前长了出来，又呜地一下升了起来，这时候，他已经成功地摆脱了有财的那只蛮横的手。他张开嘴，想长长地出一口气，可是，一口气还没有出完，有财的那只刚刚被摆脱了的手就很快又嗷嗷地回来了，又死死地抓住了他，并且这一回比先前又多了一层防备，有财的手上和眼睛里都是防备，看上去一滴水都漏不出去，一丝儿气都通不过去，更别说他那么大那么坑坑洼洼毛毛糙糙的一个头。

韩茂生清楚地知道，再用先前的那个办法已经不行了，再好的宝贝也有不灵的时候，更何况他那还什么都不是。他和有财脸对脸站着，一团实实在在的麻烦纠集在他的胸前，他费劲地想着，琢磨着，但根本琢磨不出个什么好办法来，至于人们常说的什么妙计，更是连想也不敢去想，知道那与他无关，想也不过是白想。他的身体一遍一遍地叹息着，丧气地颤动着，堵在他对面的有财啊，就是不松手，不仅不松，还在一再地加劲，一再地用力，一个人怎么会有那么多那么大的力气呢，韩茂生甚至怀疑那些力气不是一个人的，像是借来的。

想到借，就像晴空里打雷闪电一样，猛不防让韩茂生想起了一件事情，这让他的眼前忽然一亮，顿时觉得云走了，雾散了，世间又清清朗朗地亮起来了，水洗过一样。紧接着，一股一股的力气火焰一般纷纷从四面八方赶来了，重新回到他的身上，不用谁招呼，很快就都聚集起来了，顷刻间如同聚宝，堆积如山，漫漫如水，顷刻间变得广大，无人能识得。

突然，他当啷一声狞笑了一下，笑得火星四溅，白烟哧哧地直冒，他对着长久以来一直抓住他不放的有财，大声地说道：

“有财，你还欠我一斗谷子呢。”

怕他一时糊涂想不起来，又说：

“前年春天的时候——”

听见韩茂生这样说，那个叫有财的人像是被狠狠地烫了一下，那只本来好像已经在韩茂生的胸前扎下深根又安了老巢的手立即就松开了，立即就拔出来了，拔出来后就立即缩回去了，缩回到他自己的袖筒里，藏了起来。

韩茂生看见有财的嘴在咧开，又听见里面有咝咝的响声，他忽然伸出手去，伸进有财的袖筒里，去找有财刚才藏起来的那只手，那曾经是一只多么厉害多么得理不饶人多么步步紧逼的手哦，韩茂生是想把它重新拽出来，再让它像刚一开始时那样抓住他胸前的衣裳。可是有财的那只手哦，这时候像是一个胆小而没见过世面的人，藏在里面说什么也不出来，死活都不出来，怎么叫都叫不出来，怎么拽都拽不出来，哄也哄不出来，骂更是骂不出来，反倒是越叫就躲得越远，越拽就藏得越深，到后来，竟完全没了踪影，不知道到底藏到了哪里，袖筒里空荡荡黑洞洞的，像是一条夜深人静后的街道。

有财弯着腰，站在那条空荡荡黑洞洞的街的一头，他一边想着韩茂生刚才说到的事情，一边又用他的头和另一个手招架着，过去了的事情像一片片树叶一样在他的眼前飘动起来，他睁大眼睛看着，每一片都是一个事，上面有声音，有气味，还映出不一样的人形和颜色，它们有的打着旋儿，嗖嗖地从他的眼前划过，很快就不知去向；有的走走停停，一步三回头；有的翻着跟头，有的荡着秋千；还有的像是在半路上睡着了一样，一动不动地躺在地上，一丝气息都没有，身边来来往往川流不息的事情也没有把它惊醒。

有财觉得自己是在路边等人，等一件事情。

等啊等，后来他忽然看见一片泛黄的树叶翻滚着过来了，他判断了一下，然后小心地走过去，像平时在地里捉蚂蚱一样，突然冲过去，伸出一只早已准备好的手，一下将它扑住，又死死地按住。

按了一会儿，觉得它渐渐地安静下来了，不再像先前那样扑棱扑棱地闹腾了，挣扎的劲儿也几乎没有了，开始变得轻而薄，他这才把它捡起来，慢慢地把手张开，放在手心里一看，不禁吃了一惊，见上面果然写着韩茂生的名字，韩茂生鼻孔朝天，大张着嘴……在韩茂生的旁边，清楚地显映出一扇门和一斗金黄的谷子。

看过以后，心里就明白了。

慢慢地直起腰，对韩茂生说：

“今年秋天我一定还你。”

说完就往外走，也不提豆子的事了，好像完全忘了他这一趟是因为什么来的。快到大门口的时候，忽然又回过头来，大声地对韩茂生说：“我就是把一家老小的嘴全都捆住，我也要还你。”

韩茂生也大声地说：“那就好，那最好不过。”

再看大门口时，已经没有人了，只剩下一汪一汪的浓稠的阳光，如油一样，在那里慢慢地流着，不细看是根本看不出来的，没有人会以为它在流，在到处溢。

秋日里的一天，韩茂生上别人家吃喜酒去了，我在南墙下站着。韩茂生的两个儿子非要带我到山坡上去，我不想去，可是他们又拉又拽，还拿出了鞭子，我只好跟着他们出了门。走了一会儿，我还是不想去，我站住了，弟兄两个开始拿鞭子抽我，我回头看了一眼，只好跟着他们到了山坡上。

听见他们弟兄两个在山坡上说了一会儿话，后来就看不见他们了，却看见一伙骑马的人，都带着弓箭，腰下佩着刀。远远地听见那伙人中间有一个十分尖细的声音在说：“射中了！射中了！”又听见几声马叫咴咴地传来。

听着那越来越近的人声和马声，我在想，他们射中什么了呢？一只兔子？一只长着长长的绿毛或蓝翎的野鸡？一只老虎？可是，我四处看过，附近一带没看见有什么特别的东西，天还是那么蓝，远处的山也还是那么远，山坡上的草黄一片，红一片，绿一片……就在我觉得有些奇怪的时候，一低头，忽然看见一个东西——

是一支箭……那支箭，正插在我的咽喉上。

至今我都不知道那支箭是哪一阵子射过来的。倒下以后我才看见，原来不止是一支，除了咽喉上的那支，我的腿上还有一支，肋下还有一支，别的地方不知还有没有，我无法看到，只能看到腿上的那支还在轻轻地摇晃，箭杆上雕着祥云缭绕的花纹。

那伙人说着话牵着马过来了。

我像一缕轻淡的烟一样离开山坡，慢慢地往上走的时候，那伙人围了过来，我看见山坡上的草被我压倒一片。我听见还是先前的那个又尖又细的声音在说："好奇怪呀，明明看的是一只鹿，怎么不是了呢？"

有人笑出了声。笑声浮在草上，随着草在摇晃。

一路上我都在想，我怎么会被那伙人认成是一只鹿呢？

想了很多年也没有想清楚。

长大成人以后，有人问我：

"去过杭州么？"

我说没有。

"哎，要去的，杭州可是要去的。"

和我说话的人是一家丝绸店的主人钱涤清，他本人就是杭州人，一听说我从未去过杭州，当即就眉飞色舞地对我说起了杭州的西湖、钱塘江，他的太太也在一旁不停地叽叽喳喳地插话，两个人一时都沉浸在对于故乡的描绘和回忆之中，完全忘记了他们此时正置身于气候温和的蜀中平原。对于故乡的深切回忆，使他们夫妻的脸上变得晴空万里，流光溢彩，两个人的眼睛都变得很亮，我注意到钱太太说着说着，在她的眼角处甚至已经闪出了亮晶晶的泪花。“不好意思。”钱太太一边说，一边用一块白丝帕轻轻地擦拭着眼角。

钱涤清对我说：“要去的，你一定要找个机会去一趟，不去一辈子会后悔死的，那里是天堂啊，不去不行的。”

我问他：“那你干吗还要从天堂里出来呢？”

听到我这样说，钱涤清嘿嘿地笑了两声，他说，为了生计嘛。在他们那里，一条不长的街上，像他这样的丝绸店就有好几家，而出来就不一样了，这一条街上，再算上前面的那条街，两条街上只有他一家丝绸店。他的太太在旁边说：“我们终究还是要回去的，哎，我们出来就是为了做生意，等钱赚够了，我们还是要回去的。在我的眼里，哪里也不如杭州好。成都嘛，也很好，可要是和杭州比起来，我总觉得还差那么一点点……差得不多哦，就差一点点哦。”她说着，用两个手指比画出一种很短小的距离。

钱涤清说：“成都也是天堂。”

一个人活在世上，谁也不知道自己的过去，就像我不再记得杭州的西门一样，不再记得彩云和黄世充一样。

以后，又有人问我，去过阴山么？去过塞外么？

我也说没有。

真的是一丝一毫都不记得了，阴山下的雪，草地上的风，进财一家，韩茂生一家，就像从来都不曾有过一样。

第五章

这一次，我出生在成都的提督街上。

街两边的梧桐树嘭嘭地开花的时候，我已经能够在那些树荫和花朵下面奔跑了。父亲一再告诫我，成都乱得很，每天都有人在送命。

杭州人钱涤清夫妇的丝绸店就在我们这条街上。

提督街上不大能够看得见提督，倒是经常能够看见一些穿着黑袍子的洋人，他们好像是传说中的妖怪一样，身上的气味也是妖怪的气味。

父亲时常和他的那些朋友们坐在花园里的树荫下，我印象深的有熊德元、卢胖子、潘文选，还有一个陆云飞，因为特别能吵闹，哪里有他，哪里就会乱成一团，所以大家又都叫他乱云飞，绰号渐渐地取代了真名，以至于有人真的就以为他姓乱。我就管他叫乱叔叔、乱云飞叔叔。除了这几个人，另外还有好多我叫不出名字的人，经常能在花园里看到他们，有时一群人围在一起，有时东一个西一个地坐着，他们来的时候像雨一样，不知什么时候就来了，突然就出现在花园里，坐在了椅子上，走的时候又像鸟一样，不知什么时候就走了，突然就不见了。他们像是在商量一件什么事情。

父亲总是嫌我有些傻，每次看我时的那种眼神都是一种不放心的眼神，好在他有很多事情要做，并不是每天都能够盯着我。不过，只要一看见我，他就会说：

“我好愁哟，你傻得让我不放心呐！”

哪有这样的父亲呢，非要说他的儿子是个傻子，要是真傻，那也就算了。就因为我曾经问过他一回，问他要那么多钱有什么用呢，他就记住了。记得他当时转过身来慢慢地看着我，眼睛瞪得溜圆，嘴唇动了几下，却没有说出话来。后来，是鹦鹉在窗外的咳嗽声提醒了他，却又让他更显沉痛。他是嫌我不该那么问，咋能问出那样的话来，三岁的娃儿也问不出来嘛。那当然是要留给我的，就因为我是他的儿子，就这一个原因。也不是他一个人在这么做，普天下的父母都在这么做。

有好长一段时间，父亲和他的那些人不再摆龙门阵，喝茶就只是在喝茶，坐着就只是在坐着，走路也只是在走路，脸都有些黑，像是每个人的家里都正在办丧事一样。

一天，放学回来，从回廊里经过的时候，从鹦鹉的口中得知一个叫邹容的四川人死了。

父亲和他的那些人又在一起，蒙蒙细雨悄无声息地飘着，听见他们在用很低的细雨般的声音在说话，说到四川的铁路、教堂、穿黑袍子的洋人，接着又说到了火。大足县和开县死了很多人，从那里流过来的血让他们的面色都变得很重，各人面前的茶都凉了，美人蕉墨绿色的叶子低垂着，桂枝上挂满了清泠泠的水。

雨一直在下着。

乱云飞叔叔讲了这样一件事，一个从大邑县来的人，已经两天没有吃过一口饭了，有人领着他来到一个教堂外面，请求能给他一点儿吃的东西，教堂里的那个穿黑袍子的洋人上天入地地比画了半天，言说他已将这事告知了上帝，上帝会帮助他的。说完以后，就走进教堂旁边的那个小门里去了。

一时都没有人说话。

雨还在下着。过了一会儿，他们好像把那事已忘记了，又说起了火药、队形、暗号。第一队，排在最前面的当然是哥老会里的英勇的袍哥们，在他们的后面，有城内的各种苦力，还有城外四乡八镇的乡民们。

听到有人说，这一回要把洋人们统统用缸腌起来，腌三到五个月，然后再挂出来风干，然后再抹上花椒和辣椒。

听到这样的办法，几乎所有的人都表示赞同，表示要得，并且表示愿意拿出一百至八百斤不等的上好海椒。还有愿意出更多的，甚至身家性命。一时间，连雨里都变得辣丝丝的，有人甚至辣出了眼泪。

到晚上，天已墨黑，众人冒雨离去。

父亲来到厅堂里，又一次告诫我出去莫要乱讲。乱云飞叔叔也告诫我，乱讲是要掉脑壳的。说着，他把自己的一只手伸展，做出是一把刀的样子，然后放到自己的脖子上比画着往下劈。“就这么，咔嚓一下，脑壳就没有喽，再也回不来喽。”

我一直都记得乱云飞叔叔说这话时的那种样子，看上去是那么的轻松，完全就是在说笑，说一件与我们都无关的事。

我没有乱讲过，但是，几天以后，乱云飞叔叔的脑壳没有了，与他同时没有了脑壳的还有一些人。

父亲也没有回来。

又过了一些天以后，父亲突然回来了，他失踪了那么些天，我们都以为他凶多吉少，但他只是比原来瘦了一些。

他像没事人一样，又可以大摇大摆地在街上走了。

父亲搬出窖藏多年的酒，哗哗地倒满，要我和母亲陪他饮酒，我就是在这个时候学会喝酒的。父亲慢慢地喝着，整个人看上去显得极其的松懈。刚回来的时候，他的身体是紧缩在一起的，像是一个刚学会缩骨术的艺人，只学会了缩，却还没有掌握如何放，缩是缩了，却不知道如何再放开。脸上的肉有点儿像是悬挂了一两年的腊肉。慢慢地，他的身体放开了，比进门那时宽大了不少，又粗壮了不少，脸上的情形也与腊肉又拉开了很大的距离，不太像是那种肉了。

春天就要来了，他觉得自己需要好好补养一下，前一个时期的那种每天都能洇出血的日子，他好像都不记得了。

听见他与母亲盛赞钱的好处与通灵。父亲的话仿佛让我看到一幅图景，他是用钱铺出一条路，然后沿着那条路回来的，否则他有可能回不来。他弯着腰，先把铜钱砌在下面，再把金银铺在上面，一程一程地铺好，然后在那条路上疾走如飞，一路顺风。

……

乱云飞叔叔死了，而父亲还活着，这件事我没有去多想，过多地琢磨，会让我越琢磨越觉得自己不孝。死去的人已经死去，无论再做什么，他也不会再活过来了。

父亲秘密地托人找到泸州的一位木雕艺人，用紫檀木为死去的乱云飞叔叔做了一副身躯和头颅，依据他生前的身高和相貌，仔细地雕出他的眉目和神情，做好后，埋了。

雨下得正浓，我朝四周看看，没有人，夹竹桃在雨雾里像一群斗败的鸡，粉红色的毛卷在一起。

“你云飞叔叔给我托梦来了，说他已经转世了。”

“转到哪里了呢？”

“没说。”

“还是回成都吧？”

“不能了吧？他是在这里死的，哪能再回来呢？不会回来了，一定到别处去了。”

天快黑的时候，雨停了，到处都还在嘀嘀嗒嗒地滴水，红的花，黄的花，抖去脸上的水，纷纷抬起了头，青枝绿叶在伸胳膊，换气，满世界都湿润、清新。

父亲面朝香案站着，手里举着已经燃着了的香火，圆形的烟如山间发白的路，一圈一圈地蜿蜒着朝上走去。从敞开的窗户里，能看到外面的翠竹和藤萝，轻纱般的雾。

父亲用极低的声音在说：“云飞，往事越千年，重打锣鼓重开戏吧！不管你转世到哪里，重新开始吧，世道好像要变了。”

说完，轻轻地关上门出来，深吸了一口外面的湿气。

时光正从树丛间穿过，我看到了她的红的胭脂和绿的衣衫，后面是一截金色的尾巴，也许是羽毛，从树木丛中一闪而过。

……

父亲并未用哄骗的方式安慰乱云飞叔叔，世道好像真的要变了。

川内有人夜观星宿，看见了披麻戴孝的丧门星。

于是，人们受到了惊吓与提醒，变得面色如土，走路，坐着，说话，吃饭，无论做什么，无论正在做着多么要紧多么重大的事情，都会抽一个空隙，让自己突然停下来，抬起头朝天上看看，看一会儿，心里寻思一会儿，再开始接着刚才断了的事情继续做。没有人会只埋头做事，不想别的，除非是那种心智不全的真正的傻子，那属于例外，那样的人，无论他们哪个方面做不到，也没有人和他们计较，也不会受到责罚，他们生成那样，本身就已经是最重的责罚了。但是，健全的人就不能像他们那样随便了，只要有一个地方做得不到，或者不够，就会在心里种下一个影子般的东西，铁砣一样，毒蘑菇一样，生长在你的心里，在有的天气里还会嗞嗞地响，一声连着一声，一声下去了，以为没有了，过了很久以后，却忽然听到下去的那一声又起来了。

白天是这样，夜里睡觉的时候也睡得小心、谨慎、机警，不能像傻子一样一觉睡到底。临睡前自不必说，定是要站住屋檐下仰望一阵，看过后才回到屋里躺下。睡到半夜，有人，主要是那些平日里就心细，做事稳妥，有板眼、有谋划的人，会突然醒过来，爬起来，心明眼亮地再看一会儿，看过后，复又躺下，也不担心别的，只担心自家的魂儿会半夜三更地跑远，如迷路的老人或孩子一样寻不回来。

那些一躺下去就睡得死沉死沉，中途醒不过来的，到了一定的时候，会越来越明显地觉得有人正在一边轻轻地推他，在枕边贴着他的耳朵一遍一遍地小声唤他，待终于听明白后，突然直挺挺地坐起来，雾茫茫地看着周围和身边，并没有看见刚才推他的人，也不见那个在耳边低声唤过自己的人。会是谁呢？愣怔怔地坐着，犁地一样一趟一趟地想，一趟一趟地走，人虽然不见了，但心里逐渐明白那是他叫起来的。

人们悄悄地等着，等啊等，等到了第二年，看见西面蜀山上的雪都消了，又清又绿的岷江水袅袅婷婷地从上面一路下来，行走在湿润润的细雨霏霏气候温和的川西平原上，青衣江也在远处起舞。到了说定的那个月份里，世道果然变了。

第六章

十几岁的时候，我已有了不少的朋友，到成年以后，朋友就已无数了。说无数，真的是无数，因为已实在无法数得清，不知道我到底有多少朋友。在家门外，在花园外面，在附近的街上，以及更远的街上，到处都有我的朋友，他们好像什么也不做，经常在那里等着我，一看见我出来，马上就都跟了过来，我去哪里，他们也就跟着去哪里，时常还会用滑竿抬着我，招摇过市。

好几年一直这样，这让我时常觉得我是一块磁性极强的磁铁，只要我在家门口一出现，立刻就会有无数的钉子、铁片、螺丝螺帽一类的东西从四面八方，从各个角落里纷纷跑来，不顾一切地粘在我的身上，粘得那个紧啊，贴得那个牢啊，怎么扒都扒不下来。那些来历不明的钉子、铁片、螺丝螺帽，就是我的那些永远也数不清的朋友们，要是没有了我，他们就会成为一群没头的苍蝇，到处乱碰乱撞，到处嗡嗡。我有时候也在想，在没有认识我之前，他们在哪里嗡嗡呢？他们是怎样过的呢，是怎样过来的呢？

多年以后，部队在白河右岸休整，程政委和黎教导员给我讲革命道理，我忽然想起了我年轻时在成都时的情形，我详细而认真地写了一份材料，交给了组织。

除了街上的这些杂七杂八的叫不上名字的，另外还有相当一些人长期吃住在我家里，那都是我最要好的朋友，正因为最好，所以他们才会得到与街上的那些人不一样的待遇。但是，父亲非常不喜欢他们，时刻都想把他们统统撵走。我让父亲把他们都看成是他的儿子，父亲不愿意。不愿意也得愿意，他们仍旧吃住在我们家里，都是一些很会看眼色的，一个比一个机灵，嘴也都很甜，一看见父亲过来，都立即站起来，恭敬地弯腰作揖，“爹，您老人家请坐——”用长长的袖子在没有灰尘的椅子上掸了又掸，要是有雨，他们会把伞撑开，哪怕是一点点柳絮似的小雨。

父亲苦着脸，背着手说：“不要乱叫，我不是你们的爹。”

但是，他们却说：“谁敢说不是，你就是我们的爹，我们的亲爹，我们所有人的亲爹。”他们喜笑颜开，齐声叫爹。谁也架不住这些。

父亲无奈地走开。

城南的桃花巷一带是我常去的地方，几年下来，不知有多少钱扔在了那里。我最好的朋友老四认为，要是把那些扔出去的袁大头再一个一个地收回来，垒起来，能砌成几面墙。老四的话把我也吓了一跳，不过，吓过以后，我很快就又忘了。我还是喜欢去那里，那里的几位姐姐都对我很好，紫英姐姐、慕容姐姐、查姐姐、兰姐姐，她们都曾在最关键的时候帮助过我，我也视她们为自己的亲人，有人欺负她们的时候，我会让老四带着我的弟兄们给她们出气，报仇，打得他们几个月不敢出门。我甚至觉得把钱放在她们那里，比放在我自己身上还要保险，更让我感到踏实和安心。我总是和她们在一起，常常很多时日想不起回家，家里打发人来找我的时候，才会忽然想起已经又有好久没有回去过了。老四每天都跟着我，当我和某一位姐姐在一起的时候，他也正和别的姑娘们在一起，老四是一个很爱说笑的人，经常能把她们逗得笑弯了腰，让她们觉得肚子里的肠子拧到了一起，疼得要命。她们皱着眉头，捂着肚子，让人把老四打出去，不然她们怕自己活不了啦。

在楼上，我听见从楼下的纱阁里传来老四的声音，老四对她们说："给你一个袁大头，再给你一个袁大头，行了吧？"

老四没有钱，他的那些袁大头也是我的。

父亲病重后的那年秋天，阴雨连绵，连着十几天没有一天是晴天，好多人家里都出了霉，墙角里，门柱后，长出了白伞黑褶的菌子，夜里看上去，像是小鬼在现身，招魂。掌灯照着它们的时候，看见它们站在那里不动，灯灭了以后，听见它们又在用细碎的步子走动，又在细碎的走动中窃窃私语，语声低矮，高不过一寸。

就在那样的天气里，父亲咽了气。

父亲的心里早就有了气，有旧的也有新的，有一多半是因我而起。最近的一次是由于我与警察局的余正雄赌钱，输掉了家里的花园，一个时辰都不到，我们的那个被很多人神往的花园就稳稳当当地落到了余正雄的手里。结果明晃晃地摆出来时，余正雄高兴得有些不正常，笑容有些痉挛，形同闪电，他张开嘴笑一会儿，急忙又将嘴合上，似乎看见了什么让他骇异的事情，一副吃惊的神色夜露一般浮上他的面容。连他本人也都有些不敢相信，从此以后，那个里面长满奇花异草，古木参天，绿水绕堤，白鹭起舞，蝴蝶飘飘的花园就是他的了……由于害怕不真实，担心效力不够，他甚至让担保的几个中间人一连按下了几十个手印，一张契约竟变得如一纸血书，血迹斑斑。那期间，他的一只手一直按在腰间的枪上。锦云坊派人送来了夜宵，我未吃，余正雄也没有吃。后来，我偶然瞥见他的嘴唇竟有些青紫，似乎他才是那天夜里的输家。

第二天，余正雄却是一反昨夜的那种紧紧缩缩和云里雾里的怪异，早早地就精神十足地来了，他是带着人来接收我们的花园的，掩饰不住的喜悦从他的眉梢眼角和身上的别的地方不断地溢出来，流得到处都是，他也想尽力地把那些外溢的东西收回去，但那些东西却像是长了腿，生出了长长的翅膀，早已摆脱了他的控制和掌握，已经完全不听他的了，手中的枪也奈何不了它们，这让他生出了恭敬。他见了父亲，小心地捧出那张看上去血迹斑斑的契约，父亲惊愕不已，仿佛冷不防被人从背后插进一刀。那张血迹斑斑的契约在父亲的手里飘动了一会儿，余正雄又急忙小心地从父亲的手里接了过来。

父亲如窗前的水仙一样迅速地枯黄，一天黄似一天。

一天晚上，又见到父亲时，不禁惊得我不敢相信自己的所见，整个人已开始发黑，浑身上下轻飘飘地坐在那里，看上去似乎随时都会飘走。芭蕉在雨里响着，枇杷树哭泣一般流着水，回廊里黑漆漆的一片。

我出去了一趟，让回廊里的灯亮了起来。

从灯光里回来，再看父亲，越发地黑得骇人，轻得没有一丝一毫的重量。

父亲招手让我过去，我走到他的近旁，却先一眼瞥到那只枯槁的瘦手竟如同鹰爪，心中不觉有冷汗沁出。听见父亲说，你来要债，我就得给，谁让我上一辈子欠了你的呢？这些年来，前前后后，我已还了你不少，但还没有还完，这几日又还出去一座花园，等所有的东西都还出去以后，我就彻底还清你了，我再也不欠你的了。

说罢，起身离去，眼睁睁地看着他身轻如燕，一溜烟地朝房屋的深处滑去。

想起他说过的话，心里不禁一惊。

几天以后，余正雄一家人就搬了过来，很多警察都来帮忙，都羡慕不已。花园里大小房屋一十四间，另有凉亭、茶楼、纱阁，听说还有一条能够通得很远的暗道，只是我从来没有下去过，不知道到底能通向哪里。

我们这边在为父亲办丧事，余正雄在那边的花园里坐着，原本要在花园里大摆宴席，也忽然临时取消了，延后了，只来了几个亲戚，在花园里到处乱逛，不时地发出一阵又一阵的惊呼，惊呼花园之广大与安逸，惊呼人与人命运之嵯峨。我听了，如同万箭在穿心。父亲以为我不心疼那个花园，临死之前，用他的那双深陷的眼睛望着我，那是多么深的两只眼睛啊，如同两眼无水的古井，深不见底，父亲的眼睛从来都不是这样的，我觉得像是要假以时日，慢慢地把我吸进去，吸进一个漆黑无边的世界里去。

透过层层树木，有人从花园里朝我们这边张望，看热闹，看见我们这边白花花的一个世界，棺椁、孝衣、白幡，白花花的银元一样的纸钱、纸人、纸马、纸鹤、纸桥。从峨嵋山上下来了几个和尚，从青城山来了几名道士，还有几位尼姑师太，不知来自何方，我只知道他们都是父亲生前的朋友。

丧事过后，母亲一病不起。

窗前的瓶子里全是枯死的花枝。

鹦鹉早在前年就已死去，我竟一直以为它还活着。母亲告诉我，鹦鹉并非横死，是寿终正寝，就在它自己的笼子里过完了它的一生，没有惊动任何人，就已悄悄地去了。我到廊上去看，看见那个笼子里果然是空的，静静地悬挂在同样显得有些空旷寂寥的廊上。想起那年我放学回来，从廊上经过的时候，它从笼子里探出头，郑重地告诉我一个叫邹容的四川人在上海遇害的消息，还嘲笑我指责我孤陋寡闻，不谙正事，只知道废。

我在空旷寂寥的廊上坐了一会儿，有风吹来，海棠花被吹落下来。

一天深夜，我从外面回来，原本想去看看母亲，与她说一会儿话，看见母亲的房间里已经熄了灯，我就在院子里的青石凳上坐了下来。青石凳冰凉如水，像是已在这里放置了几百年的样子，我在那上面坐了一会儿，渐渐地觉得心里也一片冰凉。后来我起身来到通向花园的那个月亮门前，看见余正雄已经从他那边用一张铁丝网把月亮门从上至下地罩起来了，这样一来，我们这边就不能再像从前一样穿过月亮门进入到花园里了，那边也同样过不了我们这边，从前的一个整体，如今成了两重天地，仿佛阴阳两隔。透过月亮门上的重重的网眼，我看见花园那边一片寂静，只能听见从树木和草丛里传来的纤细的虫子的叫声，虫子们埋伏在草里，它们的声音就像它们的身体一样忽长忽短地在深夜的花园里飘荡，浮现。余正雄一家人没有声音。花园里草木森森，水气丰盈，我记得，在春夏时节和夏秋时节，无论是有月亮的晚上还是没有月亮的晚上，由于这个花园的存在，附近一带都是香的，夜行的人行走在芳香袭人的提督街上，时常会不知不觉地慢下来。

天上没有月亮，我在月亮门这边的黑暗中坐着，几只竹椅东倒西歪地横在一边。父亲去世以后，我已不在外面过夜。

我想起了父亲，还有陆云飞叔叔，想起他们从前站在花园深处里时的情景，蓝眼睛的洋人让他们感到厌恶，川内连绵的阴雨又时常让他们愁绪万千。

母亲已不再能够出来，哪怕是穿足了衣裳到廊上坐一半个时辰，我知道事情不太好，只是不敢说出来，有时我会独自胡思乱想，到底是在哪一天呢？

一身的黑衣，越发衬托出她面上的洁白，双颊有时会莫名地变得赤红，大夫言说是内火。前些日子，母亲曾反复提到一户姓冉的人家，又提到退亲什么的，我不甚明白。稍一细问，才知道冉家是开米行的，早在我还不到十岁的时候，父亲就为我订下了亲事，订的正是冉家的小姐。听到母亲这样说，我很吃惊，这样的事我竟从未听说过，冉家的小姐我也从未见过。母亲声称冉家的人见过我，他们一直都对这件事很乐意很上心的，如今是我们自己不长进，人家才想到要退亲的。

我不知该怎样安慰母亲，我只能对她说，退了就退了吧。

听到我这样说，母亲满脸悲戚地望着我。

我们一年不如一年，我早已看到了。想起从前家里门庭若市，川流不息，每天也不知哪来的那么多人，那中间有父亲的朋友，也有我的朋友，还有一些什么人呢？每天喝掉的酒能流成一条河，吃掉的肉能垒成一座可以攀爬的山，不胜酒力的人从我们的门前经过，只要用力吸几口气，也会醉倒。那些人，我现在大都已想不起他们的模样，自从父亲用金银铺出一条路，沿着那条路跑回来后，他们大都不来了，只剩下几位多年的世交偶尔还能看见一下，不过，自从父亲去世后，他们也都不见了。母亲说，有好几位也都去世了。我从前的那些朋友们，有一多半也都不见了，不知他们都去了哪里。偶尔向老四问起，老四也说不晓得，又劝我完全不必惦记他们，鱼有鱼路，虾有虾路，鳖有鳖的活法，每个人都会找到各自的路，踅摸到各自的去处。其实，我也并不是在惦念他们，好多人连他们的名字我都不知道，我只是在感叹我的变化，追忆从前藏在我身上的那种无论任何时候只要在门前一出现就能呼啦一下把四面八方的很多东西全都吸过来的磁力，不知从什么时候起，那种东西已经不在我的身上了，悄悄地走了。

经常会看见衣着花艳的余正雄的太太像一只有着漂亮羽毛的野鸡一样站在花园里的树丛中朝这边观望，那时，我还不知道她正怀着一颗得陇望蜀的心，心里一直都在惦记着我们这边的这些房子，时刻都盼望着能够早一天连成一片。而余正雄却不急不躁，从他的身上看不出任何不好的征兆，有时候看见我，会亲热地打招呼，像是我们的一位近亲。父亲发丧时，他断然取消了原本早已定好的在花园里大摆宴席的计划，我在心里很感激他，也感激他毕竟是个男人，不似女人们那般短视。

夏日里的一个深夜，我听到这样一番谈话。

……

“老爷呀，你再和他去赌一次，把他们剩下的那些房屋都赢过来嘛。”

“急啥子，妇人之见！”

“我想早一点把两边都连起来，打通，把中间月亮门上的那层铁丝网扯下来，我想从那个月亮门下来来回回地走，两边都是我们的。”

“慢慢来嘛，你急啥子，又不是没有你住的地方。”

“老爷呀，你去喊他嘛，喊他和你一起赌嘛，再赌一回嘛。”

“赌，赌，你就知道赌！你咋知道我就准能赢？我就不会输么？万一我输了呢？你就得再从这里搬出去，滚回老家去。”

“老爷呀，你咋会输呢，你是不会输的，你只会赢，别人才会输呢。”

“你这个婆娘，好烦呐！你要是不让我在这里坐着，我这就回警察局里去坐着。”

“老爷呀，你不能走，我们不是在摆龙门阵嘛。”

“没有这么个摆法，你连规矩都不懂，摆龙门阵是要让人安逸的，你呢，像是火上了房，越摆越让人坐不住，看看我头上这汗，让你搞得出了这么多汗，哎哟。”

“你咋出了这么多汗呢？”

“我跟你说，你不要烦我，我自有打算；你要是一烦我，我就会被你烦死，啥子打算都没有了。”

“我不烦你了，我听你的。”

“这就对了嘛。”

……

有一天，我回到家里，好半天没有人与我说话，只听见自鸣钟在久已没有人去的正厅里噬噬地响着，响声中透出一种无边无际的寂寞与凄清，我听了几声，也没有去看是几点。父亲生前常在那里坐着，与客人们说话，喝茶，自从父亲去世以后，我已好久没有走进过那里。有时从门外经过，看见里面一切依旧，只是地上多了灰尘，桌上少了开着的鲜花和冒着丝丝缕缕热气的茶碗，比过去冷清得厉害。

后来我来到母亲的床前，发现母亲已经死了。

我走时为她剥开的一个橘子还放在那里，没有动过。

那一天，我一个人哭了很久，从来没有那样哭过。一边哭一边意识到，从此以后，我在这个世界上就再没有一个亲人了。

余正雄有一次在街上遇到我，问我还想不想再把那个花园重新赢回去，要是赢了，他们一家人马上就搬走。又说，在里面住了这么些日子，他们一家人都住得很规矩，一点儿也没有给住坏了，只能是给你越拾掇越好，锦上添花，好上加好呢。我对他说，我要是再赢回去了，那这么些日子以来，他们一家人岂不成了给我们看园子的？听我这么一说，余正雄不禁哈哈大笑，颇为豪爽地说，看就看了，那有什么呢？昨日座上宾，今日阶下囚，人生在世，谁又料到自己会做什么呢？

安葬了母亲，又过了头七以后，我主动去找余正雄。

我知道，即使我不去找他，他也一定会来找我的，那只是个时间问题。身边有那样一个急煎煎的野鸡一样时常站在花园的树木深处朝这边翘首观望的女人，就算他是一个铁铸的假人，他也会坐不住的，更何况他还不是那样的一个假人，且又有着一腔更大更深的心思，狼一样日夜住在我的旁边，再加上他那个野鸡般的女人，长期下去也的确不是个事，我必须得把这事解决了，要么我再把我们的花园重新赢回来，他搬走，要么他把两边都赢了去，我走！绝不能再像现在这样长期相望厮守下去了，是的，我自己琢磨这事也不是一天两天了。说实话，母亲在的时候，我有点儿怕他，投鼠忌器，我怕他因为我的不走运而把我们剩下的房屋都赢去后，母亲会没有地方住，没有一个养病的地方，那是最让我担心和骇怕的，我已经对不住死去的父亲了，不能再对不起母亲。如今，母亲也已不在了，我想我不应该再怕他了，我怕他干什么呢？又有什么好怕的呢？他不过是一个警察，手里有一把枪，他又没有和老天爷沾亲带故，也并不是福禄富贵的娘舅，运气难道就总在他那一边么？我凭什么就不能赢他？我的运气难道就总那么坏么？这些年来一直不停地往下落，大段大段地往下落，垂直运行，劈头盖脸，差不多已经快到底了，已经触到了粗粝的地面，闻到了泥土的最初始的气息，还能再往哪里落呢？

约好一个时间以后，我和余正雄见了面。

余正雄没有身着警察的制服，而是穿着一身纺绸的衣裤，怎么看都有点儿像是一身睡衣。自从坐下后，他就不时地像抓痒一样把一只手伸进胸前，在怀中鼓捣一阵后，吐丝一般扯出一块金表，尽管每次扯出来后都只是匆匆地看似不经心地瞄一眼，但眼里却充满了说不尽的惊喜与爱惜。一块金表有什么可惊喜的呢？我实在是不明白，难以分享他的那种喜悦与爱惜之情。我曾经有过很多这样的表，我都像送药丸一样送给了我的那些朋友们，而我本人至今一块也没有，有时候看时间我会抬起头看天，仰望星空，以太阳和月亮的位置作为参考的标准，测出我的时间，我觉得很好，我觉得那要比随身携带一块什么金表银表更加方便，我有两块真正的金表银表，都挂在天上，白天一块，晚上一块，它们走得总是那么准，不仅能让我看，还可供更多怀里没表，手上无时辰的人观看，判断。不过，看余正雄的那种样子，我大致可以断定他的那块宝物一样的表来路不会很正，十有七八也是从别人那里赢来的。

余正雄把他的那块金表像护送一个珍稀的小动物一样小心翼翼地又护送回他的怀里，然后对我说：“我们好傻哟，跑到这种人多眼杂的地方来，我们应该就在咱们的花园里。”

提到花园，他说“咱们”，让听的人觉得那花园似乎还并不是他一个人的。既已来了，我不想再回去了。我提醒他，上一次他就是在这里赢了的。

余正雄在额头上拍了两下，说：“对头，这乱糟糟的地方竟是我的发祥之地呢。”

这以后，就开始你来我往地赌，每一注我都下得很大，听见余正雄的嘴里在不时地咝咝地吸气，又不时地抬起头看我。

锦云坊真是一个乱糟糟的喧哗无度的地方，没有一刻安宁静谧的时候，我无意中朝窗外瞥了一眼，看见那些灯笼似乎也都在说话，草帘纷飞，竹笛悠扬。

差不多快半夜的时候，我又输了。老天不眷顾我，不念及我在这个世上已是孤身一人，每次临到最后，总是又站在了余正雄的那一边。我想起整个晚上，我与余正雄面对面坐着的时候，有好几次，我隐隐地看到在余正雄的身后站着一位衣着华丽，宛如天人的人，仔细看时，又忽然隐去，过上一阵后，又悄然现出，依旧是凤冠霞帔，锦绣夺目……当时我还在心里倏忽一过，我在想：那是谁呢？他的身后怎么会有那么一个人呢？

我抬起头，问余正雄：

“几点了？”

听见我问，余正雄急忙又像抓痒一样把一只手伸进怀里，在里面拉扯了一阵后，小心翼翼地又把他的那块金表拽了出来，认真地瞄了一下后，对我说：

“贤侄，是深夜二时。”

才二时？我还以为能熬到天亮呢。

我变卖了最后剩下来的一些东西，住进了川陕会馆正院后面的一间耳房里，耳房很小，与那些正经的气宇轩昂的房屋比起来，真的很像是一个耳朵。一个耳朵能有多大呢？可是在我看来已经足够了，我还时常觉得它像是一个大世界呢。

家里的房屋输出去以后，又有一些侠肝义胆的朋友不声不响地离开了我，我知道他们是不忍心与我当面辞别，所以才悄悄地走了的。什么叫朋友？这就叫朋友，我心里那个高兴啊！每次有人默默地离去，都会给我带来一阵彻骨的轻松，每次听到又有旧日的朋友去奔自己的前程去了，我都会得到一种宽心的安慰，觉得又赎回了一宗罪。独自在耳房里坐着的时候，我就在心里为他们烧香，祝福，祝福他们一帆风顺。

但是，老四却以为我心里很难过，时常劝我，还用一些道理来开导我，安慰我，唉，这个老四啊，我真是没办法让他看见我心里的所想，没办法向他说清，说了他也不信。我要是对他说，看见多年的朋友们走的走，散的散，我心里有说不出的高兴和轻松，有说不出的安慰和祝愿，他能信么？断然不会信的，还一定以为我是在说反话说胡话呢。

我对老四说：“老四，你也走吧。”

他现在这样，他也能养活他自己了，我希望有合适的差事，他也能去谋一个。但是，听见我这样说，老四吃惊地瞪着我，他问我，是不是真的疯了？真的让余正雄吓糊涂了么？又说，要撵他走，除非府河变干，除非岷江的水再倒流回去。

“以后不要再说这种话。”老四对我说，“今生今世，我是跟定了你，你去哪里，我就去哪里。”

这就是老四，我最好的朋友，我知道他说的是心里话；即使我的身边只剩下最后一个人，那也一定是他。从老四的口中，我得知还有一百多个弟兄都要继续跟着我，我去哪里，他们也就跟着去哪里。我吃了一惊，没想到还有那么多人。我和老四商量，让大家都散了吧，各奔各的前程去吧。老四摇着头，表示自己没有办法。“他们都不散，我总不能把他们都打走吧？”听到情形是这样的一种情形，我也开始有些愁了，这么多人都跟着我，我该怎么办呢，将来又怎么办呢？我已没有多少钱了，只剩下几个可怜的能够看得见的小钱，那能够做什么呢？一群人的前程又在哪里呢？看见我愁眉不展，老四笑着对我说，你就是去沿街乞讨，我们也都跟着你去乞讨。老四啊，他说这话时一定没有想过，一百多人相跟着去乞讨，那是一幅怎样的情景呢，那还不把人家都吓死么？但是，老四一再地说，斩钉截铁地说，大家跟着我，不纯粹是为了钱。他是这样的，别的那些人难道也是这样的么，也和他想的一样么？我想，如果不是，那又是为了什么呢？我想不明白。我隐约觉得，剩下的这一百多人，尽管都知道我已经大不如从前了，但他们仍然不相信我已到了山穷水尽的地步，觉得哪至于此。别人这样想，我也没有办法，说真话，没有人肯信，别人反倒认为你是在故意拿捏，在缩手缩脚地隐藏什么……事到如今，我也不想再把这些都说破了，也不想再努力地证明什么了。证明你自己没钱，每天靠典当过日子，再过些日子，连可典当的东西也没有了，谁信呢？

于是，我对老四说：“那你们就都跟着我吧，尤其是你。”

老四高兴地笑了，他没料到我一下会来这么一个大转弯。

“这就对了，”他说，“就是要去地府，我们也要一起去。”

老四急急地出门，说要去告诉那些弟兄们一声，让他们也高兴高兴，他们都还不知道呢，都还提心吊胆地怕要散伙呢，怕打发他们走呢。我对老四说：“难道这也能算是一件让人高兴的喜事么？”老四说：“当然是喽，还有什么能比这更让人高兴的呢？”听到老四这样说，我的鼻子忽然不禁一酸，心里一片恻隐。这些日子以来，能让我们大家高兴的事情太少了，细想起来，几乎就一件也没有。

老四回来后，我问他：“大家高兴么？”

老四说：“你想去吧……一群人拉住我灌了我两碗酒，回来的路上，我走路都有些不稳呢。这就好了。”

听见老四这样说，我也很高兴。自从住进川陕会馆这间小小的整洁的耳房里以后，我的心里逐渐地安静了不少，我常面对着屋里雪白的墙或菱花形的木格窗户一个人坐着，我想到了好多的事情。也有的时候，脑子里不出现任何事情，眼前恍恍惚惚地只有一条清澈的溪水，水草碧绿，蜂蝶飞舞……在这个地方，认识了一位名叫邹士通的陕西老客，在成都赔了本，一直就在这个会馆里住着，很难说是不想回去还是有家难回，渐渐地变得竟有点儿像是这个会馆里的一个人，一个既不像主人，又不像下人或客人的身份无比特殊无比暧昧的人，每天听他操着直愣愣的秦地口音讲话，天南海北地胡扯。

那几天，每天都有飞机嗡嗡地在上面盘旋，徘徊，街上出现了很多当兵的。

我问老四：“出了什么事呢？”

老四说：“报纸上讲，蒋介石来了，来找刘湘。”

我说：“是什么事呢？”

老四说："看你问的，这我哪能知道呢？要问得问刘湘去。"

一个十二三岁的小娃儿，带着一丝的惊慌和焦急在到处找我，是紫英姐姐打发他来的。他先去了我们昔日的旧居，站在外面叫了半天门，里面没有人，只听见一只狼狗在不耐烦地冲他大喊大叫。等他后来终于找到我时，已是满头大汗，身上的衣裳像是麻雀的翅膀。这个从城南一带一路跑过来的小娃儿，就在桃花巷里当差，他从身上掏出一块白色的丝帕递给我，我接过来，一眼就看到在丝帕的一个角上绣着一片紫色的竹叶，我认出是紫英姐姐的东西。我给了那个小娃儿一块钱，他接过去，烫手似的在手里倒了几个来回，然后面有难色地对我说："先生，我没有零钱找您。"

我对他说："不要找了，这又不是买东西。"

他说他本来有几个铜板来着，十有八九是刚才在来的路上跑丢了，一定是从那两个眼儿里漏出去了。说着，他把自己的一只手伸进一个口袋里，又把那只伸进口袋里的手连同口袋一起抬了起来，我看到他的口袋下面那可不是什么两个眼儿，而是两个嘴一样的窟窿，他的几根手指就从那两个窟窿里探头探脑地伸了出来，伸一下，缩一下，像是两个怕羞的小动物一样，想出来，又不敢出来。

脚上的鞋也是破的，一排脚趾头像一群挤在一起的没穿衣服的婴儿。

我像他这么大的时候，可没他懂得多。

穿过轻纱般的霏霏细雨，新绿的柳丝垂挂在路边，我去城南找紫英姐姐。

来到城南一带，我就像又回到了过去。桃花巷里竟真的有桃花开了，少是少，可总算是有了，扉前宅后，墙里墙外，一点一点的红颜，一串一串的绯色，你慢慢地往里面走，渐行渐远地往深处行，像是在往前朝去，往极深极远的古时候去。

每一扇门上都有符。

来的路上，在霏霏细雨中我已想好，我不想把最近以来发生的那些事情告诉紫英姐姐，但是，紫英姐姐却都已知道了，因为老四前些时候来过了。老四不仅把那些事情都告知了紫英姐姐，就连我住着的川陕会馆的那间小小的耳房也没有漏过。我在紫英姐姐的面前怒斥老四，尽管他本人并不在场。

我注意到紫英姐姐的容颜有些老了，有了一种很明显的改变。在见到她的最初那一瞬间，我的心里像是被什么东西割了一下。

我没有当面称赞她漂亮、年轻，我觉得那是在欺哄她，在伤害她，对于紫英姐姐，我不能够那样做，我还不如什么也不说呢。我向她问起另外的几位姐姐。紫英姐姐告诉我说，就在几个月前，查姐姐被南充的一位富人买走了，说是要明媒正娶，可实际怎样，谁也不知道，自走了后就再没有一点儿消息。

我听了，觉得心里往下沉了一下，对于查姐姐来说，这究竟是好事还是不好，我一时竟完全分辨不出。我只是在想，到了南充，除了买她的那个人，再没有一个人认识她。我不禁想起查姐姐的模样，想起她的如同皎洁的月色一样的脸，想起她早年间身材修长，玉树临风地在城南一带行走时的情景，宛若就在昨日。

又问起慕容姐姐和兰姐姐，两个人竟都在病中。

紫英姐姐不让我去看望她们，她们都病得很重，已不再是原来的模样。慕容姐姐形销骨立，而兰姐姐的下面已经溃烂，每天都流出浓汤一样的脓汁，让人不忍相看。

城南一带的桃花开了，但慕容姐姐和兰姐姐却不大能够再看得到了。

第七章

紫英姐姐对我说，家里的金山银山都被你削平了，不仅削平了，还又倒挖下去几尺。

她希望我能找个事做。

在她的那间窗外开着点点桃红的房子里，我的耳边轻轻地回响着她慢慢地说话的声音。到这时我才猛然发现紫英姐姐长得有点儿像是母亲，尤其是从侧面看上去……这个猛然的发现让我吃了一惊，我听见我的心咚咚地跳了起来。

我问老四："我们做什么好呢？"

老四说："我们还有一百多人呢，你说做什么我们就做什么。"

从来没有考虑过要去打家劫舍，甚至占山为王，百十来人定然禁不起折腾，几个回合也用不了，这些弟兄们就都会一个个命丧黄泉；也没有想过做生意，除了不在行，更缺少必要的经验和本钱。想过去当兵，但老四认识一个人，就在川军第五十二旅，他说他们那里当官儿的抽大烟，一房一房地娶姨太太，有的已娶到了第十七姨太，而士兵们却半年不发一回军饷，甚至一年都没有一个子儿。四十八旅已经有十八个月没发过饷了，上面总是哄骗士兵们说很快就要有一笔巨饷发到每一个人的头上，谁要是这个时候离开了，那就没有了，士兵们就一天一天地等着，却又总不见发下来。想走，又怕你刚一走，第二天，甚至就在你离开的当天晚上，那笔传说中的巨饷就真的啪的一下发下来了。

一个命短的人可能等不到那个时候呢。

老四说，我们本来是自由身，谁也管不着我们，我们可不能像四十八旅的那些兵一样被那种东西套住，那样一来就完了。我赞成老四的看法，我甚至想过离开四川，可是离开四川去往哪里，我还没有想好。

我想起乱云飞叔叔生前曾经说过，要出巫峡，走长江，川人要是不出夔门，就成不了什么气候，只能像耗子一样地活着。

又说，就算你混得再好，最多也就是只大耗子。

从那时起，我的眼前时常会浮现出这样一幅图景：一只肥胖的衣食无忧的大耗子，走路时肚皮摩着地，极其缓慢地蠕动在烟雨迷蒙的蜀中平原上，遍野的油菜花金黄、热烈，水车在远处缓缓地转动着。

我时常闭上眼睛想着那只体态肥硕、川音浓重的富甲一方的大耗子，我在心里对自己说，那是别人，那不是我。

一个难得一见的晴天里，我和老四带着一百多人离开了四川。

本来是要去上海的，我们迷了路，竟走到了贵州，又开始往北返。

往回返的路上，我注意到很多人的衣服都破了，并没有搏斗，也没有撕扯，不知怎么穿着穿着就不知不觉地破了，从川中出来时还好好的。两个人站在一起说话，你看见对方的身上丝丝缕缕的，心里觉得难过，又奇怪；而对方看见你的身上也是丝丝缕缕的，也不明白是怎么回事。我也不知道我们的衣服是怎么破了的，也许是被风吹烂的。黔地多山岳，山的两面仿佛是阴阳两个世界，很多时候，你在这边走，冷风嗖嗖地吹在身上，而那边的阳光却像是在冒烟。

有好几个人染上了伤寒。

一个姓黑的弟兄，坐在那里就死了。不久前还在与他身边的人说话，说他在打盹的时候做了一个梦，梦见自己应邀前往三盛公赴宴，梦见一桌丰盛无比的酒席，桌上的东西多得吃不完，多得让人难过，甚至想掩面不忍再看，甚至想赶快逃走……说着说着，忽然停住了，不再往下说了，别人还在等着听他继续说后面的事呢，但是，从那时起却再没有听见他的声音，看时，发现他已经没气了。

他的嘴是张着的，张成一种喇叭花的形状……

我问老四，这个死去的弟兄叫什么名字？老四说，叫黑和尚。

我在心里默默地记下了这个名字。黑和尚啊，这是跟随我出来后死去的第一个弟兄，人生的序幕还没有正式拉开，还没有从我们这个集体里得到过任何一点儿好处，就这么早早地离开我们了，当初出川时他一定不曾想过会是这么一个结果。很快我又想到，记下了又能如何呢？若干年后，又有谁能想起这个名叫黑和尚的弟兄呢？

我们把黑和尚埋在一个向阳的山坡上。听说这一带的野狗很是了得，为了怕它们把黑和尚扒出来，老四又领人搬来许多石头，堆在上面。堆好后，一个弟兄说，这一下好了，它们再有能耐，也搬不动这些石头。

要走了，我和老四来到那堆石头前。

老四说：“和尚，我们走啰。”

就又开始走。

等返到了湖北的时候，又有一个弟兄不行了，他知道也不可能把他运回四川去埋葬，所以什么也没说，只是两只眼睛始终向西，望着蜀中的方向。到了最后快要断气的时候，他轻声地问了一句，你们还要往哪里走呢？大家互相看看，没有人能回答他，连我都不知道，别人又如何能知道。我转过身去，听见他咽了最后一口气。

到处都能看见红军留下的标语和图画，标语写着“打土豪，分田地”“苏维埃万岁！”“红军万岁！”“扩大鄂豫皖革命根据地！”“消灭罗子英，活捉岳维峻！”。画在村公所山墙外的红军战士扛着枪，正在列队行走，前面的人都很大，还能看清他们的红润的面孔，后面的人就越来越小了，走在最后的那些人甚至就只是一些小黑点儿，数不清的弯弯曲曲的小黑点，表示没有穷尽，象征着广大和无限。画面中的那些被五花大绑的人都有着种种十分夸张的表情，有的大张着嘴，嘴比头还要大，某一边的一个肩膀竟跑到了脸的前面，红军的草鞋踏在他们的身上，有人的身体和表情像狼一样在抽搐，变形。

一个眉毛有点儿斜吊的弟兄跟着我看了一会儿后，对我说：

“红军好厉害哟，好凶哟！把人打成这样。”

我听出他有些没大看懂，于是，我对他说：

“那是因为他是他们的敌人，对敌人就应该这样。”

听见我这样说，眉毛有点儿斜吊的弟兄看看我，又看了一会儿墙上的图画，然后笑着对我说：“我懂了。”

在另外的一些画面上，红军正在帮老百姓分粮，分田，有的红军战士帮老乡扛着米，赶着猪，正在往家里走；还有的红军战士挥动着两只手，打着拍子，正在教人们唱歌，红旗在不远处飘扬着，人们的脸上都浮现着笑容。

眉毛有点儿斜吊的弟兄边看边说：“红军好仁义哟！”

我问他：“你愿意也像他们这样仁义么？”

他说：“愿意哟，当然愿意。”

有一天，在一座枫香树环绕着的古庙里住宿的时候，我忽然对老四说：

“我们投红军去吧。”

“你说的是真的么？”老四有些意外地看着我。

我说：“我已经想了好些天了。”

老四当然听我的。他想了一会儿，忽然问我：

“红军在哪里呢？”

我说：“当然不在这个庙里，我们得派人去找。”

昨天夜里我没有睡着，躺在稻草上，翻来覆去地想着我们的出路，这些天来的所见所闻也使得我心里的一个主意越来越茁壮，越来越坚定。别的方面我也想过，可是终觉得虚无缥缈，前程茫茫，不知下一步等待着我们的是什么。不过，有一点我始终是清醒的，那就是，无论如何都不能带着这一百多个弟兄去打水漂，他们跟着我从川中出来，可不是为了无依无靠，没有着落的，更不是为了要把各人的性命都丢掉。可是，这些天，我们连吃饭都有些困难了，有时候一天只吃一顿饭，有时甚至一顿都没有，每人吃两个洋芋。

后半夜的时候，听见从西北方向传来了枪声，响了很长时间，像夏天的雨一样，一会儿十分密集，一会儿又渐渐地变得稀疏，稀稀落落地响了一阵后，很快又重新变得密集起来，那是一种密不透风的情景，似乎连一只鸟都飞不过去。种种迹象表明，应该有很多人在那里，交战的双方至少各有几百人。

天亮以后，我派出十几个人，两三个一伙，分头去周边的英山、罗山、光山、商城、麻城以及黄安一带去寻找。大约十几天以后，我们终于在河南光山一带找到了红军，一位姓程的政委在他的指挥所里接待了我们。我刚一走进那间由一间磨坊改成的指挥所里，程政委就迎了过来，握着我的手说：

"同志们辛苦了，欢迎你们参加红军。"

令人感到惊奇的是，我们这一百多人事实上早就进入了红军的视野之中，当然也时常浑然不觉地进入到他们的有效射程范围之内，而我们对此却一无所知，丝毫没有觉察。程政委的这个团才过来没几天，前一个团走的时候，就向他们交代过，说有一支百十来人的队伍，看上去军队不像军队，老百姓不像老百姓，不知是干什么的，要他们密切注意。事实上，当我们因为迷路，第一次往贵州方向去的时候，就有人注意到了我们。后来从贵州返回，又有眼睛在注视着我们。我们在路上行走，寻找吃饭的地方、睡觉的地方，我们坐在一起吃饭的时候、躺下睡觉的时候，站在岔路口上辨别方向的时候，甚至在途中掩埋同伴的时候，一直都有人在暗中看着我们。

老四对程政委说："好怕人哟，越想越害怕。"

程政委告诉我们说，当我们在沿途的那些村庄和集镇上浏览红军写下的标语，观看红军留在墙上的图画的时候，他们派出的化了装的流动哨就在不远处，甚至就站在我们的旁边看着我们，我们在观看时所说的话，他们也都能听到。我听了，觉得背后有凉风掠过，就像老四说的那样，这件事真的是越想越让人觉得后怕，觉得人生充满了悬疑，不知道什么时候会有人在背后暗暗地打量你，关切地惦记着你，那种时候，突然倒下也是一件眨眼之间的事，再正常不过，甚至比找一个能够睡觉的地方还要容易。我对程政委说，幸好我们没做什么歹事，否则，很可能早就被红军消灭了。程政委说，一切革命的力量我们都要注意，一切反革命的力量我们也要注意，一切模棱两可的暂时还看不出倾向和标识的力量更要引起我们的注意，革命永远不嫌人多；现在好了。

从那以后，只要一见面，程政委就会给我讲革命道理，讲目前国内的形势，尽管他还十分的年轻，但他已是一位革命斗争经验极其丰富的优秀指挥员了，他懂得的东西非常多，我很敬佩他。通过程政委的介绍，我了解了我们目前所在的这支部队的由来及其源流，最早可以追溯到数年前的商城暴动和黄麻起义，那期间，有相当一批领导人先后被捕，牺牲，为革命事业献出了他们年轻的生命，流尽了最后一滴血。现在，我们的任务就是要巩固和扩大我们的革命根据地，保卫苏区。

我带来的一百多人全部都参加了红军，我被任命为连长，老四为副连长。除了老四和我还在一起，其他的人都分散到各个连队里去了，我也没有问过这是为什么，只听程政委曾经说过，每一名红军战士都是革命的战士，不是哪一个人的兵。在旧军队里，在国民党反动派的军队里，有山头，有派系，有嫡亲的，有后娘养的，有受宠的，还有十三不靠的。在我们的革命军队里没有这些，有的只是战胜一切敌人的勇气和决心。程政委说得是多么的好啊！我对他说，我服从命令。

不久，我和老四奉命到红军中的彭杨干部学校学习，学习理论和军事。在那里学习的都是一些连长、排长和指导员，两三个月三四个月为一期，学完以后，马上再回到各自的部队里去。程政委有时候开会路过，会专门骑着马到学校里来看我们，把全团在这里学习的连长、排长和指导员们召集到一起，开会，谈心，及时地发现问题，有问题就马上解决问题，没有问题就鼓励我们好好学习，学成后立即归队，投入新的战斗。

有一次，程政委又来的时候，我向他汇报了这样一件事：

一个名叫汪贵宇的连长，知道我是带着一百多人来参加红军的，就对我说："别以为革命军队就没谱，就能胡来，革命军队也是有谱的，也是有讲究的，也是论功行赏的。你带来一百多人，就只能让你当连长，因为一个连也就是一百来人；你要是带来的是一两千人，今天的你就不是连长了，而是团长。"

我说："要是带来一两万人呢？"

汪贵宇说："以此类推，那你就是军长。"

我听了，着实吓了一跳，啊呀！这个人好可怕呀！这是个什么人呢？红军队伍里怎么还有这样的人呢？我首先觉得这个叫汪贵宇的连长的思想很不对头，龟儿子！我甚至觉得他很有可能是国民党派到红军里来的。天知道，我什么时候琢磨过要当军长呢？那是谁都能当的么？连梦也没有梦过。当一名连长也是革命军队对我的极大的信任，我至今都心存感激，总想找机会多多杀敌，以报夙愿。我觉得汪贵宇像是在套我呢。于是，我对他说：“我是来参加红军闹革命的，不是来当官儿的。”见我这样说，那个叫汪贵宇的连长马上又换了一副面孔，对我说：“我是和你开玩笑的，你不要当真，我也是想考验考验你，看看你这个新来的同志革命信念是否坚定，没有别的意思呀。”我想，有党在考验我，有革命军队在锻炼我，用得着你来考验我么？我看他是黄鼠狼给鸡拜年。

我把这些一一地都说给程政委，程政委听完后，首先表扬我政治觉悟有了非常大的提高，是他见过的进步最快的连长之一。接着，程政委又对我说：“你回答得很对，这样回答就对了，什么官儿不官儿的，红军官兵一致，你难道没有看到么？就拿我这个政委来说，和你这个连长又有什么不同呢？我们吃的一样，穿的一样，要说有什么不一样的，那就是我肩上的担子比你更重一些，你挑的是一个连的担子，我挑的是一个团的担子，这就是我们之间的区别。”与程政委的谈话让我浑身热血沸腾，又让我渐渐变得心明眼亮，我突然大胆地又有些不顾一切地向程政委提出一个要求，我想加入中国共产党，更想让程政委做我的入党介绍人，不知程政委是否愿意。程政委看着我，目光中流露出坚定而又亲切的神色，他对我说，只要我好好努力，在战场上英勇杀敌，他愿意做我的入党介绍人。那时候，我感到有热辣辣的东西正在我的眼眶里团团打转，左奔右突，让我无法控制。我紧紧地握住程政委的手，感到一股强大的革命力量没有转任何的弯子，就直接向我传递过来了。正是革命的力量，使我从过去那样一个一身毛病的少爷成为今天的一名红军干部，人生一世，还有什么能比这更重大的呢？许多的话语汹涌集至，滚滚而来，让我一时难以决出先后。我只向程政委表示了我的决心，要为革命事业流尽最后一滴血。

谈话以后，程政委策马离去。

经常有一些首长来到彭杨干部学校给我们做报告，有鄂豫皖中央分局的领导，鄂豫皖省委的领导，共产国际的代表，还有方面军的首长们。方面军的首长主要讲军事，他们的口音一开始不大能够让人听懂，但听着听着就都能够听懂了。大家最喜欢听那些对于某一个战役的具体分析和讲解，那些战役，有些就是由他们本人亲自指挥的，比如黄陂战役、苏家埠战役、霍山—六安战役、光山保卫战、根据地四次反围剿；另外一些是其他根据地的战役，比如中央红军在江西苏区的战役，湘鄂西苏区之洪湖苏区保卫战……时过境迁，如今再次追溯那些已逝的战斗，对于许多亲身经历过那些战役的人来说，除了重温一个个旧梦，还能够看出当时不能够看出的长短与得失；对于没有参加过那些战役的人来说，则像是从高处俯瞰别人在做梦，观摩那梦里的一草一木，一计一策，永远铭记那些梦境的走向与突变。

有一天，我们正在学校里的操场上出操，不知发生了什么事，所有正在操练的队列突然一下之间全都停了下来，整个操场上变得鸦雀无声。后来，忽然看见有一个人从其中的一个队列里走了出来，刚走到队列前面，苏区保卫局的三名全副武装的战士立即上去将那个人五花大绑地捆了起来。那时候，我吃惊地看到，被捆起来的那个人竟然就是那位名叫汪贵宇的连长，当保卫局的人押着他穿过一排排的队列向我们这边走来时，汪贵宇忽然看见了我，在从我面前经过时，他充满怨恨地看了我一眼，那一眼，让我在以后的时间里，一想起来就会感到浑身疼痛，难过不已，我竟然判断不出自己究竟做了什么。

然而，就是这个我对他还心怀一些歉意的汪贵宇，在保卫局的严刑审讯下，他竟然承认自己是AB团、改组派，说某某团长是他的上线，某某师长是他的上上线，某某营长连长是他的同谋，一口气供出二三十个人。保卫局如获至宝，这意外的突破让他们欣喜若狂，预感到将有一桩惊天的大事就要在他们的手中展开并完成。汪贵宇说出一个名字，保卫局就立即出动，去逮捕一个。逮捕回来的人，每个人都必须再供出两个以上的人，否则就不能过关，会一直审讯下去，直到你开口说出几个名字。

也该是我时运不济，也该是许多人时运不济，我们完全不知道，根据地大规模的“肃反”运动实际早就已经开始了。

老四时常悄悄地告诉我，他每天都吃不饱，肚子里好像有几十张嘴随时都在张着。好在这种话他只对我一个人说。

我对他说：“你现在是红军干部，不可以这样。”

老四说：“我也知道这不对。”

我说：“忍一忍吧，克服一下，连程政委有时候也都吃不饱呢。”

“我有时觉得我的神志有些混乱，明明刚吃过饭，可感觉就像没吃一样，那种时候，我就在想，什么时候开饭呢？快了吧？……我怀疑我的肚子有些不对头，越来越像一个漏斗。”

“别那么没出息，多想想学习和训练的事，少想那些吃的。有那么多同志都牺牲了，他们又吃过什么？绝大多数的同志都是空着肚子死去的，想想他们，我们就像活在天堂里一样呢，我们应该感到愧疚呢，尤其是像你这样的人。”

听见我这样说，老四有些沉重地低下了头。天快黑了，还有人在操场上练习刺杀。一大队屋顶上的一挺重机枪蒙在一块布里，猛一看，像是一个人披着毯子坐在那里。

在苏区茫茫的暮色中，老四对我说，他也觉得他自己很不争气，像是前世的一个饿死鬼转世，经常总是会注意到吃的，别的东西倒常常被忽略，别人不留意的，他也能注意到。对于这一点，他也骂过自己，深深地痛恨过自己。

“说不定前世我真的是饿死的。”

“什么前世后世的！一个红军干部怎么能这样说？你都注意到什么了？”

“我说了，你不要骂我，要允许人改正错误嘛。我注意到，从咱们学校往西南方向走一两里，有一片橘树，树上的橘子已经很大了。从学校出去，往东，下了坡，再过了一片坝子后，在那个旧教堂的旁边，有一家客栈，客栈的隔壁，有一个四川人开的饭馆，门面虽小，可手艺不小，全是我们的川菜。那天回来时，我的脑子里一路上都装着那些东西，赶也赶不走，红油、辣子、猪肚、蹄膀、回锅肉，噼里啪啦地在热油里尽情地翻滚着，我的脑子里完全就成了一口熊熊燃烧的油锅……我像一个未满周岁的娃儿，一路上口水不断……”

说着，他忽然停下来，朝四周看了看，然后用很小的声音问我身上还有没有钱。我在身上摸了一下，好像还有一块钱。没想到，这却让他兴奋异常，他用乞求的声音鼓动我，去把那一块钱花掉，让那位四川老乡炒两个菜给我们，再来几碗饭。又当着头顶上面的天向我发誓，这是最后一次了，花完这一块钱，吃完这一顿饭，保证改掉自己的那些毛病。见我在犹豫，又说，那一块钱装在你身上也是个麻烦，说不定哪天就丢了，就算不丢，让别人看见，也不是什么好事，也许会引来祸端。我得承认，是他后面的那几句话触动了我，让我觉得背后忽然一凉，头皮竟有些麻，又有一种绷紧的感觉。于是，我对他说，现在天还没有全黑了，等再黑一黑再说。听见我这样说，他压低声音，极力抑制住自己的喜悦，对我说，对头，还是你这个做连长的想得周到。他的声音里有一种被束缚起来的野性。

这以后，我们在操场边上慢慢地走着，别人看见了，会认为我们是在散步。夜风中飘荡着树木的气息，白日里那些用来练习刺杀的稻草人在操场的一边站成一片，影影绰绰地望过去，竟不像是稻草人，而更像是一片沉默不语的真正的哨兵，越看越觉得他们是活的，在等候命令，随时突然动起来，杀声震天。

我对老四说，我们像是在做贼一样。没有人逼我们这样做，是我们自己把自己搞成这样的，天不灭人人自灭。老四走在我的旁边，听见我这样说，怕我反悔，急忙说，就这一回了，这也是最后一回。我说，也只能是最后一回了，花完这一块钱，我就真正的身无分文了，我也成为真正的无产阶级了。黑暗中，老四说，这得要感谢我。

天完全黑了，几步以外便看不见任何东西。

“黑得连我们自己都看不见自己了。”老四说，“我们赶紧走吧，早一点儿成为无产阶级，这比什么都重要。”

让我稍微感到安心的是，路上没遇到什么人。老四让我跟着他，他说他路熟。果然就像回他自己的家一样。老四没有自己的家，从十二三岁的时候就一直跟着我。在这个黑洞洞的夜里，他像一只灵活敏捷的猴子，不时地停下来，告诉我哪里是水沟，哪里是石头。又指着远处的一条模模糊糊的白线让我看，说那就是白河，白天的时候，河面很宽，一到夜里就成了一条线，要是不认真地盯着看，就连那条仅有的白线也看不到。在他的指点下，我似乎看到了那条灰白的线。

又走了一会儿，前面忽然传来“吱——”的一声怪叫，正在疑惑的时候，忽然发现发出怪声的地方升起一片昏沉沉的亮光，紧接着就看见一个熟悉的头出现在那片亮光里，是老四的头，他像主人一样站在门口迎候我，对我说：“请进吧，就是这里。”我向里面走去，听到嘭的一声闷响，老四也听见了，他看见我用手捂着头。

“这鬼门，谁来了都要碰一下。”

一个四十多岁的身材瘦小的男人从里面的昏暗处奔出来，满脸歉意地用四川话说：“对不起哟，门太矮了。”

“对不起有啥用，还是把菜炒好要紧。”老四对他说，“快一点儿，我们还有事。”

老四的话音刚落，那个人就已经又消失了。

那是我见过的最小的饭馆，如果有六七个人同时在里面吃饭，不仅无法坐下，相互之间手里的筷子也一定会像打架一样交叉在一起，在那种情形下，相信谁都不能够独行其是，需要在别人的忍耐和谦让下才能够把要吃的东西小心地送进自己的嘴里；只要有一个人不像话，其余的人就都会吃不成，也许需要经过搏斗，不搏斗就得到外面等着。值得庆幸的是，我和老四进来的时候，里面没有人，通向灶房的方向是黑的，漆黑一片，因为黑，也就看不到尽头，不知里面到底有多深，只听见不断地有声音在黑暗中叮当响起。我们在一张桌子前坐下，头顶上方的一盏纱罩汽灯咝咝地响了几声后，竟倏忽地比先前亮了许多。那时候，就看见桌子上有一短一长两行字慢慢地显现出来：

落花时节又逢君

楚良才，你这狗娘养的，吃完这顿饭，阎王就让我把你带回去

这两句上下有些矛盾的话没有落款，反复地看了几遍，眼前慢慢地变得幽暗起来，似看见有花瓣在慢慢地展开，小鱼吊在门上，一条僻静的小街上有脚步声传来，乌木的院门，苍翠的草帘，一只白灯笼在前面引路——

听见老四用筷子敲了一下桌子，又听见他说："直到今天，直到现在，我才终于相信你是真的没有钱了。"

我说："我跟你们说过多少遍了，没有人信。"

老四说："谁能信呢，说实话，连我都不信，别人就更不摸底细了，大家都以为你不管如何肯定还留着一手，没想到真的是说没有就真的没有了。"

我说："人们更愿意相信假话。"

老四说："很多时候，你更像一张白纸。"

菜上来了，油亮通红的一盘，还带着余音不绝的响声，老四低下头，长长地吸了一口气，接着便直起腰，眼里的两束光变得炯炯有神。我拨了一点儿放进碗里，把剩下的大部分连同盘子一起推到老四的面前，老四看看我，慢慢地又把盘子朝我面前推过来，我也没说话，又把盘子给他推过去，他像接一个大东西一样，急忙将两只手张开，又稳稳地鹰一样地落下来，紧紧地将已来到他面前的盘子捉住。我知道他手里捉着盘子，眼睛又在看着我，我垂下眼睑不去看他，只看着碗里的米粒。一直没有听见他动筷子，我知道他又要把盘子推过来了，抬眼

一看，看见他的胳膊肘已经又抬起来了，于是，我用眼睛示意他不要再推过来了，这样推来推去，盘子会不小心被推到地下去的。此外，我还向他示意，我并不怎么饿。

这以后，老四终于决定不再继续把盘子推过来了，他的两条胳膊慢慢地不知不觉地陷落了下去。这以后，他拿起了筷子，羞羞答答地伸向他面前的盘子，先夹起一根辣椒，不是直接放进嘴里，而是先放进了碗里，仿佛是为了让那根辣椒先喘一口气，暂时缓冲一下。在碗里过渡了一下后，才到了他的嘴里。

后来他就越来越顺了，仿佛找到了从前饕餮的感觉，脸上开始有了油亮的光。

一张脸在门口闪现了一下，我注意到了，但老四没有看见。

我对老四说："门外好像有一个人——"

老四没有听见，他的脸几乎跌进了盘子里，嘴里也塞满了东西，偶尔听见他说一声，声音听上去好像远在几百里以外的一个地方。

我起身到门口看了一下，外面没有人，四周漆黑一片。我又重新回到桌前坐下，迅速地回想了一下那张脸，觉得有点儿扁平，有点儿灰白，它出现在距离门楣下方一尺多的地方，就只是一张脸，孤零零的单独的一张脸，却没有脸以下的脖颈、胸脯和身体。

老四吃光了三碗饭和盘子里所有的东西，几个空碗和空了的盘子一尘不染地摆放在他的面前，连那个身材瘦小的主人也朝他竖起了大拇指，脸上的皱纹向四周散开，呈现出菊花般的笑容，他送我们出了门。

四野无人，草木的气息从黑暗的大地上蹿跃起来，不断地向我们扑过来。

老四对我说："吃完这顿饭，让我这就去死，我也没什么可说的了。"

"你愿意就这么去死么？"我对他说，"将来还有更好的东西呢，你不想再等了么？"

老四说："想不出将来会是啥子样子，我们恐怕等不到那一天喽。"

我又想起了那张在我们吃饭的时候忽然出现在门口的脸，有点儿扁平，有点儿灰白，在门口略作停留，匆匆地悬挂了一下后就唰的一下又不见了，尽管后来再没有出现，但我觉得它给我的心里带来了某种阴影。我没有把这些告诉老四，饱餐一顿后，他光顾着高兴了，丝毫没有注意到我在回去的路上与出来的那时候相比有什么不一样的。也许，在他看来，要说有什么不一样的，那就是我们两个人都吃饱了，与来的那时候大不一样，尤其是他本人，精神很好，感到无比的充实，不再觉得自己是饿死鬼转世了。

走了一会儿，他小声而愉快地哼起了刚刚学会的苏区歌曲《送郎当红军》。

天地之间安静极了，整个鄂豫皖革命根据地都仿佛进入了一个寂静寥廓的梦里，这样的时候并不是很多。

……

我和老四是在快到学校门口的时候突然被捕的。

快到学校门口时，我们首先看到了大门口上方的那个大型的五角星，尽管黑夜让它暂时改变了自己的颜色，但在我们的眼里它依然是鲜红的，最美丽的，能给无数人勇气和信念，大无畏的革命精神。然而，就在那时，苏区保卫局的几名战士突然从树后走出来，他们全副武装，清一色的短枪，枪上的保险都像一张张嘴一样大张着。我见过其中的两个人，一个长着一张国字脸，一个是圆圆的娃娃脸，他们曾几次来学校执行任务，有时是公开的，有时是秘密的，带走了一批又一批的人，都是连排以上的红军干部。此刻，他们站成扇形，风从树丛里穿过。很快，我和老四就都被绑了起来，随即又被用黑布蒙住了眼。

我就是在那时候与老四分开的，在一个漆黑的深夜，在彭杨干部学校的门外，从此，我们再没有见过。

审讯是从第二天开始的。天不亮的时候我就被带了出去，有两个人在一间房子里坐着，他们首先问我昨天晚上到那个小饭馆里去干什么，我说是去吃饭。他们说，学校里难道没有饭么？红军的干部学校里会没有饭吃？听到他们这样问，我便老老实实地将昨天晚上的经过说了一遍，之后又进行自我批评，说明我们有自由散漫的倾向和资产阶级享乐思想，给伟大的红军丢脸，我说我会记住这次教训和错误。我认真地说着，却看见他们的脸上浮起一种十分诡异的笑容，我的心忽然又悬了起来。看他们的神情，我隐约觉得我所说的那些他们并不感兴趣，好像并不是他们想要知道的。这样一来，我知道坏了，我的心里七上八下的，他们到底想要问什么呢，想要知道什么呢？我低着头想了一会儿，忽然觉得吓了一跳，身上一发抖，手上和脚上的铁锁链都哗啦哗啦地响了起来。我想起了根据地正在开展的“肃反”运动，眼前不禁轰的一声，血光四溅……我想，不会说我也是AB团、改组派吧？要是那样，那就不是一般的纪律问题了。

果然，就像我所想的那样，他们问我："什么时候加入的AB团?"

听到这样问，我的眼前又是轰的一声。我说："没有，从来没有过。"

他们说："很好，知道你就会这么说，每一个进来的人都会这么说。不说是吧？我们会让你说的。"

守候在门外的两个战士进来，在我的身上仔细地搜了一遍，没有搜到钱，也没有搜到别的什么特别的东西，只有一支自来水笔。从四川出来的时候，我的身上还有几百块大洋，紫英姐姐帮我把它们缝进一个细长的腰带一样的袋子里，我日夜缠在身上，一刻都不敢大意，跟着我一起出来的那一百多个弟兄都指望它们呢。后来，第一次见到程政委的时候，我就从腰里解下来，全部交给了程政委。我认为，一个人当了红军，身上是不应该有钱的，更不应该有什么私人财产，直觉告诉我，有那些是可耻的，更是反动的。正因为此，当我把那些钱交给程政委的时候，我的心里高兴极了，我知道尽管这根本算不上什么，但却标志着我朝着革命的目标又迈进了一大步，把钱交给了程政委，就是交给了党，交给了革命。老四也赞同我的行为，他说，你的义举将会在红军队伍中传为美谈。我立刻纠正他，告诉他说，那不叫义举，那叫革命精神，不会说话以后就不要乱说，把那些封建的腐朽没落的陈词滥调统统都给我咽回去，不要再说出来，免得丢人现眼，让人耻笑。又告诉他说，我们把钱上交，不是为了要让人传颂，而是在表明我们的革命的决心。老四说，我懂啰。

一位审讯干部对我说："你必须得说，不说是不可能的，没有人能蒙混过去。”又说，“辣椒水、老虎凳、竹签穿刺，你选一个吧。”

另一个人说：“他是四川人，让他喝辣椒水太便宜他了，等于请他吃饭呢。”

他们说，在我们这支部队里，有一条很粗的反革命脉络，贯穿得很长很深，根深蒂固，枝繁叶茂，上自军长，下到班长，全部由AB团和改组派的敌特分子组成，不清除这些，红军就不可能真正战胜敌人，会一直吃败仗。我听了，惊得面无人色，照他们这样的说法，我们这支英勇善战的红军部队岂不成了一支国民党的队伍？那还革什么命呢，那还革谁的命呢？苏区的形势变成如今这样，我觉得一定是什么地方出了问题，一定是上面出了问题，是的，下面不过是在执行上面的命令。两个红军战士端来一碗辣椒水，一个捏住我的下颚，让我把嘴张开，另一个慢慢地端起碗，把一碗血红的辣椒水往我的嘴里灌。坐在椅子上的一个人提醒说，慢慢地倒，不要洒了，不要浪费了。又对另一个坐在椅子上的人说，几大缸辣椒水都已经见底了，还得继续搞。

再睁开眼的时候，发现不知什么时候已经回到了牢房里，除了我，还有两个人，一个满脸胡子，另一个是个十六七岁的孩子，他们都靠墙半坐着，看见我醒来后就不停地咳嗽、作呕，那个满脸胡子的人说：

“喝辣椒水了吧？几碗？”

我一边咳嗽，一边朝他伸出一个指头。

“才一碗？”他有些不相信地看着我，摇了摇头。又说：“一定是看你长得白白嫩嫩的，手下留情啰。”

熟悉的乡音，溃烂的皮肉，让我一下就记住了这个满脸胡子的人，他姓曾，也是四川人，是红三十一团的一位营长。坐在他旁边的那个十六七岁的孩子，叫宋小川，是红十八师周副师长的警卫员。第一次受审的时候，曾营长就被灌进去三碗辣椒水，所有的刑他都受过了。他说，在所有的刑罚里，喝辣椒水是最轻的，也是最好的。

那个叫宋小川的孩子靠墙坐着，一直都不说话，问时，才知道周副师长已经被执行了。

处决周师长的那一天，宋小川被押去陪绑，他看见除了周师长，还有好几位师长，但更多的是一些连长、营长、团长。“没数过，不知道有多少人。”宋小川说。当行刑队子弹上膛以后，周师长说出了他一生中最后一个要求，请求用刀，不要浪费子弹，留着子弹打敌人。于是就改用大刀和木棒。一位只剩下一条腿的师长对周师长抱怨说：“老周，为什么我们不能死得痛快一些？”周师长还没有来得及说话，一刀下去，已尸首异处。

几个月来，已不知有多少人都先后死去了，有的死在枪下，有的死在刀下，有的是被棍棒打死的。黄陂战役中的一位英雄，一位叫年孝英的团长，被打到八十多棒的时候，还能动，还能说话，打人的人也早已累得上气不接下气，后来又换了一班行刑的，又打了八十多棒，年孝英团长才终于断了气。

曾营长问我：“老弟，AB团到底是个啥子东西么？”

我说我也不知道。我要是知道就好了。

曾营长说：“看来只有等到阴间去问阎王了。”

想了一会儿，又说：“这事，阎王老子也未必晓得。”

据曾营长讲，我们所在的这间牢房里，一开始的时候一共关押着二三十个人，后来陆陆续续地都被带走了，走了也就走了，再没有一个回来的。只剩下曾营长和宋小川，至于他们两个人为什么还在，连他们本人也说不清楚，不知道为什么。曾营长对我说，只是个时间问题，不是不走，是时候未到。

夜深以后，宋小川和曾营长先后都睡着了，只有我还醒着，我的嘴里、喉咙里、胃里和鼻腔里像是有火在燃烧。苏区的月光透过屋子上方的几根胳膊粗细的木头照进来，照在宋小川和曾营长的身上，宋小川的身体蜷缩在一起，看上去越发像个不大的孩子，一点儿也看不出他曾跟随已逝的周师长在鄂豫皖这块土地上征战了好几年。曾营长的身上到处是伤，从头到脚，很少能看到完好的地方。睡梦中，他突然发出一声细细的呻吟。一个那样的硬汉，突然发出那种细声的女人般的呻吟，一定是身上哪个地方的伤又在作痛。

我叫了一声“曾营长——”他没有回应。

我忽然想起了老四，不知他是否还活着，也许已经被处决了。自那天夜里在彭杨干部学校门外被蒙上眼睛后，我就再没有他的消息。我没有想到，也从来都没有想过，在学校东边的那个比一个螺蛳壳大不了多少的小饭馆里吃的那顿饭竟是我们这一生在一起吃的最后一顿饭，老四一定也没有想到。多年来，老四不止一次地对我说：“不知为什么，我就是愿意跟着你，你骂我我也愿意。”老四在成都没有家，很小的时候一直跟着哥哥嫂嫂，从十二三岁的时候起，就开始一直跟着我。我至今都记得我们第一次见面时的情景，在武侯祠的外面，天上下着小雨，那时，他还留着一条辫子，穿着一件小小的灰色的旧袍子，看见我，只是笑。

我想起了我的父母。在我很小的时候，有一天，不知是在梦里还是在真实的夜里，我恍惚听见父亲对母亲说：“这个娃儿好像是咱们前世的仇人……”母亲听了，好半天没有出声。后来，我都又快要睡着了，听见母亲说：“他还小，再大一些就懂事了。”父亲既没有赞同母亲的话，也没有提出反对，给我的感觉好像他和母亲说的并不是一回事，也不是同一个人，而是各说各的，母亲说母亲的，他却是顺着他自己的思绪不住地往远处滑行，越滑越远。

听见父亲对母亲说：“你，我，咱们两个人，上一辈子不知是啥关系，先别管是啥关系，有一点肯定是一样的，那就是，你和我，咱们两人一定是做了什么对不起他的事，到了这一辈子，你我成了夫妻，人家找过来了。”

母亲说：“自己的儿子，别说得那么吓人。”

父亲说：“吓人？就是这么回事，我敢说一定是这样的，是的，不然好多事情就都解释不通，越想越不明白。”

母亲说：“有什么事你觉得解释不通呢？”

“那就多了。”父亲说，“比方说，他那么样地折腾我们，变着法儿地折磨我们，我们却愿意让他折腾，心甘情愿地愿意让人家折磨，这难道不是一件奇怪的事么？我经常在想，我们为啥那么愿意让他折磨折腾呢？有一阵子他没折磨我们，晚回来一会儿，我们还要心焦焦眼巴巴地惦记着人家，怎么还不回来呢？到哪里去了呢？会不会出什么事呀？等等等等，这样的一些事情，那样的一种心情。你给我说说，这是为啥？你要是能给我说出个道道来，说出个子丑寅卯来，我就服了你。”

母亲说：“普天之下，谁家不是这样呢？”

父亲说：“那就正好说明都是前世的冤家。”

母亲说：“你真是这么看的么？”

“我也不想这么看，”父亲说，“可是不这么看不行，好多事情我解释不通，想不明白。远的不说，说近的。距离府衙门不远处有一个穷得叮当乱响的人，住在一棵白果树下，靠树枝树叶当屋顶，据说每天只吃一顿饭，有时候连一顿都捞不着。就是这么一个人，我听衙门里的人讲，却匪夷所思地认了一个比他还要穷的老太婆做干妈，孝敬得比亲娘还要厉害……能仅仅用心好来解释这件事么？世上心好的人不止他一个，比他更好心的也有，为啥偏偏是他呢？冥冥之中必有一种东西在支配着他，告诉他必须要对那个人好，那就是他今生今世要做的唯一的一件事，他来到世上就是为了要做完那件事。南河边有一个女人，也是时常吃不上饭，却收留了几十只猫，宁可自己饿着，也要让那些猫吃饱。我觉得仅用善行是不能解释这些事情的，那中间一定暗藏着前因，我们只是不知道罢了，甚至连他们本人也不知道究竟是什么样的原因，只是觉得必须得那么做，就得那么做。”

……

月光像水一样漫过我的脸，我忽然想起一段小曲：

十三能饮酒，
十四会吸烟，
十五敢把洋人杀。
……

那说的是谁呢？就是我。烟是大烟，并非是寻常人吃的那种纸烟。

兰草幽静地生长着，藤萝密密地垂挂着，竹叶沙沙地响着，莲花嘭嘭地盛开着，父亲和母亲还在说话，我却终于睡着了。

第二天醒来以后，我看到牢房里只剩下我一个人躺在地上，曾营长和宋小川都不在了。

我从地上起来，活动了一会儿身体，又把曾营长和宋小川落在地上的两件衣裳捡了起来。我们三个人都没有行李，都是直接睡在地上，这倒也省事，人一走，也就没有什么了，省去不少麻烦。我在做那些的时候，想到曾营长和宋小川可能正在被重新审问或接受拷打，一次又一次的审问和拷打，让宋小川从一个活泼好动的孩子变得沉默寡言，身上增添了越来越多的木气。从他的那双惊慌而又失望的眼睛里能够看出，他不再相信任何的人和事物，我和曾营长说话的时候，他就坐在一旁安安静静地听着，从不插话；也有的时候不听我们说话，好像在想别的事情。

窗户又高又窄，看不到外面，我只好在地上躺着，躺得久了，再慢慢地坐起来，有时候就睡过去了，等醒来后，看见还是我一个人。我等了他们一天，一天都没有人来。到天快黑的时候，我终于相信曾营长和宋小川他们再也不会回来了。

大约后半夜的时候，门突然开了，我急忙坐起来，我以为是曾营长和宋小川被送回来了，看时却不是他们，而是七八个生人，一律都被五花大绑着，眼睛蒙着黑布，与我当初被送进来的时候一模一样。保卫局的人清点完人数以后就走了，外面的岗哨像老虎一样地在来回走动，不时地拉一下枪栓。

进来的那七八个人，有一个人的伤势看上去非常严重，从外面进来的时候就是被两个人架进来的，一进来就扑通一声倒在了地上，旁边有人叫道：

“晏书记！晏书记！”

问是谁，回答说是鄂西特委书记晏道明。我听了不禁一惊，原以为“肃反”只是在部队里进行，没想到已经扩展蔓延到了地方上。鄂西特委书记晏道明同志接到通知他开会的命令，怕暴露，不敢骑马，徒步走了三十多里，躲过了还乡团的一路追捕，好不容易赶到开会的地点，还没有来得及坐下，突然就被绑了起来，一通拷打之后，人已变得奄奄一息，昏迷不醒。

第二天，晏道明同志就死了。

保卫局通知晏道明的家里来领取晏道明的尸体，晏道明的二弟来了，但是，不仅没有把他哥哥的尸体领回去，他自己也被抓了起来，也回不去了。事情的经过是这样的，看到晏道明的尸体后，晏道明的二弟起初有些不敢相信，不敢相信哥哥不久前还是好好的一个人，几乎是眨眼之间就已变成了一个冰凉凉的死人，叫死也不再答应他一声。

于是，晏道明的二弟哭着说：“早知道这样，当初还不如就让还乡团抓去了呢，反正都是个死，死在还乡团的刀下，还是个烈士，人们还能记着你……这算什么事呢，说不清道不明的，家里人也跟着不光彩，一辈子也说不清了……”话还没有说完，立即就被抓了起来。

我曾两次被押赴刑场，没有人告诉我说是去陪斩，所以，每次我都以为自己的死期到了，枪声一响，便应声倒下，但很快便又发现自己还活着，看见一批一批的红军指挥员在枪声中倒下，在大刀和棍棒下迅速做鬼，刑场上空乌云翻滚，芙蓉花像硕大的叹息声一样嗵嗵地一朵一朵地从高大的树上跌下来，在地上摔得粉碎。

有一次，一位负责审讯我的保卫局的干部冷笑着对我说：

“你以为你是革命的？革命还信不过你呢。一个出身于剥削阶级家庭的人，永远也不可能和革命是一条心。”

我听了，顿时就像被抽去了筋骨一样，这话对我的伤害和打击要远远胜过刀砍斧劈，胜过无数的辣椒水和老虎凳，它给我带来的是一眼望不到边的阴影和绝望。就从他说过那话以后，我忽然发现我不再怕死了，想起来会觉得也不过是一件平常的事，谁都能遇到，谁都得遇到，今天正在杀人的人，明天也会死去，比被他杀了的那个人也多活不了多长，只不过是谁走得快些，谁走得慢些。

望着黑沉沉的天，我在心里说，老四啊，我们很快又要见面了，你要是稍微走得慢一些，或许我能在半道上赶上你。

又想到说不定还能碰上曾营长和宋小川他们，碰上彭杨干部学校那些已经做了鬼的学员们，碰上别的人，几千名在地上丧了命的红军，到了地下忽然又相遇，会又是一支势如破竹的红军队伍……胡乱地想着，想得身上竟有些灼烫，熏热的南风嗡嗡地从脸前拂过；甚至连马匹和轻重机枪都想到了，马是那种影子一样的马，精致，优良，不吃不喝，跑起来却飞快，几个时辰便将地域广大的鄂豫皖革命根据地丈量、检阅了一遍，根据地的人民老老少少地站在村口、路上，有的坐在山上，也有的一直在后院里，和仅剩的一只鸡呆坐在一起，假装和牛说活，把手搭在牛的鼻梁上，搭在腰上，把粮食埋进地里，藏在树洞里……他们说，你们一走，我们就把吃的藏起来了，该藏的藏，该埋的埋，等你们再回来的时候，拿出来还好好的，还像新的时候一样。

“你们什么时候回来呢？”

没有人能回答他们，谁也没有一个准信儿，谁也没有那样的把握。

人活着，谁不想有一个准信儿，谁不想对什么事情都有把握呢？但是，有不了，也不仅仅是由于岁月的残酷。就像我，每一次被押出去的时候，都会觉得这一次可能真的完了，再也不会回到这个地方来了，但每一次过后又都被奇怪地送了回来，倒是一次次地眼睁睁地看着别人扑通扑通地倒下，永不再起来，永不再回来。这事实在是不能问的，要是能问，我真想问一句，什么时候杀我呀？回答也许是让我等着。

可是，等真正轮到我的时候，我又完全不知道。

最后一次陪斩的那天又是一个阴天，刑场四周布满了岗哨，除了轻重机枪，连一向神秘的手枪队也调过来了。到达刑场后，我注意到这一次有些特别，临时搭起了一个主席台，主席台四周的警卫全副武装，这在以往是没有的，这预示着好像有重要人物要出场，监斩和被斩的都不寻常。果然，不久以后，就有一个长着一张四方脸的人出现在主席台的正中间，我看了一眼，觉得好像在哪里见过，猛一下却又想不起来。我在心里问自己，那个人是谁呢？后来，忽然想起他就是鄂豫皖地区的最高首长，在彭杨干部学校学习期间，有一次他来到学校，在上面给我们做报告，从共产国际讲到国内的敌军围困，赤色山河，讲到江西苏区、湘鄂西苏区……后来又说，西北呢？不要以为西北就是一片黄，西北也有红，虽然只是一点点……我本人已经把自己的一生奉献给马克思列宁主义和中国革命，你们呢？台下响起雷鸣般的掌声，他也高兴地朝大家不住地挥手。接着，又面朝台下坐着的几百名红军各级指挥员，他给大家鞠了一个躬，为了中国的革命，拜托大家了！台下又是一片翻滚不息的掌声。这是我参加红军以来第二次看见他，头一次我是红军干部学校的学员，这一次却是红军的死囚。我看见他慢慢地坐下，神色凝重地朝四周望了望，头顶上面的天空是墨青的颜色。没有人说话，很多人都在看着他，在等着，我听见一片拉动枪栓、子弹上膛的声音，手枪队不断地改变着队形，从最初的直线变成圆形、槽形、锥形。在高大的芙蓉树下，每个人都显得十分的微小，比平时小多了。不久以后，又一队被五花大绑着的人从一条杂草掩映的小路上慢慢地走了过来，我看见走在最前面的是许军长，许军长是北伐名将。后来他站在距离我不远的地方，我叫了一声“许军长”，但他没有听见，只是朝这边看了一眼。很快我就意识到我叫也是白叫，是没有声音的，嘴里塞着棉花，除了我，还有一些人的嘴里也有东西。镣铐哗啦哗啦地响着，没膝的草，一人高的草，有花正在开着，白得像鸽子，觉得人一过去，就会立即从草上扑喇喇地飞走。几个人上去按住许军长的肩膀，用力往下按，许军长终于被按倒，他的两条胳膊被分开，分别绑在两匹马的后腿上。随后，一名身材高大的军官举起手中的鞭子朝其中一匹马的身上狠狠地抽了一下，抽出去的鞭子还没有收回来，两匹马便疯了似的拖着许军长向远处跑去，只能看见卷起的尘土如一道坚固高大的土墙在奔跑，已看不见许军长，那两匹马好像也已经从地面上消失了。一阵排枪就是在那时候突然响起来的，站在前面第一排的人还没有来得及从许军长刚才留下的那种惊愕中回过神来，便已纷纷倒下，脸朝下，扑倒在地上。很快，又看见有人朝我们挥手，示意我们站到一起。包括我在内，好几个人都以为陪斩已经结束，又要把我们送回到牢里去了，于是，大家迅速排好队，站在一起，等候着回去的命令。然而，就在那时候，架在我们正面的两挺机枪突然响了。

倒下去的那一瞬间，我看见机枪手的脸是歪的。

我记住的最后一个印象是手枪队的队形，不知什么时候，他们又变成了扇形，像是一把放在鄂豫皖苏区的扇子。

我们这些被打杀了的在苏区飘荡了几日。

在河南光山白雀园，我看见人们正在掩埋我们的肉身，手枪队的队形由扇形恢复成最初的直线。

在白河以南，我看见我们的队伍正在宿营。

在丹江以南，我看见我们的队伍正在战略转移，队伍呈之字形，忽明忽暗，忽松忽紧。前一天，在总指挥的安排下，他们刚刚摆完一个迷魂阵，一千多名国民党的龟儿子们死在那个阵里。

在一些城乡，我看见还乡团正在疯狂地捕杀干部和群众，夺耕牛，破门板，掘坟墓，清道路，奸淫妇女。

一位区干部冒雨去开会，为了遮雨，头上顶了一口已不能再用的锅，半路上被两名还乡团队员堵住，正在盘查的时候，其中一名还乡团队员忽然发现自己身上的衣裳开始无缘无故地溃烂，哧一个口子，哧又一个口子，衣裳一片一片地树叶一样的从身上往下掉落。很快，另一名还乡团队员的身上也出现了同样的情况，两个人的衣裳都在一直不停地烂下去，没有丝毫停止的意思。两个人互相看了一下，突然转身向雨雾深处跑去。头上顶着一口锅的区干部意外地脱险，眼前的情形让他有些不敢相信，也让他想起了一件事。早就听说这一带常有红军的魂灵在徘徊、出没，每逢天阴下雨的时候，常能听见他们的唱歌声和跑步的声音，有时甚至在晴天里也能听到。有一对夫妻去上坟，看见前面走着两位红军战士，他们便拼命地往前赶，等终于追上时，却又看见并没有人，整条路上只有他们夫妻两个人。渐渐地，人们开始觉得，红军实际上并没有走远，一直都留在这块土地上，暗暗地保佑着这里的人们，有时他们不能够站出来，将降临在这块土地上的灾祸当场扑灭，实在是因为事出有因，但凡有一点点可能，他们是不会不管的，是的，就是那样的。头上顶着一口锅的区干部觉得自己能够从敌人的眼皮底下毫发无损地脱险，其中大有文章，颇多讲究，不是么？那两个一开始穷凶极恶的还乡团队员并不是被他这个头上顶着一口锅的区干部打跑的，而是他们自己突然改变了主意，像是神经了一样，拼命地朝雨雾深处逃走了，那说明了什么？看他们那样子，显然是受到了一种让他们觉得难以承受的惊吓或震动。那么，是什么能够让他们变得那么惊恐那么害怕呢？只有红军，只有多年来一直战斗在这块土地上的红军，才会让他们闻风丧胆，黎明即起。是的，就是红军，他们一定是看见了红军。可是，四周除了茫茫的雨雾，再没有别的。头上顶着一口锅的区干部把锅从头上取下来，朝四周看了一阵后，又重新顶到头上，他一边在雨里疾走，一边独自喃喃地念叨着："红军万岁！""苏维埃万岁！""伟大的马克思列宁主义万岁！"又心存祷告，希望老天能够保佑红军多打胜仗，多消灭敌人。自那以后，路上再没有出现意外，他一路顺利地到达了开会的地方。

在就要走到时，头上顶着一口锅的区干部把那口锅从头上取下来，寄放到附近的一片草丛里，然后淋着雨走进开会的地方。路上发生的事，他没有告诉任何人，也不准备对谁讲。他知道，人世间有些事是可以向所有人公开的，有些甚至还巴不得怕别人不知道；有些只能说给最亲近最信任的人，但还有一些却是对谁都不能说的，是永远都不能够说出来的，你活一天，那些话就在你的心里活一天，你死了，那些话也将跟着你一起去死，它们永远都没有出世的机会。

所有的故人都不知去向。

有一天，我在路上看到一位长得酷似慕容姐姐的女子，我在距离她不远的地方悄悄地跟着她走了一会儿，后来我确信她就是慕容姐姐，意外的惊喜让我像一个旋风一样跑到她的面前，但她好像并不认识我，她的神情也不像是慕容姐姐的神情，让我觉得陌生。路上有时断时续的树篱，落下来的花和一些低矮的木栅栏，她低着头，渐渐地走得比一开始我看见她的时候快了些，我叫了一声慕容姐姐，她也没有停下来，只看见她的肩头轻微地振动了一下，不仔细注意几乎是觉察不到的。那时候我在想，如果她真的是慕容姐姐，那就说明她也已经不在人世了。她是怎么死了的呢？是我知道的那场病，还是那场病好了以后又发生了别的事？我不知道。在鄂豫皖的那些日子里，我几乎忘记了她们所有的人，慕容姐姐、紫英姐姐、查姐姐、兰姐姐，也忘记了城南的桃花巷，忘记了蒙蒙细雨中的燕子和柳丝。

酷似慕容姐姐的女子过了一座短短的小桥，走进一个小院子里以后就不见了。那个小院由青砖围成，乌木的门扉，房上的瓦也是灰蓝的青瓦，与院墙同为一色。在她推门进去的那一刹那，我看见院子里长着一丛一丛的雏菊和忘忧草。

我在那一带徘徊良久，头顶上面的柳丝不时地拂到面前，让我一次次地想起慕容姐姐的手，也是这样的柔软、修长、洁净。我长久地看着眼前那个小小的院落，看着那两扇静悄悄的门，曾经有一个六七岁的小姑娘，吱的一声从那个门缝里溜出来，在门前的一片颜色黄白的空地上蹦跶了一阵后，又吱的一声回去了。

有一天，从里面出来一位满头白发的婆婆，拄着一根拐杖，慢慢地往东边去了。

人和人的缘分就是一世，只有一世，不会永远都能碰上，更不会总是密不可分地在一起。一个你平时最看不上或者最憎恨的人，说不定正是那个曾与你有缘的人，你怎么能知道呢？看他遭受不幸，今天一个坎儿，明日一个坑，三年一小难，五年一大难，越活越出溜，越活越不如人，你说不定心里还觉得挺解恨呢。

第八章

孩子，这一次咱们可是有了关系，只有这一辈子，我才是你的四叔。

我出生的时候，你爹已经能认得字了，日本人还没走。我们兄弟姐妹一共七个，你别以为只有五个，有两个命短的在你出生前后就已经不在了，都是饿死的。

我也上过学哩，别以为我没上过，当然，要是和你们这些被叫作知识分子的人比起来，那也可以说没上过，就等于是个文盲哩。关键是要看和谁比，要是和别的那些大老粗村干部们比起来，他们还不如我呢，我在他们眼里就是学问比水还要深的人。关键得比对了才行，比对了，你的心里才能平静下来。看见有人比你高，你就去嫉妒，去眼红？有人还当着国家主席呢，你难道也去嫉妒人家眼红人家么？那也是你嫉妒是你眼红的么？我不仅会用钢笔写字，还会用毛笔写字，不仅会口算，还会心算。西王庄的大队长曹四狗经常对我说，德龙啊，我要是有你一半的文化就好了，我就不是现在这样了，可能早就上去了。上哪儿去呢？他的意思是说，可能早就是地委书记了。我听了，在心里偷偷地笑。我在想，曹四狗这家伙也真是个大老粗，不仅是个地道的大老粗，还是个货真价实的瞎猫，我就够没文化的了，我这点儿墨水儿就够浅的了，他却说只要有我的一半就行了，老天哪，我想不出来，那又是怎样的一个浅法呢？

我一开始上的那个小学叫列宁小学。哎，列宁那个老头长得奇怪哩，第一次在学校里的墙上看见他的时候，我们都觉得这个人长得有点儿怪呢，怎么能长成那样呢？天天去了就总要看，看了几年，忽然就再也不觉得他奇怪了，挺正常的一个老爷爷嘛。

一个叫葛修文的孩子甚至说："和我姥爷长得一模一样哩。"

葛修文的母亲，一个不识字的妇女，有一次偶然在学校里的墙上看到了那幅头像，立即惊呼道："啊呀！那不是你姥爷么？"葛修文有些害羞地拽了拽他母亲的衣襟，对她说："小点儿声吧，什么姥爷！那是列宁。"也不知列宁是谁，仔细一看，一研究，才知道果然认错了人，果然不是孩子他姥爷，那人的衣裳首先就穿得有些怪呢，脖子下面平白无故地鼓起一大坨，从未见过那样的穿戴呢。知道不是了，可还是有些疑惑，有些嘀咕，有些不死心，怀疑墙上那人是不是孩子他姥爷早年间失散的一个兄弟，因为实在是很像呢，太像了。

刚解放时候的人们都是实心眼儿，一根筋，一就是一，决不会说成是二，甚至八，完全不像后来的人们那样，心里想的是一，嘴里说出来的却是二，甚至二十、二百；明明是白的，非要说成是黑的、紫的，让你防不胜防，完全没办法，完全不知道哪一句是真的，哪一句是假的，要想听到一句真话，比登天还难，已变成一种不切实际的奢求和妄想。

所以，把列宁认成是自家的亲戚，也是一件很正常的事，也就只是认错了，其中绝没有要爬高枝、攀龙附凤的意思，绝对没有那一层意思，难道还会想着要靠那个长得像孩子他姥爷一样的人沾些什么光，得些什么便宜么？他们没有那么想过。

好多的妇女不认识字，不少人听不懂广播里的话，所谓的普通话，对她们来说却是非常的不普通，非常的难懂，有些奇崛，有些高出她们的生活，有些高耸入云呢。她们知道自己够不着，离那还很远，所以也从来不去够，想也没想过，云里的东西和她们有什么关系呢？这世上肯定有人会和那么高的东西有关系，但不是她们。平时她们最多站在树下，把树上的已经红了黄了的李子杏摇下来，把洗过的衣裳搭起来，最多到房顶上把在下面切好的豆角和葫芦晾起来。站在房顶上，那已经让她们觉得很高兴了，天气晴朗的日子里，甚至能让她们当中的某些人看到十几里以外的她们的娘家，看见她们小时候就在流淌着的河水，看见开满野花的山坡和蓝色布景似的远山，还和从前一样，一个牵着驴在路上走着的小黑点，没准就是她们本族的一个兄弟哩。

我从不到二十岁的时候就开始在村里当干部，当了几十年，中间有几年下去了，后来又上来了，那情形有点儿像是在水里游泳，游着游着，忽然咕咚一下沉下去了，别人都以为你淹死了，议论几句，很快也就把你忘了，别人继续游别人的，就像从来没有过你这个人似的，一切也还都照旧，没有丝毫的异样。不知又过了多久，后来你突然又哗的一下冒出来了，重新翻上来了，大口地喘着气，一头一脸的水，一身的苔藓和泥……别人忽然也又想起来了，哦，还有这么个人呢！惊讶也确有些惊讶，不能说一点儿都不惊讶，但似乎也在意料之中，但似乎也不在意料之中……这种事说起来挺平常，像是一个笑话，实际情形却有些吓人呢。

我第一次工作就是帮助干部们把那些不愿意加入农业社的落后分子们从他们的家里动员出来，让他们去入社。说是动员，其实不光是用嘴说话，还得用手，甚至还会用上其他更复杂更麻烦的办法，有些时候手比嘴要管用得多，用嘴做不到的，用手却能做到。当然，手上要是没有力气，那也是不行的，力气小了都不行，不可能让他们从家里到了外面。用一些计谋把他们从家里哄骗出去，也常常不行，很快就会被识破，脑子反应慢的也能转过弯儿来，转过来就不行了，计谋失灵，以后再也不能用了，那种时候，他们如同惊弓之鸟，处处都防着你呢。你随便抬一下手，他们都会扑棱棱地往旁边闪一下，以为你又要上来捉他；你回头朝身后看一下，他们马上也踮起脚伸长脖子跟着看一下，以为你身后还跟着人呢。没闹过没有亲身经历过的人不会知道，每一个人都是不好闹的，都难闹得很呢。

一个名叫杨秀秀的老头问我："是自愿的么?"

我说："是自愿的。"

杨秀秀说："那我不自愿。"

我说："那不行，你必须得自愿。"

杨秀秀说："真是不讲理，真是不要脸，还有这样办事的。"

又是拉扯，又是推推搡搡，好不容易把名叫杨秀秀的老头从他们的屋里闹到了堂屋。杨秀秀的力气实际上比我的力气要大得多，我在和他拉扯的过程中明显地感觉到了，他只是没有把他的力气全部使出来，可能连一半都没有使出来。我后来琢磨，为什么杨秀秀不用尽全力呢？十有八九可能是由于全国的形势在起作用，全国各地都在掀起入社的高潮，他当然也一清二楚。是政策帮了我的忙，才使得力气比我大很多的杨秀秀没有把他的一身力气都使出来，他也是一边抵抗，一边也有些怕呢，嘴上很硬，心里却硬不起来，到底有些胆怯呢，到底有些心虚呢，毕竟面对的是一个强大的政府，凭你是多厉害多难缠的人，也不过是以卵击石、蚂蚁摇大树、飞蛾扑火。旭日东升，霞光万丈，普天同庆，百花争艳，历史的车轮滚滚向前，你想拦住，你想揪住不放，不松手，你以为你是谁？

名叫杨秀秀的老头可能正是想到了这些，才没有把他身上的力气使出来。我后来听说，名叫杨秀秀的老头确实力大无穷，能够抱着一头牛过河哩。总的来说，他还算是一个比较明智比较能想得开，能够识时务的人，他也许懂得，一个人，就算你力气再大，就算你能抱得动一头牛，就算你能搬得动一座山，可是，你有政府和政策的力气大么？你能把政府和政策也抱起来扔得无影无踪，扔到九霄云外去么？

到了堂屋里，杨秀秀的老伴儿也从里屋跟了出来。我放开杨秀秀的胳膊，走到堂屋门口去掀帘子。就在那时候，我听见杨秀秀和他的老伴儿在我的身后说话，是在说我，声音不太高。杨秀秀对他的老伴儿说，还没长成个人呢，就已经学得这么赖，这要是到了三四十岁、四五十岁，还不知道有多赖呢。

我当然听见了，听得清清楚楚，但我假装没听见。我是这么想的，你来动员人家入社，让人家干自己不想干的事，人家没有太反抗，没有和你舞枪弄棒动刀子，也没有以死相逼，这就很不错了，这已经很好了，这就够顺的了，还要怎么样呢？难道还不能让人家说你两句么？说两句是正常的，太正常了，狗血喷头地骂你一顿也是正常的，不是么？要奋斗就会有牺牲，世上没有一帆风顺的事情，幸福不会从天上掉下来，要靠我们自己的双手创造出来。说两句就说两句吧，这就够顺的了。

我打起帘子，像迎送贵宾一样，看着杨秀秀和他的老伴儿从我的身边经过，从堂屋慢慢地走到院里。

到了院子里，名叫杨秀秀的老头脸对着太阳看了一会儿，忽然说道："他妈的，这哪是在动员呢，这哪是在做工作呢，纯粹是在耍赖嘛。"

我还是假装没听见，在他们的堂屋门口站着。

又等了一会儿，杨秀秀终于叹了一口气，对他的老伴儿说：

"算球了，我也不想再和他闹了，没意思，入了算了，省得他天天一趟一趟地来找麻烦，你还没起来，他就来了，堵在门口，我一看见他，我就麻烦得厉害。"

他的老伴儿对他说："那就入了吧，你别麻烦出病来。"

听见他们这样说，我心里那个高兴啊！他刚才叹气的时候，我就知道事情开始有眉目了，他一叹气，我就知道有办法了。不怕他叹气，就怕他不叹气。

这以后，杨秀秀又对我说：

"不用你跟着我，我自己去入。"

说完，他们回到了屋里，我一个人留在院子里。院子收拾得十分整洁，很有条理，没有一件东西是随随便便地胡乱堆放的。黄土铺成的院子，像石板一样硬朗、干净，下雨天也不会有泥。不一会儿，杨秀秀又从屋里出来了，看见我还在院子里站着，他哼了一声，神情有些悲愤地对我说：

“你赢了。”

杨秀秀也是守信用的，说入就真的入了，带着他的两头牛、一个骡子，还有一辆马车，一起入了社。这在村里是一件非常大的事情。人们说，谁有那么大本事，能够动员得让杨秀秀入了农业社？多少人都试过，都没用，都让他给硬邦邦地顶回去了，都让他给韧性十足地撅回去了。都觉得杨秀秀这个堡垒结实得要命呢，固若金汤，易守难攻，自古杨家一条道，一夫当关，万夫莫开……但是，忽然就破了，忽然就开了，稀里哗啦地流了一地。我由此一下成为村里最受瞩目的人。同时，我也是第一个回到村里的中学生。你爹念的书倒是比我多，也比我高，可是他没回到村里。

村里的干部们觉得再也离不开我了，每一次开会，商量事情，都要叫上我，拿不定主意的时候，也问我，该咋闹哩？就好像我是诸葛亮，一有麻烦就来问我，就好像我有所有的办法。干部们说，村里不能没有这样的人，没有谁也不能没有他，在有些事情上，他比我们更顶事，我们还常有下软蛋的时候呢，他没有，他要么不下，要下就是石头一样的硬蛋、铁蛋。

一个人，做成这样一件让别人一直都头疼无比的事情，你就是不是干部，在人们的心目中也就成了干部了。真正的干部又能如何呢？那些顶着干部名分的干部又能做成什么呢？该他们干瞪眼的时候他们照样干瞪眼，许多事办不成照样办不成。比如，名叫杨秀秀的老头就不尿他们，说不尿就不尿，他们也不能把人家怎么样。

在村里的干部会议上，人们让我介绍经验和诀窍，到底有什么秘密呢，就能说动了杨秀秀那个老顽固，那块又尖又硬的老石头？这能够让哑巴唱歌，让铁树开花哩，能够让牛羊的头上长出鹿茸熊胆呢。

我说，经验没有，诀窍也没有，只有决心和精神，什么精神呢？一不怕苦，二不怕死的革命精神，明白要奋斗就会有牺牲，有了这些，别的就什么也不怕了，再没有什么可怕的了。另外，要以政策做武器，以政府做靠山，你代表的是政府和政策，而不是你自己，不是你一个人。我的话让他们啪啪地炒豆子一样地为我鼓掌，有些人听明白了，不住地点头称赞，也有的人差一点儿，相互之间相面一样地看着。我也没再多说。我觉得，现在他们不明白，将来慢慢地他们会明白的。

杨秀秀入了社，就等于所有的人都入了社。秋天的时候，我已正式成为村里的干部。看着一车车的庄稼从地里拉回来，堆在一起，山一样，有人对我说，还是集体的力量大啊，哪一家能有这么多粮食。我说，当初让你们入社，都死活不入。回答说，不是因为眼光短么，看不了那么远，这回可知道了，政府是为我们好啊。我说，还想退么？回答说，那哪能再退呢，好不容易入进来了，再退出来不成了疯子了么？还怕集体不要我们了呢，还怕把我们像拔萝卜一样拔出来扔了呢。

名叫杨秀秀的老头被安排在饲养场里做饲养员，每天切草，配料，摇着辘轳从井里提水，饮牲口，打扫，半夜里还要起来提着马灯巡视一遍，添一次草，添一次料。有一天开会的时候，四小队的队长反映，有人不止一次地看见过，杨秀秀这个饲养员偏心得厉害哩，每天傍晚饮牲口的时候，村里那么多的牛马骡子，他谁都不摸，却只摸他原来的那个骡子，一边慢慢抚摸着，一边还跟那个骡子小声地说着话，像是在定计，像是在商量密谋什么；看见它身上脏了，还要撩着水给它洗一洗。就他那个是亲的，别的那些受冷落的难道都是后娘养的么？这是一种什么行为呢？由此，四小队的队长推断，这还仅仅都只是表面上的事，是大家能够看得见的，暗地里还有什么，大家谁能看得见呢？

众人都在用各自的表情鼓励四小队长继续说下去，继续往深里说。于是，四小队长说，比如，他每天半夜里都要起来去各个棚里添草添料，他就不会给他那个吃得很多，给别的吃很少么？以他白天里的种种表现，这种可能不是没有，十有八九就是这样的。听到四小队长这样说，有人说，那又能咋的，都已经入了社，一切都是集体的了，那个骡子也不再是他家的，就算他偏心，给那个骡子吃得再多，那也是肥了集体的骡子，又不是肥了他本人的。

这一番话让众人忽然变得安静了，好一阵工夫谁也没有再说话，有的看着房顶上的燕窝，有的看着别人，还有的低着头，用手指在地上画来画去，画出一些任是谁也看不明白的乱七八糟的道道。这个名叫杨秀秀的老头啊，忽然又让大家觉得有些头疼，老也老了，却像一个水性杨花、惹是生非的女人一样，一会儿就给你闹出一个事来，而每一个事又都是那么地让人头疼，没见过这样的人呢。

一直坐在一边没有说过话的党支部书记忽然对我说："德龙，你抽空去饲养场看看，看看到底是咋回事。告诉他，现在所有的牛、马、骡子，都是集体的，都是一样的，要摸就一视同仁地都摸一摸，要不摸就谁也不要摸，只盯住一个摸，大家有意见哩。"

听到又把这样的任务指派给我，我的耳边突然传来嗡的一声，又看见众人都十分轻松十分高兴地看着我，他们都有一种又躲过一劫的感觉，先前一直仰着头盯着房顶上的燕窝使劲看的人，这时候把目光放下来了，转动着酸痛的脖子；一直用手在地上画道道的也不再画了，相互之间相面的也不再相了，都停下来看着我，脸上都是一副为我高兴为我送行的表情。没有人愿意去碰杨秀秀，事情又不可避免地落到了我的头上，都以为我回回都能十拿九稳、百发百中，都不知道其实我也没有把握呢，我凭什么就能有了把握？把握在杨秀秀那里，又不在我这里。自从入了社以后，名叫杨秀秀的老头还从来没有跟我说过一句话呢，每次一看见我，啪的一下就把脸扭到一边去了，宁愿面朝一棵枯树、一堆牛粪，也决不愿意看着我。他的心里还在怨恨我，这谁都能看得出来，好像是我把他害了。

正是一天中的傍晚，牛羊们都回来的时候，我去了一趟饲养场，看见那个几亩大的饲养场还算整洁，四周都是牛棚马厩，中间一个小湖一样的大水坑，水坑里的水不是用来饮牲口的，井边的那些石头槽子才是它们喝水的地方。就看见杨秀秀蹲在井边，正在给一个骡子洗脸。我不知道哪一个骡子曾经是他的，但就凭他和那个骡子的那股亲热劲儿，我敢断定正在接受洗脸的那个骡子就是他原来的骡子，一定是。井台四周到处都是水，村里所有的大牲畜都在这里饮水，杨秀秀却只给那一个骡子洗脸，他这样明火执仗，我也真服了他了，怎么是这样的一个人呢？我走到他身边，把党支部书记在会上说过的话对他说了一遍。看见我，他没有任何表情，很快又低下头去，往骡子的脖子上撩水，又用一只手仔细地抠着一些聚集在骡子眼角处的脏东西。别的骡子的眼角上也有脏东西哩，他从来不给它们抠，为什么单单只给这一个抠呢？难道他还认为这是他的骡子么，还一直存着心想再要回去？他想干什么呢？

抠完一只眼，又抠另一只的时候，他忽然说：

“别以为你是我的克星，你不是。”

是一边说一边抠的，手一直就没停。

又说：“我怕的是政策，不是你。”

果然还有旧账记在他的心里呢。我对他说，我也是因为政策才去动员他入社的，没有政策，哪来的集体，哪来的农业社？你就是想入都没地方去入呢，旧社会的时候你咋没入呢？既然入了，就应该热爱集体，热爱社会主义，以社为家，人不能落后呢。

他低着头蹲在那里，一只手放在骡子的脸上，你都不知道他是不是在听。后来，忽然站起来，又冷又硬地说道：“我要是不落后，不难缠，你能这么快就当上干部？”

说完，伸开两条胳膊，轰鸡一样轰着那些已经喝饱了水的骡子和马往圈里走，仿佛他的眼前并没有我这么个人。我像是被他噎住了，站在井边好像动不了啦，他的话也让我又恨又气，好像身上哪个地方刚才让他一针扎破了，正在往出流血，却又找不到流血的那个口子，疼痛却是真的有些疼痛呢。眼看着他赶着那些牛马轰隆轰隆地越走越远，我立即跑着追上去。

傍晚的空气里弥漫着草木和牲畜的气息，我从后面赶上他，对他说：“你记住了吧，以后要摸就都摸一摸，要不摸就都别摸。”

杨秀秀停下来，恶狠狠地看着我，说：“你管得也太宽了吧？我想摸哪个就摸哪个，不想摸哪个就不摸哪个，用不着你来教我。”

我对他说："那不行，你就是不能够这样，不能你想摸谁就摸谁！必须得把你扭过来，党支部交给我的任务就是把你扭过来。"

杨秀秀说："扭啊，你过来扭呀！"

我说："当然要扭。你只摸你那个，给它洗脸，刮胡子，抠眼角，掏耳朵，别的你都不管，都不摸，说明你对集体对社会主义有成见呢。"

杨秀秀说："好，学会给人扣帽子了，扣哇，给你爷爷扣哇！说话要凭良心，睁大你的狗眼去看看，有成见我能把它们喂得那么好？你没成见，你来试试。"

我用手指着他的鼻子说："不要骂人，小心把你捆起来。"

杨秀秀说："来，捆呀！骂的就是你这个王八蛋！前世也没得罪过你，你却总是和你爷爷过不去。原以为你是念过书回来的，还以为你是个人五人六的秀才呢，没想到书都念到狗肚子里去了……呸！"

我至今都不知道是谁先动的手，我和杨秀秀突然扭打到一起，两个人像摔跤一样抱在一起，都倒在了地上，又顺着一溜牛栏前面的斜坡，一直滚到了饲养场正中间的那个用来沤肥的大水坑里。在绿汪汪的又有些黏稠的水里，我的耳朵、鼻子、眼睛和嘴里都进了水，已经变成了肥料的水肥得让人喘不过气来。杨秀秀的鼻子里和嘴里也进了水，我在上面按着他的时候，看见他的鼻孔里和嘴里都在咕咚咕咚地冒泡，冒出一串又一串的绿泡泡。但是，很快我就又被他翻下去了，他来到上面，脸朝下看着我，他满头的绿泥和满脸的绿水顺着他的脸哗哗地往下流。他张开嘴骂我，我就在那时候看见他的牙齿和舌头也变成了绿的。人躺在水里，是不能说话的，一开口就会被铺天盖地的水呛住，就会有水又灌进来。我知道我不能和他对骂，就闭上嘴，悄悄地抬起一条腿，慢慢地从他的背后绕过去，然后突然发力，猛不防地踢在他的后脑勺上，一下就让他朝一边倒了下去。他在水里扑腾了几下，然后连滚带爬地从那个黏糊糊的面汤一样的绿水坑里爬了出来。那时候我也已经站起来了，身上的绿水绿泥顺着身体往下流。我用手抹了一下脸，看见了杨秀秀的弯曲的背影，到底他是上了年纪的人，力气再大，那也是从前的事了，事实证明，眼下他是在一天一天地走下坡路呢。我从水里出来，看到旁边有一根胳膊粗细的木杠子，没有多想，捡起来就朝他后面顶了一下，立即就看见他趴下了。

听见一片牛叫，像是在一个梦里一样，我朝饲养场的四周环顾了一下，看见所有的牛马和骡子都站在牛栏马厩的外面，没有人撵它们，它们好像也忘了回去，这么半天，都一直在那里站着，牛在哞哞地叫，马和驴也在叫，而我和杨秀秀像是在正中间的水坑里表演节目。

很快，又看见饲养场里来了不少的人。

与杨秀秀的斗争，让我一下长大成熟了许多，家里的人、外面的人，都不再用看孩子的眼光看我了，都突然觉得我已经是一个真正的成年人了，我自己也明显地觉得比过去大了不少，甚至老了不少，学会了皱眉头，学会了遇事冷静，把一件事情像一碗热粥一样放凉了再看，再动手；也知道谨慎了，愣头愣脑地蛮干是不行的，这又不是战争年代。

杨秀秀在家里躺了两天，不久又出现在饲养场里。又开会的时候，有人说，杨秀秀现在好多了，手不痒了，已经不再抚摸那个其实早就不属于他的骡子了，当然也就不再给那个骡子洗脸掏耳朵了，也不再靠在一起悄悄地说话了。以前，他总能从它的耳朵里掏出苍蝇、跳蚤甚至蚂蚱呢，现在，干完活儿以后，他更多的时候是一个人在牛栏前面的那道月亮形的斜坡上坐着。

有一天，我从饲养场的大门外路过，看见杨秀秀一个人在一些牛栏里慢慢地进进出出，他像是要把一筐给牛吃的豆饼搬到那栏里去，但弯下腰去搬了几次都没有搬动。后来，他不得不把筐子里的豆饼取出来，一次三块五块地往过搬。

院子中间的那个大水坑转眼又是绿汪汪的一潭，苍蝇、蚊子、蜻蜓，在上面飞来飞去。

河里结冰的时候，张区长带着一个工作组来到了村里。

我叫了几个人，把河东榆树院里的房子收拾出来，工作组就住进了榆树院里。榆树院原来是一户地主的宅院，很旺的一大家子，但说完就都完了，前一年就都死光了。青砖墁出来的院子变得又空又安静，成了一个野猫和蛇蝎时常出没的地方；但张区长和工作组的成员们都喜欢这个院子，空气好，四周围都是树，出了门前面还有一条河。从树丛里穿过去，是一片又一片的庄稼地。张区长是从部队转业下来的，工作组的其他人分别来自几个不同的部门。

刚来时，我问张区长，工作组要在村里住多久?

张区长想了一会儿，说："总得实现了共产主义，我们才能走吧?"

我想，好家伙，那得要等到什么时候呢?

一个人的时候，我经常在想这个问题，有时候本来想的是别的事情，可一不留神，七拐八拐，慢慢地拐来拐去，也能隔山过海地拐到这个问题上来，我隐约地觉得，以我一个人的力量是想不清楚这个问题的，又不敢问张区长，怕给他留下不好的印象。因为一句寡淡的话，一个关系不大的问题，毁了自己的一生，这样的人不是没有，我也听说过。我对自己说，还是不要问了，不要耗子舔猫，没事找事。有些问题，你能自己想清楚就想，想不清楚就先放着，也许哪一天不用想忽然就明白了，就全清楚了，那也说不定呢。就像小的时候，许多的事情都不明白，等长大了以后，也没有人专门教你，自然就懂了。

这以后，那个问题就像一个肉疙瘩一样寄埋在我的心里，除了我自己，没有人知道。

有一天我忽然发现，其实好多人心里都有这样那样的一些疙瘩呢，只是别人不知道罢了。

开完会的时候，已经是半夜了，人们摸着黑往各自的家里走，天上的星星又少又远，西边的山谷里有狼在叫，感觉它又冷又饿。我和党支部书记戴玉是最后出来的，等我们出来的时候，已经走得没有人了，插在房顶上的一面旗帜在黑黢黢的风里呼喇呼喇地飘动着，抽搐着，发出很大的撕裂般的响声，一时搐在一起，一时又突然嘭嘭地展开，每一下都运足了劲儿，每一声都像是要把自己活活地撕碎。

戴玉抬起头朝房顶上看了一下，自言自语地说道："它有些招架不住哩。"

披在他身上的一件衣服被刮了起来，像两个漆黑的翅膀一样嘭扇了几下，他伸出手去从下面把它们揪住，又在身上裹紧。黑暗中，看不清他的脸，却能清楚地听见他的声音。

突如其来地说："文玉这个人不行。"

我听了，吃了一惊，一开始还以为是我听错了，文玉怎么就不行了呢？文玉是大队长，在村里的位置仅次于戴玉，一人之下，万人之上呢。

“你没觉得他不行么?”

我看着我面前的那个黑影子，不由得往后退了一下。

“我早就看他不顺眼了。”

“可是……你们两家那么好。”

“能有多好？全都是他妈假的，演给别人看的。我老婆和他老婆，两个狗女人，名义上是干姐妹，实际却都在斗心眼儿，没有一天不在斗，互相暗中比赛，比谁长得好，比谁穿得好，比谁胸前的奶大，谁比谁大了都不行，不行又能咋的，总不能用气吹起来吧？斗啊斗，后来把我也斗烦了，我也不再管她们了。”

我又是长长的一惊，若不是他当着我的面亲口说出来，我怎么也不会相信；不仅是我，谁也不会想到他们竟然会不好，太让人意外了。世界真像是一部诡诡秘秘的相书，变幻莫测，无有穷尽。平日里他们互相称兄道弟，两家人之间的来往也很多，他们两个人的女人真的都还是干姐妹呢，有人甚至觉得，要想在他们两家之间插一根针，也不是一件容易的事呢。那两个干姐妹经常在一起，挺胸抬头，穿的衣裳也比别的女人的好，说话的声音也比别的女人的声音大，她们都喜欢教育别人，应该怎么样，不应该怎么样，村里的男人、女人、孩子，甚至老年人，不少人都接受过她们的教育，她们都相信自己能够教育别人，觉得自己有那种资格和权力。

听见戴玉说：“趁工作组在，应该把他闹下来。”

我说：“他干得好好的，为啥要闹下来呢?”

黑暗中，戴玉像一个蒙面人一样站在我的对面，看着我。

“他干得好么？我怎么没觉得？”他说，“我不那么看，我从来没有那么认为过。”

“你的意思是他干得不好？”

“不要再说废话了。把他闹下来，我想让你上，你来顶替他。”

“我能行么？我不行哩。”

“别那么没出息，又不是让你当公社书记，那有啥不行的！又不是让你一个人干，不是还有我么。”

在漆黑的夜里，我们慢慢地走着，小声地说着话，从西面的那条狭长的一年到头都散发着草料气息的巷子里传来一阵狗的叫声，叫得蝎蝎蜇蜇的，像是看见了什么让它觉得害怕的东西。我忽然觉得，狗那么叫，不一定就是在乱咬一气，它更像是在给自己壮胆呢，用声音驱走害怕，能驱走多少算多少。我又看看旁边走着的戴玉，他像是什么也没有听见，依旧沉稳地走着。

过了一会儿，我又忍不住悄悄地看了看戴玉，他的沉稳让我佩服呢。我一边走一边想，还得几年我才能也变成这样呢？就像现在，那只狗分散了我很大的注意力，而在戴玉那里却是没有狗的，那只狗是不存在的，不管它叫得多厉害，一到了戴玉那里就啥也没有了，既没有狗，也没有狗的叫声，狗到哪里去了呢？

我暗自觉得，和戴玉这样的人在一起共事，会让你成长得很快，唰唰唰地就长起来了，像夏天里的庄稼，一天一个样儿。

每天我都要去一趟河东的榆树院，看看张区长有没有指示，看看工作组有没有要办的事，工作组的人都和我越来越熟了。

每次我去的时候，都会看见院里院外的榆树上落满了喜鹊。工作组的小史说，它们像是来开会的，又像是来探听情况的，常常一整天都不走，哪儿也不去，树头上黑压压的。我问小史，是谁派它们来的呢？小史说，这还真不好说。我觉得，不管它们是怎么来的，它们倒是很自觉的，从不喳喳地乱叫，很多时候，更像是一些成熟了的果实一样安分守己地挂在树上。不过，也就在那同时，我却有了一种十分不好的又让我有些害怕的感觉：它们为什么不叫呢？一只不叫，两只不叫，那么多的喜鹊，为什么谁也不叫呢？没有一个开口的，那说明了什么？是不是说明我们的生活中没有什么喜事？这个东西像一个突然出现的炸弹一样被我抱在胸前，晃荡着挂在我的心里，不能对任何一个人说。我觉得，要想把它扔出去也不是一件容易的事，要想扔出去的时候不被别人看到，那就更不容易了。

以后有很长一段时间，我明显地觉得我一直都在抱着那个东西，尽管没有人能看得见，只有我自己能感觉到，抱得我很累，没有一个地方能让我放下来歇一会儿。好在我还年轻，我常想，要是换成一位老人，很可能早就累死了。

从地里回来，我又去河东的时候，张区长对我说：

“你们这个村子，眉毛胡子的还挺复杂，戴玉说文玉不行，侯玉又说戴玉不行，这么多玉，就没有一块是好的？”

我看着张区长，在等待着他下面的话，但是他却披了一件衣服，不再说什么了。我们从一些树下面穿过，沿着一片萝卜地的圪塄一直往南走，地里长满了青翠的绿缨子，胡麻地里的胡麻也有一尺多高了，再过二十多天，满地里就会开满数不清的小兰花。我跟在张区长的后面，看着他的背影，我想，戴玉可能已经找过张区长了，不然张区长怎么会那么说呢。

走到一片扁豆地的前面时，张区长停了下来，他看着地里的豆苗，又看看远处的山梁，忽然转过脸来，对我说："德龙，你是一棵好苗子，不过一定要注意，不要让自己长歪了，长歪了很可惜呢。"

我看着他，使劲地点了点头。

又说："今年过年我们都不回去了，就在这里和大家一起过。"

我说："那太好了，人们会高兴死的。"

"也有人会不高兴吧?"

"应该没有。不过有也不怕，一锅饭里有一两颗沙子也是正常的。"

"要实现共产主义，就一颗也不能有。德龙啊，阶级斗争永远是有的，它就不可能被消灭了，只要这个世界上有穷有富，那就永远是两个阶级，永远不可能走到一起去，除非实现了共产主义。"

"张区长，我这回听懂了，我明白我们为啥非要实现共产主义了。以前说是说，可心里真的很糊涂，不知道为啥非得要实现共产主义，不实现不行么？实现个别的不行么？这会儿我明白了，除了共产主义，别的无论实现了啥都不行。别的不说，就说穷人和富人，从小我就知道，这两种人是永远尿不到一个壶里去的，就连说话都说不到一起去的。富人总想着要剥削穷人，压迫穷人，拿穷人开心取乐；穷人呢，没有一天不在想着把他们底朝天掀翻，消灭光，把他们的一切都夺过来；听见富人出了事，穷人们觉得比过年娶媳妇儿还要高兴呢。"

“德龙啊，你知道你说的是什么吗？你说的正是阶级斗争的核心问题，这样的斗争，在今后的几十年甚至几百年里，可能还会越来越激烈，越来越残酷呢。”

“还要斗争那么久？”

“那也未必就能到了头，或许还会更久远呢。怕了？”

“没有。”

“没有就好，不能怕。我们这一代人可能过不上那种舒适的好日子了，我们天生就是斗争的命，或许我们的子孙后代会好一些。”

“张区长，德龙向您保证，要为实现共产主义奋斗终生，豁出去这一百多斤不要了，也要把共产主义实现了。”

“我也是哩，咱们都是一样的。”

“光靠我们能行么？”

“无数个你我加起来，那是多大的力量呢？无数个德龙，无数个我，还有无数个张玉王玉李玉，就是咱们这个村里，那也是想要实现共产主义比不想实现共产主义的人要多得多，是不是？”

“是。”

如果把我们的村子看作是一个家庭，那么，河东只是这个家里的一个孩子，一个因为实在养活不了而不得不给到河对面去的孩子，河西这面才是一大家子呢。破败的村庄让张区长深感责任重大，连我跟在后面都有些不好意思呢，我们的村子咋就这么旧呢，只有河里流着的水每天才是新的。

从河东过来，张区长不时地和一些上了年纪的人打着招呼。

有的老年人对他说：“你快领上我们去共产主义吧，我们都想去哩，不想再在这儿坐着了。”

张区长说：“要去的，当然要去的，不过路呢要一步一步地走。从村里到县里，还得走一整天呢，何况我们要去的是共产主义，不是县里，也不是省里。”

老人们说：“你看我们这样儿，有今日没明日的，我们怕等不到那时候了。”

张区长说：“要有信心，好好地活着哇，这事也着急不得。”

老人们殷切的眼神都一条一条地爬上来，横七竖八地搭在了他的身上，张区长感到了一种重量，重量来自人民群众中间，咬牙也得扛着，我注意到他的背忽然有些下弯，我想那一定是被老人们的期望和信任压的。老人们也厉害哩，能把堂堂一个区长压成这样。有的老人在自己家里不行，没有地位，活得球球蛋蛋的，不成个人样；可是，只要一离开家，从家里一出来，很快又觉得自己像个人了。

我催促着张区长赶快走，再到别处去看看。张区长对我说：“你好像很害怕群众呢。”

我说：“我不是怕他们，我是怕他们纠缠你。”

张区长说：“那说明什么？那正好说明他们对你有要求，有期望。一个干部，无论如何不能怕群众哩。群众觉得你能指望上，才会那样对你说。”

我说：“张区长，我真的不怕哩。我是怕他们开口让你领着他们去共产主义，那咋去呢？”

“人民群众的呼声那么强烈，那是对我们莫大的鞭策，”张区长说，“那正是一个干部要开展工作的时候。要给他们讲革命道理，讲目前的形势和任务，让大家明白共产主义是一点一点地奋斗来的，并不是早就摆在远方的一个花园，买一张票就能去了的；要是不奋斗，就永远不会有，永远去不了。”

我说：“要不再返回去给他们讲讲?”

张区才长说：“慢慢来吧。”

走了一会儿，听见他说：“干部与群众的关系，不应该是变戏法的与观众的关系。”

我走在张区长的旁边，仔细地琢磨着他的这句话。

走到河的上游的时候，看见一群牛在那里喝水，十几个孩子聚集在牛身旁，正在噌噌噌地一把一把地从牛身上往下拔牛毛。我和张区长站住，看了一会儿，张区长突然大喝一声：

“住手!”

听到有人喊他们，大都住了手。也有拔得太专心的，眼里只有牛毛，听不见任何声音，还在继续噌噌噌地拔。张区长快步走过去，看准一个还在继续拔毛的半大孩子，抓住他的衣领把他拎了起来。我知道他们在牛身上拔毛不是为了胡闹，都是有目的的，拿回去捻成绳子，织成口袋，或者积攒得多了，擀成毡子，铺在他们的炕上。把拔回去的牛毛织成口袋，擀成毡子，那就不是他们能想到的了，完全是家里大人的意思；甚至让孩子们去牛身上拔毛，也是他们的意思，有些人家里的口袋和毡子就是这样来的。

工作组来到村里以后，我还是第一次看见张区长生气。

我让他们把各人手里的毛都放下，堆在一起，一时间，竟堆起好大的一堆，连我也吓了一跳，没想到竟会有这么多毛被拔下来。先前各人手里拿一点儿，不显山露水，看不出啥，还都觉得自己拔得太少，这时候忽然堆在一起，竟是那么大的一堆，他们也都害怕了，觉得闯了大祸。我问张区长，这些孩子咋办呢，把他们抓起来的话，没地方关他们，还得让人给他们送饭呢。才说完，我看到张区长的脸上有些灰灰的。他说，我没说要抓他们，我只是看见这种损公肥私的事情生气，真生气呢。

于是，我也警告那些孩子们，以后不能再拔，一来不能从小养成沾公家便宜的坏习惯；二来，牛也疼呢，不要以为它们就不疼，它们只是不会说罢了。不信拔拔你们自己的眉毛和头发，看看疼不疼。我说完以后，孩子们都轰的一声跑了，我听见张区长叹了一口气。那些牛还在若无其事地低着头喝水，好像拔的不是它们的毛。

从上游下来，张区长慢慢地走着，脸上还是那层灰灰的神色，我想安慰安慰他，可一时又找不到恰当的话，只能跟在他的身后，他往哪里走，我也往哪里走。走了一会儿，忽然听见他说，实现共产主义，说说容易，实现起来太难了，人们身上的私字就是一个永远都填不满的黑洞，一根草、一根毛都想着要拿回自己的家里去，拿回去了就觉得高兴，一家人暗自窃喜，窃喜又从这个世界上捞了一把。德龙啊，无论是报纸上还是实际中，平时我们常说人民群众、广大人民，听起来多好，朗朗上口，欣欣向荣，一点儿毛病一点儿问题也没有，实际却不是那么回事呢。

他看着村中的高低不齐相互错落的房屋，他没有叹气，但是，我却觉得听见他的心里又在叹气，叹息声有的只有铜钱那么大，有的却要比南瓜的叶子还要阔大，一张一张地落下来。我站在他的旁边，不知道自己该说什么。我看了看天色，小心地用商量的口气对他说："张区长，我们回去吧，该吃饭了。"

说完后，我立即就又有些后悔，我怕这样的话又让他生气，说我别的都不知道，一天到晚就知道吃饭。但是，我很快就发现张区才长没有生气，也没有不高兴，而是像一个听话的孩子一样跟着我走了。他说：“吃吧，也只能吃饭了，不吃饭又能干什么呢?”这让我一路上都觉得又吃惊又高兴。张区长啊，我真是摸不准他呢。

不仅是张区长，还有好多人我也都摸不准。

有一天天快黑的时候，戴玉忽然让我带领几个民兵去执行一个任务。他先带着我到了村西的一溜土墙后面，土墙这边的旷地上晒着谷子和干草，透过墙上的一些豁口，能看到墙那边的路和房子。戴玉是只带着我一个人来的，他不放心别人。我从豁口上探出身去，戴玉一把将我拽了回来，脸上满是责备的神色。他说：“都已经是当干部的人了，还这么毛手毛脚的。”我靠着土墙坐下来，听他交代事情。他用手拍着我身后的那个豁口，让我在天黑以后就守在那里，不要让其他人随便露头。

我想，他这是要干什么呢？接下来我才知道，他让我盯住对面那两间房子，看见里面的灯黑了以后，就带着人踢开门进去，把里面的人抓出来。

我说：“然后呢，抓出来以后咋办呢?”

戴玉说：“抓出来就行了，你就不要再管了。”

我说：“我一个人不行么?”

戴玉说：“我是怕你一个人舞弄不了呢，还是叫上几个民兵，让他们给你做帮手。叫上几个吧，也没坏处。”

我背靠在有些发热的土墙上，眼睛看着半蹲在我面前的戴玉。这么一个表面上仪表堂堂的人，似乎正在做一件与他的外表不相符的事……戴玉也看出来了，他用很低的声音对我说：

“不要向我提问题，我知道你有不少疑问，不过这会儿先不能说，等事情过去以后我再慢慢告诉你吧。”

我从地上站起来，趴在豁口上又看了一眼对面那两间门窗上刷着绿油漆的房子，看着看着，一个有一口雪白的牙齿的人忽然浮现在我的脑子里，我有些惊讶地想到：“这不是丁守城的房子么？”从我记事起，丁守城就一直在一个大型的国营煤矿上当工人，偶尔回来一次，印象中从来没有听见他说过一句话，连他是什么样的声音都不知道。这样的一个人，会有什么问题呢？怎么会被戴玉注意上呢？我回过头看着戴玉，戴玉朝我摆摆手，又把我从那个豁口上拉开，也不让我再提任何问题。

“不要再看了，你这样探头探脑的，会出问题的。”戴玉对我说道，“你先回去吃饭吧，尽量吃得慢一点儿，等你吃完以后，天也就全黑了，那时候你再带着人来，一定要悄悄地来，挑几个不爱说话的来。”

我对他说：“你先回去吧，我再观察一会儿。”

戴玉说：“不行，不要再观察了，你这样毛毛躁躁的，让我不放心呢，回了家，我也会坐不住，你没观察到啥，倒有可能让对面的人先把你观察到了。跟我走，我不能让你一个人留在这儿。”

我和戴玉是从土墙的这一边离去的，顺着那片晾晒着谷子和干草的旷地，一直朝下面走去，到了路口，分了手。那时候已经没有太阳了，黑漆漆的老鸦在树上哇哇地叫着。

就像戴玉说的那样，等我吃过晚饭以后，天已经全黑了，几步以外便看不清对面的人是谁。我摸着黑，一家一家地去叫了几个人，树生、有良、大喜、九孩，都是几个话不多的人。

这一点上，我觉得戴玉说的还是挺有道理的，和这几个人在一起，你永远不必要担心他们会吵吵嚷嚷，会管不住自己的嘴，他们都能管住，正经该他们说的时候他们还不说呢，更不会像有些人那样除了自己的话，还要把别人的话抢过来说。等到了那溜土墙下面，他们果然都默不作声地坐着，也不问问是来干什么的，更像是出来乘凉的。看着他们那样，我想，我和他们不一样哩，我不会这么闷葫芦一样地坐着，我要是碰到这事，我一定会想办法问个清楚。

我站在豁口前朝对面的那两间房子观察着，看见里面亮着灯，却听不见有人说话，白日里的绿门窗都变成了黑的。

等了一会儿，忽然看见里面的灯灭了，两间孤单单的房子似乎猛地往下沉了一下。我挥了一下手，立即带着他们几个从墙上的豁口处穿过去，上去踢门，一人一脚，那扇黑洞洞的门很快就被踢开了。我让有良和大喜守在窗户外面，我带着树生和九孩冲进屋里去。没有料到的是，早在我们踢门的时候，屋里的人就已经起来了，我们往屋里冲的时候，正好与那个正要跑出来的人撞到了一起。我说："抓住了！"我抓住的是那个人的一条胳膊。忽然听见黑暗中有孩子的哭声响起，一定是被吓醒的；还有别的声音，噗噗地响着，像是翅膀在扇动。四五个人将那个人团团围住，从屋里靠近门的地方一直裹挟着拖到了院子里，感觉那个人被打倒了，我的腿边软乎乎的一堆，但很快又觉得他已经又爬起来了，想跑，又模模糊糊地看见五六个人组成一个越来越小的圈子围着他，就知道跑不出去了。

一向很少说话的有良忽然说道："这天黑的，也看不见是个谁；谁有火？"

听到要用火照，黑洞洞的院子里，那个人忽然开了口：

"德龙，不要打了，是我，我是文玉。"

真的是文玉哩，我听出是他的声音，那几个也听出来了，都松了手。我吃了一惊，做梦也没有想到抓住的这个人会是文玉。黑暗中，我在心里对自己说，接下去该咋闹呢?

不到三十岁的时候，我就已经有了不少的白头发。我后来分析它们长出来的原因，觉得应该是愁出来的，着急急出来的，一年又一年，伴随着各种各样的事情，它们一股一股地冒了出来，出来了就不再回去了。

就在我又犯愁的时候，忽然看见一哨人急行军一样走了过来，到了跟前，两支手电筒唰地一下都亮了。我走过去，看见了戴玉和张区长，——竟然还有张区长，我的脸前轰的一下，像是有一阵热风吹过。还有几个人我没有看清，他们都站在手电光的后面。手电光很快就照到了文玉的身上，这时我才看见文玉用一只手提着裤子，怪不得他总是不断地跌倒呢。知道张区长也来了，文玉低着头。

张区长说："文玉同志，出了这样的事，我也不能再替你说话了。"

文玉说："张区长，你不要替我说话，我这是自作自受，谁让我做了呢。"

张区长说："先把裤子系好。"

"张区长，"文玉一边摸索着系裤子，一边说，"你把我撤了吧。"

"撤肯定是要撤的，"张区长说，"就算不撤你，你觉得你还能再继续干下去么？你让大家怎么服你呢？文玉同志，你做出这样的事，让我很痛心呢。"

"张区长，对不起。"文玉说，"我不干了。"

忽然抬起头看着戴玉，对戴玉说：“这下你该满意了吧?”

戴玉说：“文玉兄弟……”

文玉说：“别这么叫我，我不是你的兄弟。”

随后，张区长又让把已经穿好衣服的丁守城的女人从屋里叫出来，尽管是在黑暗中，但她仍然用手捂着自己的脸。

张区长对她说：“捂着脸，你也知道羞？我还以为你不懂得呢。”

我看着丁守城的女人，张区长的话似乎让她忽然矮下去一截。

张区长说：“全国人民都在为实现共产主义奋斗，就你是母的，就你一个人在发情，发骚?”

张区长说：“你男人是劳动模范、先进生产者，你这么做让他的脸往哪儿搁呢？他是矿工，脸本来就够黑的了，紧洗慢洗还洗不净呢，你还嫌他不够黑？还给他使劲地往上抹?”

黑漆漆的夜里，丁守城的女人捂着脸哭了。

文玉的大队长就这样当到了头。接替他的人是我。

冬天到来的时候，张区长率领的工作组忽然接到通知，让他们全部撤回，这件事不仅让我们感到吃惊，连张区长本人也没有想到。我问张区长，好好的，为什么要撤回去呢？张区长说，肯定是有原因。但他也不知道是什么原因，让撤就撤吧。张区长语重心长地对我说，德龙啊，你是我看着成长起来的，好好干吧。又嘱咐我，一定要注意学习，一个人不学习就会越来越出溜，越来越跟不上形势，而形势又往往总是非常复杂的，即使你紧跟慢跟，有时候还会一不小心跟丢了呢，自己也不知道自己究竟到了哪里，到了那个时候就麻烦了。

小雪也过了。路上，地里，人们的房上，山上，到处都白茫茫的。麻雀们从树上下来，扒开地上的雪，在一点一点地搜寻吃的东西，看见有人过来，立即惊慌地飞走，看见没有人了，再返回来接着搜寻；天上飞的，地上走的，是个东西就比它们厉害，无论谁过来它们都得让开，飞走。我时常看见它们被撵得没地方去，在寒冷的空中一遍一遍地乱飞，时常看见它们身上的颜色和枯树枝的颜色一样，人里面最不行最窝囊的人也要比它们厉害得多。

工作组与我们结下了深厚的友谊，他们就要走了。我和戴玉商量，我们决定杀一只羊，好好地款待一下张区长和工作组的同志们。我们都不想让他们走哩。

杀完羊以后，我们在河东的榆树下看见了张区长。

张区长问："羊还好好的吧？不要杀。"

戴玉说："已经杀了，正在让人剥皮呢。"

张区长生气地说："哎，你这个戴玉呀，无组织无纪律，怎么不和我说一声呢？"

戴玉说："和你说了，你就不让杀了。"

张区长说："不行，你要想办法给我把那只羊救活。"

戴玉说："已经杀了，血都放了一盆，那哪能再救活呢，神仙也没有那个本事。"

"你没看见好多人家里连一颗米都没有么？"张区长说，"这个肉我们不能吃。"

戴玉说："已经杀了，那咋办呢？"

张区长说："杀的时候有办法，杀完就没办法了？按人头分到各家去。"

戴玉哭丧着脸说："张区长，不能分呀，没办法分哩，一个人连一两都轮不到呢，那得割多少刀呢？”

“需要割多少刀就割多少刀。”张区长说，“你们想过没有，一户人家里，锅里要是突然有了一块肉，那一家人会有多高兴呢，就像过年一样呢。”

看到张区长是那样的坚决，就只有听他的。我忽然想起羊还有一副下水，于是，我向张区长建议，下水就不要再分了，那也没办法分，一家一小截笔帽一样的肠子，一户一小块儿扣子一样的肝？不如煮成一大锅，让工作组的同志们和村里的干部们一起吃一顿，也算是为工作组送行。我的这个主意一说出来，张区长马上就同意了，小队长以上的干部都来参加。

“凡是来了的干部，就不能再分肉了。”张区长说。

我和戴玉都说：“当然不能再分了，两头都不误，那成了什么人。”

张区长说：“把文玉也叫来吧。”

戴玉没说话。我说：“文玉在家里病得起不来哩。”

张区长有些吃惊地说：“哦，什么病呢？”

都不知道文玉是什么病，连他们自己家里的人也说不上来。

张区长想了一会儿，然后对戴玉说：“分肉的时候不要给文玉家里分了，把仅有的那个羊头和四个蹄子分给他们吧。”

戴玉勉强了好一会儿，才终于说出一个字：“行。”

戴玉的脸上露出一丝苦笑，他对张区长说：“我本来是要把那两样东西留给你的。”

张区长说：“又在胡闹，我要一个羊头干什么！我抱着一个羊头在那里啃，你们在一旁看着，那不是要看我的笑话么。”

事情就这样定了。我立即让人敲着锣，在村里沿街吆喝，嗟唧嗟唧的锣声略带沙哑地在冬日的村里回荡着，声音溅到山上，又被碰了回来，在人们的房顶上和院子里嗡嗡作响，在每个人的心里也都留下了或深或浅的印痕。锣声让村里蒙上了一层古旧的色彩，时光仿佛在倒退，屋瓦上长出了几百年前的青草。不久以后，饲养场里来了好多人，以那只已被剥去了皮的羊为中心，人们围成圈子，圈子不断地还在扩大，变粗。我是分肉的总指挥，会计负责登记，还有两个人操刀割肉，虽然正是隆冬时节，但他们仍然把袖子高高地挽起。我注意到有不少老年人从家里搬来了凳子，坐在一边，如同在看戏。会计叫一个名字，就上来一个人，肉一片一片地从羊身上割下来。人口多的家庭，能分得手掌那么大一块，这让人们很是羡慕，人们的目光从羊身上移到人身上，又从人身上回到羊身上，人少的家庭都暗暗想自己极其地不合算，吃了大亏。段五，光棍一人，只分到拇指粗细那么一条肉，拿在手里看了一会儿，忽然把肉放进嘴里，生着就吃了，等人们明白过来时，那条拇指粗细的肉已到了他的肚里。段五说，吃了算了，省得拿回去再做了，万一不小心，回去打一个盹，再让猫叼了去，连这一点儿也没有了。有人说，那你就再连猫也一起吃了算了，羊肉在猫的肚里，猫又在你的肚里，最终等于猫和羊肉都在你的肚里。

真的有猫哩，在人们围起的圈子外面，来了不少的猫，都是闻风而来。除了猫，还有狗，嗷嗷地叫着，都想挤进来；但是人们围得水泄不通，它们根本挤不进来。也许它们不是想吃肉，它们只是想看一看剥了皮以后的羊到底是一副什么模样。

文玉的一个孩子来了，我把他领到饲养场的一间房子里，把那个提前拿出来的羊头和四个蹄子给了他，放进他带来的一个篮子里，又在上面苫了些草。趁那工夫，我问他：“你爹能下炕了么?”孩子说：“还不能。”

打发走文玉的孩子以后，我又回到了那个人声鼎沸的热闹无比的圈子里。站在那中间，就像是站在了权力和利益的中心，好多人的眼光都在我的脸上爬来爬去，让我感到了一种奇痒。我知道好多人的兴趣其实并不一定在肉上，而是在那个像一块白石头一样的羊尾巴上，那可是一大坨结结实实的肥油哩，没有掺杂任何别的没用的东西，无论把它分给谁，都必然会引起纠纷和麻烦，甚至会发生流血事件。谁都知道，这一块肥油，无论到了哪一家，都会被细水长流地吃上一年，让他们的生活每一天都油光发亮；而分给他们的那块肉，用不了一顿就完了，哪头重哪头轻，人人都一清二楚。为了避免那种随时都有可能到来随时都有可能变成现实的灾难，我决定给每一家都从那个尾巴上薄薄地切一片油，这样一来，谁也不会再说什么了。这办法果然好，随着那个厚墩墩的羊尾巴被切得越来越薄，随着那只羊被分割得越来越小，饲养场里的人也越来越少了，先前围起的那个庞大的圈子也开始一圈一圈地瘦下去，一直瘦到只剩下几个人，如同几根骨头，一直又瘦到连那几根骨头也没有了，只剩下中间的一摊血，黑紫色地印在地上。

这天晚上，整个村里都飘满了羊肉的香气，孩子们乱七八糟地到处奔跑着，叫喊着……我看着这个没有月亮的晚上，一时竟忘了这是在哪一年。

在空无一人的饲养场里站了一会后，我离开那里，该去河那边与工作组的同志们联欢了。

我们抬着一口里面能够蹲下一个人的大锅，小心翼翼地踩着冰，过了河，到了河东的榆树院里。支起锅，生火，烧水，把所有的羊下水都切碎了放进锅里，又把山药和干菜也切碎了放进锅里，最后再扔进去一把辣椒。一小队的队长谢宝才是一个烧火的高手，在家里就经常烧火。很快，他就像变戏法一样让那口大锅下面冒出了越来越旺的火焰，又红又黄的火光把整个榆树院都照亮了。谢宝才像一个小炉匠一样蹲在火口前，还在继续往里添柴，他的脸一半是红的，一半是黑的。锅里开始有了汽，像是冬日的河面上飘起来的雾，雾后来越来越大，几个人同时站在锅前，如同站在大雾弥漫的河边，相互之间都看不见别人，只能听见说话的声音，只能看见锅里正风起云涌，怒涛翻滚，红辣椒像是一些头戴着尖帽子的小丑，身不由己地在里面出没、沉浮，刚露了一下头，很快就又不见了。

多少年了，河东的这个四周长满榆树的院子里从来没有这么热闹过。到这时，工作组的同志们才发现他们其实是很喜欢这个村子的，看见那些为了一大锅饭到处奔走，忙得烟熏火燎的村里的干部们，忽然觉得与他们贴近了不少，有点儿像是自己的兄弟呢，以前竟一直没觉得。村里的干部们也忽然对这些即将要离去的人生出了依恋，不想让他们走哩！不知道上面当初为什么要把他们派下来，这时又为什么要把他们突然撤回去？这是在搞什么名堂呢？他们一走，不要说河东这面，就是整个村里也会一下空落不少，天一黑，河东这边又会变得和过去一样，一点儿声音也没有，黑得深不见底，只剩下虫子在练习翻身，鬼在行走，或者背朝河水坐在长满绿茵茵苔藓的石头上。

吃饭的时候，张区长说："本来我们今年是要打算在这里过年的，现在看来是过不成了。"我问张区长："走了以后就再不来了么？"张区长说："现在情况还不清楚，谁也说不上来，也许明年一开春以后就又来了，谁知道呢，一切都要取决于上级的安排，不由我们呢。”戴玉说：“你们一走了以后，我们就把这个院子锁起来，等明年春天，早早地让人把院子和房子收拾好，等着你们。”工作组的傅春英说：“我们都喜欢这个冬暖夏凉的院子呢。”戴玉说：“工作组一走，我们心里都有些虚哩。”张区长说：“不应该虚啊，工作组走了，并不等于党也走了，党还在么，你本人还是支部书记呢；还有德龙，还有这么多的干部。”戴玉说：“这一走，不知啥时候才能再见哩。”张区长挥了一下手，说：“不说那些了，来，我们吃饭吧，放开肚子喝羊杂，每人喝它五六碗。”

张区长是这样说的，也是这样做的，他真的喝了五六碗。喝完第六碗的时候，他说：“我不行了，你们继续喝吧。”他像喝醉了一样看着大家。有一阵子，榆树院里没有别的声音，也没有人说话，只有一片纯粹的稀里呼噜的声响。有的蹲在叶子掉光了的老榆树下，有的坐在门槛上，还有的人就一直端着碗站在锅边，从始至终没有离开过，戴玉用眼睛白了他几次，竟也没有腾出空来说他。戴玉后来是在工作组走了很久以后的一次会上突然想起这件事的，他不知怎么就忽然想起了那个从头到尾一直站在锅边的人。戴玉说：“我们有些同志，真是丢人哪！在工作组的面前，真是丢死人啦！”有人说：“工作组的同志们也都吃得顾不上说话呢。”戴玉说：“那不一样哩，那能一样么？人家是客人，我们是主人，是我们在招待客人，哪有主人是那样的？只顾自己不管不顾地埋头死吃，把客人忘到了九霄云外？”

傅春英，作为一名女同志，作为工作组里唯一的一名女同志，喝下了四碗羊杂汤。她有些激动地说：“长这么大，我还从来没吃过这么多呢。”我对她说，四碗不行，要向六碗进军。傅春英说："德龙，你想撑死我么？我这已经给你们留下了笑话。"我说："吃饭怎么能是笑话呢？要是那样的话，世上的每个人每天都在闹笑话，每天至少都得闹三次。"傅春英说："我不是怕你们笑，我是真的不行了。我以前连羊肉闻都不能闻呢，这已经迈出了一大步了。"

第二天，工作组就走了。我让村里套好马车送他们，但张区长坚决不让送，他们是自己背着行李走了的。

我是最后一个离开榆树院的，头一天晚上吃完饭的那口锅还在，乌鸦们蹲在树上，看着人都走空了的院子。我锁了门，站在门外，从门缝里又一次看见院子里重新变得寂静、荒凉，甚至有些阴森可怖。我想起村里的人们常说的，说这个院子里一到夜里就会有三尺高的小人儿在轻快地走动，有穿着绸缎衣裳的老人在叹气，有时还会从墙头上探出一张脸来向河西那边张望。我以前不相信这些，但现在再看这个院子，觉得那也并不是没有可能。为什么工作组一来了以后，那些乱七八糟的东西都没有了呢？我觉得是工作组能够镇住它们，用马列主义毛泽东思想和辩证唯物主义与历史唯物主义武装起来的工作组是能够镇住一切邪气的。但是，工作组总有走的时候，工作组一走，它们就又出来了。这一片地方，平常连那些顽皮的孩子们都很少来呢，有时候偶尔来一下，回去后就会一夜一夜地发烧，烧得昏迷不醒，像是已经去了另一个世界里。顽皮在这个可怖的地方也不顶事呢，照样让你变得不顽皮。无奈的父母打着灯笼，拿着孩子的小衣服，也是硬着头皮到河东来给孩子叫魂，一声一声地叫着孩子的名字，也不敢大声地叫，叫得鬼声鬼气的。大人就不怕么？当然也怕，但是为人父母，没办法，该叫还得去叫，再怕也得叫，你不去让谁去呢？叫上两三个晚上，差不多就好了。

我曾带着民兵们来河东这边练习过打靶。有的民兵，手里握着枪，头皮还在一紧一紧地发麻，就这熊样还能当民兵么？我骂他们，教育他们，鼓励他们，但都不起作用，他们的头皮照样发麻，身上一不小心就打一个冷战，哆嗦一下，有的甚至会不由自主地尿出来，一脸的惊恐不安。也就是在那时候，我才突然明白，一个人的内心坚强和强大才是最重要的，那才是最好最顶用的武器，要胜过手里的任何家伙，怀着那样一份心情，无论到哪都不会害怕。

第九章

四叔没有资格谈论女人，四叔这一辈子只和一个女人有过那种关系。是谁？看你问的，那还能是谁呢，当然是你四婶，不是她，又能是谁呢。有没有喜欢过别的女人？也许有过吧，不过，也就是当时在心里刮风一样刮那么一下，轻轻地扫地一样过那么一下，以后过去了也就永远地过去了，最多留下一些划痕。那时候总觉得日子还长着哩，却没有想到并没有想象得那么长，等后来真正发现日子其实很短的时候，一切又都已来不及了。那时候才突然醒悟到，人活着的时候，想做什么事就应该赶紧做，千万不要今天推明天，明年推后年，那样就完了，一那样等就完了，以为总会有时间的，其实已经没有了，过了当时那个时候，一切就都不再是那么回事了，很多东西都会变呢，你不变，但是你周围的一切都在一天一天地变呢。事实上你也在变呢，哪有不变的道理，只不过这种事没有在别人的身上看到的那么直接那么明显那么刺眼罢了。

最早的时候，有人对我说过，说女人其实都是一样的，别看白天的时候一人一个样，有的趾高气扬，有的可怜巴巴的，等黑了灯以后，其实都是一样的。我忘了这是谁对我说的了，他是随口说说的，说完就没事了，但这句话却害我不浅哩！有好多年，相当长一个时期内，这句话都在像慢性毒药一样深深地毒害着我，不知不觉地影响着我，像是埋在我身上的一根刺，发作期贯穿了我的一生。我是这么想的，既然女人都是一样的，那一个人一辈子有一个不就行了么，不就够了么，是不是？上天造一个男人，再造一个女人，不会让你单蹦一个在这世上蹦跶。你再去琢磨别的女人，那就是隔墙窃取，就像戴玉一样，不管好赖全都要，贪多嚼不烂。这样一想以后，就觉得除了配给你的那一个，别的女人就都与你无关了。

年轻的时候，不大想女人啊男人呀什么的那些事，想得更多的是实现共产主义。共产主义我当然信了，不信我还费那么大劲干什么呢？至今我都坚信不疑。我相信不是那个事业本身有问题，而是一代一代的人有问题。

是的，我就是这么看的。觉得你四叔傻，是么？

戴玉后来常去公社告我的状，说我的坏话。我能想出来，就像他当年在张区长的面前说文玉一样，说来说去，终于把个文玉给说没了。我呢，总是不想和他多碰撞，一来是年龄也比他小；二来总觉得自己当干部与他当年的提携有关，觉得人不能没有良心，任何时候都要记住别人对你的好，尤其是在你年轻的时候，在你最需要帮助的时候，十件事哪怕只有一件是好的，那也应该记住。不能像有的人那样，你为他做一百件事，九十九件都做得很好，只有一件没有做成或做好，他也会因为这一件事而对你不满，甚至会记恨你一生，全不记得那九十九件。我是这么想的，但戴玉却不这么想，我也是后来才慢慢知道的，我在不知不觉中竟成了他最大最危险的敌人，这让我吃惊不小。我想，怎么会成了这样呢，究竟是在哪一步上出了问题？这些恶草一样的东西究竟是从哪一年开始生长起来的呢？

一位本家的伯伯曾经对我说过，戴玉是把你当做他的一杆枪，一直觉得用得挺顺手，瞄准这个，又打倒那个，后来他发现这杆枪的枪口有时候会突然掉过来，黑洞洞地对着他，瞄着他……本家伯伯的话把我说糊涂了。我仔细地想了好久，我没有对着他啊，也没有瞄过他呀。本家伯伯说，那他怎么会觉得危险呢？

公社的祝主任有一次在村里吃完饭以后，让我和戴玉陪他去河东的麻地里看一看。到了河东，到了麻地前，却并不看麻，而是对我和戴玉说：

“都说一个槽子前不能拴两头叫驴，我原来还不信，现在信了。你们两个要是一直都在又踢又咬，我就只有把你们分开了。”

我对祝主任说：“我们没有又踢又咬。”

祝主任又问戴玉：“你说呢？你说说看。”

戴玉说：“德龙说得对，我们没有又踢又咬。”

祝主任说：“真的是这样的么？那最好不过。那你们就给我好好地吃草，好好地喝水，不要给我找麻烦。”

我和戴玉都点点头。祝主任说：“来，我看着你们，两个人握握手。”

戴玉不想和我握手，他对祝主任说：“都是一个村里的，我们经常握呢。”

祝主任说：“经常握，还多余这一下么。”

在祝主任的注视下，我和戴玉握了一下手。我的感觉是不舒服极了，不知自己握住的是什么。我相信戴玉一定也有同感。

地里的青麻像湖水一样在起伏，碧波荡漾，白翎鸟就在那种一望无际的碧青色上面飞起飞落，没有人知道它们是何方人氏，也没有人知道它们具体住在哪里，只知道天一黑，就再也看不见它们的踪影了。

祝主任默默地看了一会儿，然后回过头来，看着我和戴玉，对我们说："遇到事情，互相让一让，就都过去了；不让，谁也过不去。"

我瞥了一眼戴玉，看见他的那张四方脸还是那种多年不变的酱紫色，就知道祝主任的话对他来说就像是从他的耳边刮过去的一阵风，一点儿也没有往他的心里去，甚至连一阵风都不如。这么一个人，不好给他灌输什么哩，即使捏住他的鼻子给他硬灌进去，他要是存心不要，也会想方设法给你吐出来；吐出来以后，他的那种憎恨之心会比没灌他之前还要更甚。我在心里说，祝主任啊，你还不如不灌他呢；有些人是能灌的，就像生了病往下灌药一样，灌下去以后，他一吸收，慢慢就好了，甚至很快就能见效，这样的人，他会心存感念，知道是在救他；而有些人是不能灌的，因为他打定主意不要，那你不是白灌么。

我心里很难过，乱糟糟的，不敢多想，也不敢往太远了想，不知道以后会是怎样的一种情形。想到和戴玉住在同一个村里，又都是村里主要的干部，差不多每天都得要和他见一面，有时甚至一整天都会在一起；想到两个人都冷着脸在一起商量事情，哪一句话不对了，顿时就会日爹操娘地争吵起来，我的心里就会不由得一阵阵地觉得发虚，愁绪如山，又如同破旧的棉絮一样，秋天里的麻一样，在我的心里卷成一个又一个的球，滚成一个又一个的蛋，顺着山坡滚啊滚，到了平地里还在不停地滚，滚得到处都是，在梦里也能见到呢。我看见我和一个人在饲养场那个绿汪汪的大水坑里扭打在一起，当那个人转过脸来，用两只黏糊糊的手掐住我的脖子的时候，我发现那个人竟然不是一直对我心存芥蒂的杨秀秀，而是党支部书记戴玉……我惨痛地叫了一声，立即就沉了下去。……以后，又看见我在初九的晚上一个人走着，戴玉在后面追着用石头打我，走着走着，天上那个弯钩似的月亮忽然掉了下来，就在快到我的头顶上的时候，忽然又唰的一下变成了一把明晃晃的镰刀，闪闪亮亮地朝我的脖子上砍来。我听见噌的一声，我的头就被割下去了，我清清楚楚地记得我倒在了初九的月亮地里。连老天也在帮他哩！我哭着，慢慢地从地上爬起来，一遍一遍地把眼泪抹在袖子上。想找人说说，评评理，又觉得没地方去说理，也找不到人，满世界好像都没一个人。

那个时候，我想念张区长哩！是他教会我许多革命的道理。

你四婶经常问我，又梦见啥了，每天都是又哭又喊地醒来？我对她说，都是一些乱七八糟的东西，有的从未见过，连名字都叫不上来呢。我没有告诉她说我梦见戴玉了，也没有告诉她说我想念张区长。

好几年又过去了，再也没有工作组的一丝消息。自从那年冬天他们在村里吃完最后一顿饭走了以后，我再没有见过他们中间的任何一个人，原以为第二年开春以后他们还会来呢，大家也都是这么估计的，连张区长都是那么认为的。在村里的时候，张区长不止一次地对我说过，许多事情还没有开始呢。可是，还没等到开始，他们就被叫了回去，张区长也是憋了一肚子的迷惑呢。他不甘心，又十分地不明白，那情形，差不多就像是在熟睡中被突然叫醒一样，差不多就像是在梦游一样，迷迷糊糊地把行李背在身上，打开门，轻轻地走出去，叫上同伴们，沿着当初来时的方向一路走去，头顶上面是红得让人感到异样感到不安的绵延不绝的朝霞。

好几次去县里，我都去找过张区长，但一次也没有找见。我心里也觉得奇怪哩，就这么一个不大的小县，要找的人又都是有名有姓的人，都是县里的干部，怎么就会一直都找不见呢？要是你找的是一个谁也不知道的无名氏，没有他的一丁点踪影和下落，那也还好理解，一直找不到也是正常的，问题是你找的不是一个那样的人。张区长是无名氏么？另外，当年和张区长一同来的组里的其他几个人也好像全都没有了下落。如果猜测说张区长有可能出了事，那么，其他那几个人难道也都正好不偏不倚地出了事么？我还记得他们当年临走前最后一个晚上围着大锅喝羊杂汤时的情景，每个人都满头大汗，由此我敢肯定他们每一个人都是货真价实的真人，而不是什么来无影去无踪的异类；因为异类是不会出汗的，更没有那么多汗，更因为我们这个社会是没有异类的。

由此我又想起当年的那个冬日的早晨，张区长领着他们几个人上了路，村里也没有派人跟着去，本来已经提前套好的一挂马车也因为张区长的一再坚持而一动未动地停在河的对面。工作组朝前来送行的干部们，朝河东河西两边挥了挥手，就在满天朝霞的映照下走了。这一走，从此就再没有他们的任何消息，谁也没有看见他们什么时候回到了县里，谁也没有看见他们在路上的情景，是在半路上拐了弯了么？

至今想起来，我心里都影影绰绰的，觉得有些阴森，觉得有些不太对劲。那么一群用马列主义毛泽东思想，用辩证唯物主义和历史唯物主义思想武装起来的人，他们到底去了哪里呢？他们又能去哪里呢？

……

最后一次去寻找张区长是在一个冬天，村里有两名应征入伍的新兵要去县里集中，我去送他们。到了县里，把他们交给部队以后，我就没事了。看看天色还早，我想，好不容易来一趟县里，何不趁这个机会再去寻寻张区长呢，说不定这次一寻就寻见了呢，说不定以前那几次寻找都是方向不对哩；方向要是错了，你永远也不可能找见一个人，明明那人就在原地站着，你也和他碰不上，那就不能怨谁，只能怨你自己。这样想过之后，我就开始到处打听。

街上人不多。我边走边想，这么一个冷清清灰扑扑的县城，真不像是一个城哩，还不如有些大一点儿的村庄热闹哩。街上要甚没甚，临街的好多门窗都是关着的。偶尔能看见一条狗，像是身负着什么秘密的使命，贴着临街的墙下溜溜地跑过，尾巴下垂，明显的是不想招摇，只想快一点通过。

鼓楼已经不在了，只剩下几根柱子还孤零零地立在那里。小的时候我见过那个鼓楼，很雄伟，结构也很复杂，里面像是充满了奥秘，上面的飞檐上悬挂着风铃，落满了鸽子，一有风来，满城都是清脆的铃声，鸽子也开始飞，驮着好听的木哨，一时间让人忘记了忧愁和烦恼，觉得日子好过得厉害呢。

就在那附近，我遇到了一个人，有三四十岁，长着一张白脸，男人里面我还没见过那么白的脸；就是这个人，他竟然说他认识张区长。为了确定他没有听错，我又说了一遍张区长的名字，他一听就笑了，拍着胸脯向我保证，没问题就是我要找的那个人。我一时都有些不敢相信，竟会有这么好的结果，这和过去那几次瞎猫碰死耗子般的寻找有着天壤之别呢。我要是早到这一带来就好了，说不定早就见到张区长了。为了表示我的感激，我从身上掏出烟请他抽，他客气了一下，点了一支。抽着烟，他又告诉我说，张区长的家就在城东的一条街上，那条街原来叫柏翠街，现在叫赤卫街。我听着，一点一点地记账似的记在心里。有一阵儿，我看见他吐出来的烟雾把他的那张看上去十分寡白的脸完全给遮住了，他整个人也像是从我面前消失了。我朝四周环顾了一下，却看见他仍然站在我的面前，脸上还是原来的那种笑容。我看了看附近，鼓楼不在了，当然风铃也不在了，鸽子也没有了。

我对他说："那我去吧。谢谢你。"

他说："我跟你去吧，你不一定能找得见呢。"

我说："那怎么好麻烦你？"

他像是自言自语地说道："走吧，自己人，就不要说那些了。"自己人？我吃了一惊，却也没有去多想。我们从鼓楼那一带离开，走了一会儿，来到城里的大十字上，又向东边的街上走去，我拿出烟，一人又点了一支。东边街上的人越发少，好半天才能看见一个，有的人身后像是有皮筋拽着，刚刚嘣的弹出来一下，马上就又嗖的一下被拽回去了，好像完全不由自己做主呢。冷风吹着晒黄了的烟叶似的树叶在街上哗啦哗啦地跑着，有的跑着跑着就停了下来，有的不停止地一路跑下去。我看了看旁边，看见他那张没有一点血色的脸在这个寒冷的冬日里变得越发寡白，连两个耳朵都是白的，不见一丝丝红。我在心里说，真是个好人哩，一个高尚的人，一个纯粹的人，一个有道德的人，一个脱离了低级趣味的人，毫不利己，专门利人，为了帮助别人找到一个人，把自己冻成这样。

走到一条朝北的小街的街口上时，他忽然站住了，对我说，这就是赤卫街，原来的柏翠街，又用手指着街里面说：“你看见里面的那些红瓦的房子了么，就在那里面，你去吧，我不进去了。”我又掏出烟给他，他却再也不肯抽了，一边摆手，一边向后退着。

我朝那条小街上走去，走了两步，回头再看时，他已经不见了，我以为他是实在冻得受不了啦，也就再没有多想，一直向街的里面走去，那些房子都是一样的红瓦，一样的墙，一样的门。我站在一户人家的墙外，正犹豫着该敲哪一个门时，那扇门却吱吱呀呀地叫着开了一道缝，从里面出来一个老头，满脸警惕地看着我，问我找谁。我说我找张区长。老头说：“不知道。”我又说出了张区长的名字，我说：“是张景明区长。”老头说：“这一带没有这么个人。”我说：“咋能没有呢，他就住在这里。”老头说：“没有就是没有，什么叫咋能没有呢？咋能有呢？我在这里住了几十年，我不比你知道？”说完，也不再看我，关上门回去了，街门有些沉闷地响了一下。

我在那些静悄悄的院墙下面站着，望着上面的一片片红瓦，很多人家的街门两侧都堆着黄土、煤，有几棵枯瘦的杨树，看不出是活着还是已经死了。我看了看天，是个阴天，却没有云彩，附近一带一直没有人，连个孩子都看不见。我想，刚才那个门显然是不能再去敲了，该去再敲哪一个门呢？正想着，却看见刚才的那个门忽然又开了，我又看见了那个老头。

老头把一只手放在身后，对我说：“你还没走？”

我说："我在找张区长。"

老头说："你刚才说他叫什么？张什么明？"

我说："张景明。"

老头说："我想起来了，解放前是有一位张区长，就叫张景明，不过早就牺牲了呀！土改的时候就已牺牲了。"

我说："牺牲了？不可能。"

老头说："咋不可能？明明就是牺牲了嘛，那还有什么能不能的，谁愿意牺牲呢？"

老头说他见过张景明区长哩，他回忆起了张区长的身高、长相，我一边听着，一边在心里暗暗地吃惊，暗暗地叫苦，老头描画的那个张区长和我要找的张区长一模一样，完全就是同一个人呢，甚至连缺了一个门牙也一模一样呢。老头说着话，可能是忘了，那只一直放在身后的手也终于来到了前面，挥舞起来，我一看，那只手上竟然握着一把劈柴的斧子。我看着这个老头，我不敢相信他说的话，可他说得又是那样的不由让我不信。

老头大概也看出了我的意思，有些生气地对我说："就你这德性还想到处找人呢？我明告诉你，你就是找到天边你也找不见。别人跟你说什么你都不信，你爱信不信，我还不信你呢！要不是我天生爱管闲事，你连见也别想见着我，我也不是谁想见就能见的。"

我说："您别生气，我是找得太苦了。"

老头说："从这里出去，沿着东大街一直往东走，走到头，那上面有一个烈士陵园，你到那里去找找，说不定就在那里呢。"

我忽然觉得身上冷极了。沿着灰蒙蒙的赤卫街又往上走了一会儿，迎面过来的寒风不断地扑打着抱住我的腿，像是有人跪在我的面前，抱着我的腿喊冤。我看见了路尽头的那一片高岗，上面长满了松柏。我站住了，没有再往上走。

从此我再没有寻找过张区长，渐渐地也在心里断了那种念头。好多年，一直有一种东西在我的心里支棱着，上又上不去，下也下不来。那支棱着的东西是什么？不知道，那哪能知道呢，要是知道了不就好了么，那也就不会再一直支棱着了。

我这一辈子，也不知都闹了个啥，狗扯羊皮，乱七八糟地就过来了。

文玉原来在的时候，文玉是戴玉的敌人，文玉后来沉下去了，咚的一声沉了底，我浮上来了，我又成了戴玉的敌人。戴玉这个人天生喜欢斗争，喜欢把你塑造成他的对手和敌人，哪一天不斗争，就会觉得身上难受，不舒服。俗话说，狭路相逢勇者胜，戴玉就是那种一往无前的勇者。我后来也看出来了，他就属于那种与人斗其乐无穷的人。我虽然比他年轻，可是看见那么一个勇敢的斗鸡一样的人，我也头疼呢，总是尽量不让自己与他碰面，看见他在地里，我就到梁上去，看见他在办公室，我就回家去。我也知道，长期下去，这根本不是个办法，躲得了初一，躲不了十五，而且总还是与他碰面的时候更多一些。正好村里要组织一支青年突击队，到山上去修梯田。我想，这是一个多好的机会啊，可以有很长时间看不见他，于是我主动要求兼任突击队队长，带着三四十个年轻人离开村里，上了山。好几个月，吃住都在山上，都不回家，虽然干活儿累点儿，可心里不累。一个人，身上累点儿，睡一觉就缓过来了，可要是心里累，一直躺着不起来也缓不过来。和那些年轻人们在一起，我觉得我自己也又年轻了不少。

可是后来有一天，戴玉竟然坐着村里的拖拉机找到山上来了，也许是村里没人和他斗争，他憋得难受，所以又想起我来了。他一来，一看那架势，我就知道他是来和我吵架的，和我斗争的。从那辆一路冒着黑烟的拖拉机上一下来，看也没看，张嘴就说梯田修得不好，不够标准，土板墙筑得不够高，蚂蚁都能翻过去；接着又说突击队从村里领走的粮食太多了，都吃到嘴里了么，有没有浪费，有没有别的行为？我对他说，都是按人头领的，怎么会多了呢？再说，都是些二十岁左右的年轻人，不让他们吃饱饭，他们哪有力气给你修梯田呢？他抓住我表达上的毛病，马上翻了脸，瞪着眼说，给我修梯田？我还不知道给谁修呢！我知道这一句话是我说得有问题，一时竟像亏欠了他似的。接着，他又拐弯抹角地说，突击队的粮食不够吃，梯田修得不好，土板墙筑得不够高，主要是我这个队长领导得不好。我对他说，既然这样，那你留在这里领导，我回村里去。他看着脚下的土，黑沉沉地说，不行。有那么几秒钟，我看着他那张酱紫色的脸，真想抡起手里的铁锹把他一下拍扁，哪来哪去，让他重新再回到土里去。

后来吃饭的时候，我让人专门给他盛了一碗上面漂着油花的菜汤，他看了一眼，动也没动一下。锅里就那么几个油花儿，全都撇到他碗里后，别人就再没有了。后来他站起来，假装不注意，竟把那一碗漂着油花的菜汤一下踢翻了，一碗菜汤转眼之间就都渗到了土里。有几个年轻人已经坐不住了，就要站起来朝他扑过去。还有人悄悄对我说，山上这么多土，不如把他捆起来埋了算了，就说是他自己不小心掉到沟里了，这么多人都能够作证呢。我说，一碗汤，踢翻就踢翻了吧，本来那也是给他盛的，就当他已经喝了。梯田里红旗招展，喇叭嘹亮，而一道道土黄色的土板墙又像是古人布下的迷魂阵，让今天的人都身陷其中。那辆冒着黑烟的拖拉机又发动起来了，戴玉怒气冲冲地坐上拖拉机又走了。我坐在山梁上，望着远去的噪音和黑烟，我想，怎么办呢？没有办法，熬吧，除此再没有更好的办法，他总不能活到一百岁吧？他真要是能活到一百岁，那只能说明他命大，说明天不灭曹，老天爷也不想让人家完哩，那也只能是我们自己时运不济。

原以为不知还要熬多少年呢，一点儿也没有想到来得却是那么快，我甚至都觉得是老天在和我们开玩笑哩，是在和我们赌气呢。

修完梯田几个月后，有一天，我忽然听说戴玉病倒了，病得下不了炕。一开始，我还真以为他是装的，我心里在不停地打鼓，好好的，突然开始躺倒了装病，不知他又在搞什么花样呢，肯定不会是什么好事，不知又有谁会遭殃呢。我暗暗地留心着，也不大出门，有时到处走走，从人们的言谈中捕捉一些东西，那些东西，不管是一丝还是一缕，都对我有用。

过了一些天，听说戴玉真的病得很厉害呢，不是装作不愿意下炕，是真的下不了炕了。因为好多事情还得由他批准，人们有事就得到他家里去找他，也有人是专门去看他的，带着吃的喝的。

很快，我又听说他得了一个奇怪的毛病，不管是谁去看他，他都要拉住人家的手，痛哭流涕地说："XXX，我对不起你哩，我当支书期间，总共和你的女人睡过三次哩，就三次：第一次是在大队的办公室里，第二次是在村北的那个瓜棚里，第三次……"第三次是在哪里呢？歪着脑袋使劲地想，想了半天也没有想起当年的那个地方来，就又说，"也不能全怨我呢，裤子是她自己解开的，我就是再有定力也不行哩，谁能抵挡得住呢……”本来是去找他办事的，本来是诚心诚意地去看他的，听见他说出这样的一番话来，去看他的人真是尴尬极了，真是无地自容呢，坐也不是，站也不是，心里被他说得毛毛糙糙的、虚虚实实的，也不知到底是真是假，也就顾不上再说别的了，放下手里的东西，转身就走，一溜烟回到家里，问自己的女人：“到底是咋回事？只是三次么？”女人就说：“他一个快死的人了，说出来的话都是胡话、鬼话，鬼话你也信么？”男人看见自己的女人拒不认账，就觉得也许真的是一番鬼话呢，正常的人、正经的人，哪能那么说话呢？可是，转念又一想，也不一定就是鬼话吧？他说得可是有鼻子有眼哩，一套一套的，时间、地点、人物，一应俱全，样样不少，就觉得这事有些不寻常，也许没那么简单呢。再看看身边的女人，光光的脸，肥肥的乳，就越发觉得可疑，就知道这事可能已经永世都理不清了，澄不清了，随着那一个病情的加重，必然成了一桩无头案，心里从此也就埋下了一个硬硬的梗。

听见戴玉说出那种话来，不仅去看他的人被他说得心里很乱，就连他自己的女人也觉得心里很乱，猫抓一样地难受。他的孩子们也都觉得很气短呢，有这样一个爹，从前是那样的风光，那样的说一不二，现在却真是丢死人了，真的没脸出去见人呢。孩子们觉得再不能这样下去，让他们的母亲想想办法。

后来，戴玉的女人就想出一个办法，看见他张嘴想说话时，就急忙上去用手把他的两片嘴唇捏住，不让他说出来，把他的那些话扼杀在喉咙里，堵回他的肚里去。一捏住他的嘴，他就呜呜地叫，用白眼睛看人。叫也就是叫几声，看也就是看几眼，毕竟还是把他要说的那种让家人和外人都觉得无脸都觉得蒙羞的混账话给他成功地堵回去了，堵回去了就是胜利。

以后，凡是来家里看他的人，都是放下东西就走，说还有别的事，明显的是一会儿也不愿意多在，明明回去没事，也还是要赶紧离开，天不怕地不怕，什么也不怕，就怕他突然之间又痛哭流涕地说出那种事来，什么三次呀，瓜棚呀，谁都怕听到呢，谁都不想让那种事忽然糊到自己的头上呢。他说完就没事了，那一头的那个家庭却从此乌云密布、电闪雷鸣。看见来的人放下东西就走，戴玉的女人也觉得过意不去，就对来人说："坐一会儿再走吧，我把他的嘴捏住，不让他说。"有的就碍于面子稍微坐一会儿。有的人却说："算了，不要捏他了，他也怪可怜的；我真的还有事哩，孩子他姥姥也病了，我得去看看。"说完就走了。

女人看看人走了，就说戴玉：

"你这个不要脸的，你真恶心！"

有人对我说，这一回他是真的不行了，人已经完全脱了相，眼睛也变成了黄的，玻璃珠子一样了。

终于有一天，戴玉的女人忽然来找我，说是戴玉让她来的，他很想见我一面。我本来也正想去一趟的，所以立即就和她去了。到了家里，戴玉本来正睡着，我说："那就让他睡吧，好不容易睡着了，让他多睡一会儿吧。"看看他们家里的情形，我心里也觉得有些凄凉，大白天的，他却睡得那么沉，以前哪有这种事呢，正经该睡的时候他还不睡呢，精力旺盛得像十头牛。但他的女人却非要把他叫醒，于是就叫醒了。

戴玉睁开眼，看见是我，一下抓住我的手，直定定地看了我一会儿，忽然眼里就有泪流了出来，先是细细的两行，后来越来越粗，很快就流得满脸都是。

他哭着对我说：“德龙兄弟，我对不起你哩……”

听到他说出这句话，他的女人马上又惊得变了颜色，急忙上去用手捏住他的上下嘴唇，不让他再出声。女人一边捏着他，一边面有难色地对我说：

“德龙兄弟，你看这个不要脸的，他又要说那事；不管谁来了，他都要跟人家说，我都不知道他到底做过多少，好像全村的女人都和他睡过呢。”

我让女人不要捏他，但她不听，一直不敢松开手。戴玉呜呜地叫着，用愤怒的白眼睛看着他的女人。实践出真知，一段时间以来，他的女人已经逐渐掌握了一种技巧，学会了用巧劲儿，不需要太费力就能把他的两片嘴唇捏得紧紧的，牢牢的，不像一开始的时候，那时候不得法，捏两片嘴唇，用的却是全身的力量，捏一会儿就累得她满头大汗，人困马乏。

我对女人说：“放开他，让他说。”

他能说出什么来呢？我想，无非就是说和我的女人有过三次，或者三十次，前十五次在瓜棚里，后十五次在别的一些想不起的地方，对此，我也是有准备的。他的女人看着我，迟疑了一下，终于松开了手。戴玉张开嘴，先是狠狠地喘了几口气，然后也顾不上骂他的女人，使劲地抓住我的手，对我说：“德龙兄弟，你是我的好兄弟，这么多年，我也不知怎么了，像是吃错了药，无论看见谁，都想和人家斗，一心只想着要把别人斗败，我不是人哩。”

听到他说出来的是这样的话，他的女人，还有我，不禁都松了一口气，他的女人也放宽了不少心，开始坐到一边擦脸上的汗。我能说什么呢？我只能安慰他，让他不要乱想，也不要多想，好好地安心养病。听到我这样说，他的眼里慢慢地又有泪沁了出来，他想再挪过来一点儿，离我近些，可是他挪不动。他的女人对他说："别动了，就在那儿躺着吧。"他看了看，就不再动了。那时候，我的鼻子忽然一酸，心里想，这哪是戴玉呢，这哪是原来那个高大威严谁都不在他眼里的戴玉呢，分明是另一个人么，一个我们完全不熟悉甚至觉得从未见过面的陌生人。

就是在这一次，他嘱咐我村里的事情以后要多操心。"哥哥这一次是过不去了，无论如何都过不去了。"说着，看见他的女人到外屋去了，又忽然压低声音说，"鬼已经来过了，我看见了。"我问他什么鬼。他说："就是将来带我走的鬼啊。"又指着外屋的方向说，"我没和她们说过，怕把她们吓着。"我说："你一个党支部书记，还能信鬼？"他说："我从来不信，临走了，就让我最后信一回吧，我真的看见了。德龙兄弟，你是没见过，真的好吓人呀，里面穿着中山装，外面套着白袍子……"

我想，他说的该不会是来给他看病的医生吧？

这年冬天，村里开始分地的时候，戴玉死了。尽管对这事早有预料，可当戴玉的女人穿着一身白孝衣站在我的面前的时候，我还是不由自主地吓了一跳。门开着，站在屋里能看见外面的枯枝和雪，还有一个他们的亲戚，站在台阶下，挎着一篮子纸钱，鬼一样地朝屋里张望。

一个十八九岁的愣头青，一脚把大队办公室的门踢开，进来就出言不逊地训斥我，骂我，首先骂我是王八蛋，不容分说地给我定了性，然后才说："三十年河东，三十年河西，转来转去，地又转回来了，事实证明我爷爷是对的，你们都错了。"

我让他说得有些糊涂。我问他："你爷爷是谁?"

他不回答，却麻利地挽起袖子，朝我晃了晃他那年轻的拳头，像是要上来打我。旁边有和我一样上了年纪的人说："他爷爷就是杨秀秀，这是杨秀秀的孙子。"

原来是这样，我一下就明白了。于是，我对他说，当年是国家的号召，不是我非要让你爷爷入社，我哪有那么大权力？你爷爷那么一个人，他能听我的么？要是没有那样的政策，你爷爷就是想入也没地方入去，旧社会他咋不入呢？旧社会没有农业社，想入都入不进去。

旁边的人们也都说他："这孩子，真是个愣货，老一辈的事你掺和个甚？这种事情，连中央，连国家自己都弄不清楚呢，你能闹清楚？赶快到村口打台球去吧。"

愣头青在地上腾腾地转了几个来回，又上天入地地比画了一阵，临走前把他的拳头恢复成巴掌，又指着我的鼻子说：

"不管咋样，从此你们再也管不着我们了。"

我对他说："也没想要管你们，把你们的地种好，把你们的日子过好就行了。"

说着话，我忽然觉得时光好像又倒流回去了，当年我对杨秀秀就是这样说的，没想到几十年过去了，如今面对一个四五六不懂的愣头青，却还在重复说着当年说过的话，我忽然心里有些灰呢。文玉不在了，戴玉也不在了，河东过去的那些绿水一样的麻地和金黄的油菜地也都不在了。就在那些如今已消逝了的地边，豪情万丈的张区长不止一次地向我描绘过共产主义的美好远景和宏伟蓝图，尽管很多东西连他本人也很难想象出来，但他总是尽力去想，尽自己的一腔真挚的情感和理想去想，一砖一瓦、一草一木地去构筑，去完善，每次说到激动人心的地方，他的脸是红的，眼睛里是湿的。

张区长，我好想他哩。

站在河边，我一下就又想起了很多年前的那个晚上，在河东的榆树院里，我们抬着里面能蹲下一个人的大锅，从冬日的光滑的河面上走过，几个小队长劈柴生火，忙得烟熏火燎，后来，浓雾一样的水汽就渐渐地弥漫了整个院子……第二年春天，燕子飞来，柳树吐绿的时候，我们早早地就把榆树院里的房子清扫出来，就等着张区长带着人回来。一个春天过去了，一个夏天过去了，一直没有他们的消息。又一个冬天过去了，他们仍然杳无音讯。一年，两年，很多年就这样过去了，榆树院里的房子坍塌了几间，窗户上结满了蛛网，院子里长满了一人高的荒草，野猫在草里跑，白蝴蝶在草上飞。

眼前的这条河也越来越瘦，越来越细了，在有月亮的晚上，看上去更像是一行泪水。

每次走进村里的办公室，看见只有拐子一个人在那里坐着，守着那台陈旧的扩音器，话筒上蒙着的一块绸子还依稀能看出一点儿原来的红颜色。唯一的一份报纸，拐子也不看，来了就都整整齐齐地堆到一起，已经堆得很厚了。天气好的时候，拐子就一个人坐在门口的台阶上，捉捉虱子，晒晒太阳。有一次，我来的时候，他竟告诉我说，他发现太阳的里面其实是绿的。我对他说，没事别老盯着一个东西看，容易把眼睛看坏了，腿已经坏了，别再把眼睛闹坏了。

有一年，村里一家姓廖的兄弟几个为了争夺家产，大打出手，爆发了一场持续了好长时间的战斗。我从乡里开会回来以后，听说他们已经打了好几天了，有人已被送到医院里去抢救。但是，剩下的没负伤的那些人还在继续打，稍微吃一点儿饭，稍微睡一会儿，醒来就再接着打。所有的玻璃都碎了，到处都变得扎人、晃眼，好几家的猪、鸡，死的死，亡的亡，房顶上都开了天窗。

我从乡里回到家里，连水也没顾上喝一口，就赶忙去调解。你四婶让我吃完饭再去，我想，那又得耽误多少工夫，那边战事正酣，闹不好要出人命呢，我哪能坐在家里吃饭呢。我对她说，回来再吃吧。你四婶也没吃，她就在家里等着我回来一起吃。我和她都没有想到，那一走，却再也没能够回来。

那几个熊人，我至今都恨他们哩，为了一点儿东西，相互之间打成那样，连畜生们都不如哩。我走进他们的院子里，他们正在打，院子里响成一片，我喊了一声，根本没有人听我的。我上去想把他们拉开的时候，一块砖头忽然落到了我的头上。

我就是被那块砖头打死的。至今也不知道那是谁扔的，肯定就是他们兄弟几个中的一个，出不了那几个人。

我也不知道我是替谁死了。

我离开那个我生活了几十年的村里的时候，听见你四婶还在家里哭，炕上摆着那顿我和她两个人谁也没有动过的饭。

下 卷

第一章

四叔，我最早姓秦，和朝廷是一个姓。后来上面不让姓了，说一户人如何能与朝廷同姓，就把这个姓收走了。好多年，我们有名无姓。

也有过一个四叔，不过不是你，他叫雾独。

雾独死得很早，是为他小时候的一个朋友死的。朋友是一个名叫负行的女子，有丈夫，有孩子，父母也都在。不知因为什么事，负行的一个仇人要挖出负行丈夫的心。雾独问那个人，挖我的行么？那个人竟也同意了。有了仇人这句话，雾独就转过身去，别人都以为他是在祷告，或者是在准备反击，但等他再转过身时，他已给自己开了膛，手里托着他的心，对朋友的仇人说，给你取出来了，你来拿罢，说完就倒下了。朋友的仇人捡起那颗还热乎乎的心，临走时对名叫负行的女子说，两清了，我以后不会再来了。

我学会打铁的时候，雾独已经死去好几年了。

我一直在咸阳城里打铁，打一些马掌、钉子、砍刀一类的东西。三原那个地方有一个孩子，经常来我这里买钉子。问他买钉子做甚么，从来都不说，每一回都是放下钱，拿了钉子就走。一开始的时候，我还以为他不会说话，是个哑巴，但是，你跟他说话，他又明显地能听懂，能听得清清楚楚、明明白白。他不想说，后来我也就不再追问他不再难为他了，或许是家里的大人不让他说罢。

我的一个织席子的朋友有一天领来一个人，小个子，丹凤眼，说是叫重光，要在我的铁匠铺里住几天，就住下了。织席子的朋友与我之间全是义气和情谊，但对那个丹凤眼的叫重光的人却全是敬重，一言一行，一举一动，处处都流露出真心实意的敬重和尊崇。我看在眼里，心里也觉得有些奇怪，但是也从来没有问过，问那些做甚么呢，想说的时候，他们自然会说的。我还是每天继续叮叮当当地打我的铁，他们两个，有时候出去，有时候则一整天都坐在我铺子后面的房子里，也不知他们在说些甚么。吃饭的时候，也是他们两个在后面吃，我一个人在前面的铁匠炉子前吃。

织席子的朋友对我说："重光是个面薄的人，怕羞呢，不敢到前面来吃，希望你不要怪他。"

我说："我怎么会怪他呢，他想在哪里吃就在哪里吃，不敢来前面吃，那就在后面吃，前后都是个吃，在哪里吃不一样呢。"

天黑下来以后，街上没有人的时候，那个长着一双丹凤眼的名叫重光的人就会悄悄地不声不响地从后面走到前面来，站在一旁，看我打铁，溅起的火星有时会蹦到他的身上，他也并不躲闪，我觉得他也并不像织席子的朋友说的那样胆小。我看他的时候，他就会朝我笑一笑。铺子里不点灯，有炉灶上的火就足够亮了。不过，名叫重光的人似乎更喜欢站在暗处。我看到，在我这里住了几天，他看上去比刚来那会儿白了不少，刚来的那会儿像个陶俑呢。

也是一个黑灯瞎火的晚上，名叫重光的人又悄悄地从后面过来，不声不响地站在一旁，看我打铁。打完最后一副马掌的时候，我停下手里的锤子，水里哧地响了一声，脸前腾起一阵雾气。听见名叫重光的人问我：

“会打铜钱么？”

我愣了一下，赶紧把扔到水里的马掌捞出来。名叫重光的人又向我比画了一下，我才终于明白了。我对他说：

“会打也不敢打，那可是要灭门的，除非不想活了。”

听见我这样说，名叫重光的人笑了笑，又回到后面去了。

织席子的朋友对我说：“重光夸你呢，说你是个老实人。”

别人这样说，我也没往心里去，还是继续打我的铁。

有一天，织席子的朋友的妹妹来到我这里，来找她的哥哥，说他已经有好久没有回去过了，这些日子以来，连席子也不织了，家里的人也见不上他的面，更重要的是，家里的米面也早就没有了。我对朋友的妹妹说，我见过她哥哥，再见到他时，一定让他回去。朋友的妹妹走的时候，我给她装了两升米让她带了回去。她在的时候，我没对她说，我知道我的这个织席子的朋友每天都和那个名叫重光的人在一起，出来进去都形影不离，自从认识了那个小个子的丹凤眼，他或许早就把织席子的事全都忘了，完全不记得自己是干甚么的，甚至也许忘了自己是谁。而那个叫重光的人，我一直都觉得他来历不明。

天黑的时候，织席子的朋友和重光又从外面回来了，提了一点儿荷叶包着的熟牛肉，一壶酒，邀我到后面去饮酒。重光先到了后院以后，我把织席子的朋友叫住，问他有多少天没有织过席子了。听我这一问，他顿时显得很难为情，承认自己真的把织席子的事给忘了。接着，我又告诉他，他的妹妹来过了，家里人在找他呢，家里已断了炊。我的话到底让他着急了起来。他向我保证，就这两天，一定抽空回去一趟，并且赶快织出几领席子，拿出去卖了。我对他说，你要是一不小心把自己的老娘和小妹都饿死了，看你后面这些年怎么过？街上的邻里们会唾死你。我的话对他触动不小，好像把他哪个地方弄疼了，那一晚，他和重光在一起饮酒的时候，第一次变得闷闷不乐，心里或眼前像是有苇子在跳动，软软地飘着。

第二天早上，当我起来生火的时候，发现织席子的朋友和重光两个人都已经不在了。

我打了一天的铁。到天黑的时候，刚想坐下来喝点水，一个人咚的一声从外面撞了进来，一看，正是织席子的朋友，身上有土，脸上还有血。我把给自己倒好的那碗水递给他，他一口气喝完，然后湿淋淋地告诉我说：

“重光出事了，被官府捉去了，脖子上套着铁索，一路牵着走了。”

我问他官府为甚么要捉重光。他说不知道。我就说：“肯定有原因，街上那么多人，谁都不捉，为甚么单单捉他呢？”

织席子的朋友对我说，他要去救重光，可是又明明白白地知道救不出来。我对他说，眼下最应该救的人是你的老娘和小妹，而不是重光；重光当然也应该救，可是你根本救不出他来。在我的劝说下，他擦去了脸上的血，掸去了身上的土，终于决定要回家去了，暂时先不管重光，先回家织两天席子再说。他的老娘和小妹不仅仅需要吃的，也更想见到他的人呢。

我相信他在家里老老实实地织了几天席子，也相信他不时地还往外跑，他的心思并不在家里，也不在那些席子上。果然，有一天，他风一样地从外面跑进来，关上铁匠铺的门，十分高兴地对我说，他刚刚得到消息，重光从狱里跑了，官兵们正在四处搜捕捉拿。我能看出来，得知重光跑了的消息后，他是真的高兴，说话时，他的那张瘦削的带着菜色的脸上还在一闪一闪地放着光呢。那时候，我听到街上有喊声，还有不断地跑过的马蹄声。织席子的朋友坐在我打铁用的一尊砧子上，脸上是一种既担忧又高兴的神色，有时他会一个人不知不觉地笑出声来，出神地看着某一个地方，自言自语地说："是龙就不会被困住。"

我问他："谁是龙？难道是那个叫重光的人？"

织席子的朋友抬起头看着我，觉得自己说漏了嘴，便也不想再继续遮掩下去了。他对我说："你是我今生最好的朋友，我也不能再一直瞒着你了，再瞒下去，我会没脸见你。我告诉你罢，重光不是人，是条龙哩。"

我问他，怎么知道重光不是人，是条龙？他想了想，说，这事不能细说哩，反正知道，重光一定是条龙。又说，那么多的铁索上上下下地拴着他，他能跑出来，这本身就足以令人称奇；寻常的人能行么？把你那么拴住，把我那么拴住，我们能跑出来么？只有等死了。但是，重光却摆脱了那一切，像只大鹏一样地飞走了，那些东西对他无有作用呢。

我说："也不能就因此说他是一条龙罢？一个会奇门遁甲的人也能逃脱得了呢。"

我的话让织席子的朋友明显的有些不悦。他说："连我的话也不信，这些事，我连我的老娘都没有告诉过，只告诉了你一个人，你却不信。"

我想起了那个长着一双丹凤眼的名叫重光的人，想起了他说话时尽量遮掩着的那一腔蛮子口音，他明显不是我们这个地方的人，我觉得他像是楚国人。

织席子的朋友说："我真心实意地告诉你，你不要轻视重光，他是做大事的。"

我说："甚么大事？"

他说："到时你就知道了。"

又数落我，说我："你整天只顾叮叮当当地打铁，甚也不知道。"

我应该知道甚么呢？

他说："要不是家里有老娘和小妹，我早就走了。"

我问他："是去找那个叫重光的人么？"

织席子的朋友点点头，也知道自己被家里绊着，至少一年半载之内走不了，哪里也去不了。另外，也确实不知道那个叫重光的人如今到底跑到了哪里，天下这么大，一个人东躲西藏，另一个人要找他，真比上天还要难哩！再远的先不说，光是从咸阳到洛阳，就得走上好几个月，那还得要一路上顺利才行。

我把炉灶上的火稍稍拨旺了些，又在上面压了几块炭，将三四根铁条插进火里，让它们慢慢地烧着。昨夜快掌灯的时分，有两名樵夫找上门来，要我给他们打造几把砍刀，他们常年出没在太白山上，手里的刀要是不顺手，不仅砍柴不易，有时连命都保不住呢，狼虫虎豹，鹰鹫蛇蝎，没有一天不遇到的。我答应给他们打几把最好的砍刀，我选了上好的铁，几番淬火，我不想让他们带着我打的刀，又到山上被吃了。

织席子的朋友满腹心事地坐在我的旁边，看着我把烧红的铁条从火里抽出来，他眼睛里像是盛满了凉水，让我在一起一落的打铁声中感到一种微微的寒意。

忽然，他说："重光其实不叫重光，他的真名叫陈涉。"

我一边打铁一边想，这是为甚么呢？一个人有一个名字就够了，为甚么要用两个名字呢？陈涉就陈涉罢，这个名字也没甚么不好的，更不是一个见不得人的名字，为甚么又要叫重光呢？依我看，重光这个名字还不如陈涉呢，不知他为甚么要这样搬着石头砸自己？当手里的铁条渐渐地变宽变薄时，我仍然没有想明白这件事，我把它重新塞进水里。

我们一家人，连姓氏都没有哩。

我对他说："帮我拉几下风箱。"

织席子的朋友愣了一下，很快就坐过来，拉起了风箱，炉火开始呼呼地响了起来，开始变红，变青，完全变成了一堆紧抱成一团的力气，变成了一堆刀都砍不断的灼热的筋骨。我看见那些铁条在里面煎熬，慢慢地改变着容颜。看看火候差不多了，就告诉他说行了。

织席子的朋友松开手，叹了一口气。我对他说，要不从明日开始，把席子拿到我这里来织，他织席子，我打铁，两个人还能边做活儿边说话。我这样说，是因为我觉得他在家里好像根本织不下去，他的心思也不在那些席子上面。那个叫重光的人，那个如今又叫陈涉的人，那个长着一双丹凤眼的小个子的人，把他害得不浅呢；受害的还不仅仅是他本人，还有他的老娘，还有他的小妹，还有他们的家。

但是，他却很愚蠢地对我说："万一你的火把我的席子烧了呢？那不是又白织了？"

我没料到他会说出这样的话。我对他说：

“不会小心一点儿么？我们又不是两个傻子，专门烧你的席子？”

他有些愣怔地看着我，让我觉得他的魂好像已经不在他的身上了，已经走远了。他伸出手又要拉风箱，被我叫住了。

我对他说：“火候正好，不要再拉了。”

他朝后仰了一下，靠在我那面烟熏火燎的墙上。

他说，有一位姓云的术士，上通天文，下知地理，前后八百年，命算得那叫个灵。见到重光后，十分惋惜地说，重光是一条龙，但却是一条池塘里的土龙，飞不了多高，也飞不了多远。重光问他有没有甚么办法，云术士表示没有。云术士一口咬定重光出生的时辰和地点是造成他日后昙花一现的主要原因。重光与云术士辩论，云术士对重光说，不信尽可回去查问。而且，云术士知道重光不叫重光，知道他姓陈。云术士后面的这句话把自以为隐藏得很深的重光吓坏了，他终于信服了。

我问织席子的朋友：“重光出生在哪里？甚么时辰？”

织席子的朋友说，重光有一次喝多了酒，说他出生在半夜时分，他的母亲起来上茅厕的时候突然生下了他，天地间一片墨黑，他刚一落地，就沾了满身的泥土和便溺。

我说：“他要是像大多数人一样，正常出生在床榻上——”

织席子的朋友说：“这话那位云术士也曾说过，他说要是那样的话，那就大不一样了。”

我听了也觉得可惜哩，不过又觉得这样的事真由不得自己。一个人，你何时出生，又生在哪里，不是你自己能决定了的，你不仅插不上手，连在一旁看看的机会都没有，命里早就定好了。谁不想让自己生在高处呢？所以，我对织席子的朋友说，土龙也毕竟是条龙，我们连土龙都不是哩。

织席子的朋友说，到时你看罢，他一定会飞起来的。不过那时飞起来的不是重光，而是陈涉。

我没有等到那个时候，织席子的朋友也没有等到那个时候。

先是织席子的朋友被征到北边去筑长城，一走就再没有音讯。不久，我也被叫到骊山去修墓，我的铁匠铺也关了门。

关门的不止是我。街上的铁匠、铜匠、银匠、玉石匠、木匠、陶工，所有的铺子都关了门，都到骊山去了。

我与咸阳城里的另外几名铜匠和银匠都在一个侧室里面做工，说是侧室，其实就是一个广大的山洞，外面骄阳似火，里面却幽深、阴蔽，凉风习习，工匠如云。问时，才知道有的来自齐鲁，有的来自燕赵、魏晋。还有一些来自吴越的炼丹高手，只听说他们携带着大量的海水般的水银，却从来没有见过，只看见他们到处勘察，布置，看见他们的面容和举止也如同水银般平静而莫测。

不知道外面的情形，只听见山上山下到处都回响着各种各样的声音，在一旁监工的人，数目并不比工匠们少。每天的饭都是从外面一筐一筐地运进来的，吃完后，看见那些筐子又都鱼贯而出。在后来的一些日子里，有细心的人注意到，每天从外面进来的那些筐子的数目都是不一样的。

来的这些日子里，我已打造了百十余副铁环，每一个铁环都有人的胳膊那么粗，它们直接与地面连接在一起，这样，地上就有了环。看着那些铁环，我经常在想，这是要做甚么呢，是要把地提起来么？我是这样的，别人也是这样的，铜匠银匠们照例也有许多不明白的地方，比如，他们不明白为甚么要用银子把木头包起来，为甚么银碗越做越大，铜狮子铸好后，只在地上蹲了两天就又化了，十几天后又变成了一条黄龙，银眼睛、银毛。我又打出一些尖利的爪子，却不是它的爪子，很快就有人来拿走了，拿到了别处。这些事情都不能问，问了也没有结果。更何况，来拿爪子的人根本就都不说话，清点完数目后，拿了就走了。来我这里拿东西的人，绝不到银匠那边去；在银匠那里取货的，也绝不过我这里来。他们行色匆匆，没有人知道他们是谁，他们也好像不是我们这个世间的人。

没有人告诉我们何时能完工，也不知别人何时能做完。我们已有多日没有见到过日光，没有见到过草木和流水。要看星星，得走一截路，走到正对着入口处的那个地方，抬起头，有时能看见一两颗，有时一两颗也没有，只有一小片深蓝色的天。愣愣地盯着看一阵，也不知天上的神仙们正在做甚么，但他们肯定用不着在这样的地方做工，他们骑着金毛狮子，在云里出没，在玉树下对弈，在仙山琼阁间行走。

我想起我的铁匠铺子里还有一副打好的犁铧挂在墙上，还没有被取走，那是一个叫河云的人托我打的，我不在的这些日子里，他一定去过了，一定看见铁匠铺的门紧闭着，里面没有人，也没有往日那叮叮当当的打铁的声音。我仿佛看见他来了一趟又一趟，每次都没有人在，他站在外面等着，四处张望着，心里觉得铁匠或许是有事出去了，或许过一会儿以后就又突然回来了。

但是，我却不知道我甚么时候才能回去，重新打开铁匠铺的门，拢炭，生火，打铁。与我一起来的铜匠银匠玉石匠们也都不知道甚么时候才能回去，进到这里就不由自己了。原来在外面的时候，一天一天地过着，只觉得平平常常，从没觉得有多好，进了这里以后才发现原来的那一切是多么的好，身是自由身，今天不想生火就不生火，想看看铜匠一家人在做甚么，就可以走到他们家里去看看；惘四本来只要一把刀，要是高兴，完全可以再多打一把白送给他，他一定吓得不敢接，以为会多要他的钱，他实际上连打一把刀的钱都不够，一看他那满脸堆起的笑，就知道他是又要预备赊账呢，人还在路上走着，满脸的笑容先已作揖打躬地来到了门口；靳伯的一个侄儿，几次提出来想要跟我学打铁，我都没有答应，这次要是能回去了，我想就让他来罢，我也可以多一个帮手。

有那么黑洞洞的一天，那些送饭的筐子从上面下来后，我们发现每个人竟然比平时多了一块肉。这块突如其来的只是用盐煮出来的肉让好多人兴奋不已，都觉得像是在过年一样，大多数的人都是还没有尝出是甚么味道，就已经吃下去了，只有极少数平日就细致惯了的人还在一点一点地不动声色地吃着。就在那时，忽然听到一阵呜呜咽咽的哭声，看时，却是铜匠老白，已经满脸是泪，手里托着那块肉，还没有动一下呢。老白哇哇地哭着，呜呜地嚎着，他说我们完了，肯定没命了，吃完这块肉，就要死了，所以他不吃。人们于是就都说他，说他煞风景，又说，该你死的时候，不吃也得死，别以为你不吃就能混过去，就能不死。听了这话，老白哭得更厉害了，他说，平白无故的咋就突然想起要给你们吃肉呢？工期一定是快完了，给每人吃一块肉，好打发你们上路。

听到老白这样说，大家忽然都不作声了，都在仔细琢磨老白的话，发现他说的也不无道理，不全是瞎担心。这样一想，就忽然觉得方才吃下去的那块肉也开始在肚子里作怪，变得很难受，沉甸甸的像金子一样在坠心，又像个活物一样在动。玉石匠人福海对老白说，工期快完了，吃一块肉是为了庆贺。老白冷笑着说，庆贺？你是凿石头凿傻了，我看你去另一个世界里去庆贺罢。我们这样说，那些监工的也不管我们了，他们在离我们几丈远的一条长长的通道里吃饭，还有酒气不时地飘过来。

老白说，看见没有，人家那才叫庆贺哩。

老白不是在胡说，那边真的和我们这边不一样呢。最先受到震动的是玉石匠福海，到这时他好像才终于觉得先前吃下去的那一小块肉不像他一开始想得那样好，他那张白玉般的脸上浮现出了鸡血石一样的东西。

第二天却是一直没见有饭下来，每个人都在埋头做自己手里的活儿，做一会儿，就会有人抬起头朝那个入口处仰望一下，总觉得那些送饭的筐子们就要从那个明晃晃的地方陆陆续续地下来了，一筐一筐地吊下来。差不多每一个人都朝那里仰望过不止一两回，但是却没有一个人能把那些筐子们仰望下来，谁也不行呢，眼里都没有神力，不能让那些筐子们陆陆续续地吊下来。慢慢的就没有人再抬头看了，看也是白看，只会让脖子越来越酸。

可是，就在没有人再继续朝那里看的时候，入口那里却突然霍地一下黑了下来，在远处做活儿的工匠们都没有觉察到，但是在近处的人们都看见了，一开始还都以为是那些送饭的筐子在入口处卡住了，以为上面的人们正在努力想办法，把那些筐子重新吊下来，但等了很久，上面却一点儿动静也没有，不仅没有筐子下来，四下里反倒越来越黑了，再抬头去看时，已经看不出哪里是原来的那个总是透着亮光的入口了，因为上面已一片漆黑，你不知道哪一片地方曾经是那个入口。到这时，已经再没有人认为是筐子在入口处卡住了，要是那样，总还会有一个缝隙的，而眼前却是连一丝缝隙也看不见。很快，又觉得越来越憋气。憋了一会儿，忽然听见老白惊乍乍地叫道："我们完了，都出不去了！"老白的这一声惊叫，把所有的人都吓醒了，有人率先哭出了声，跟着又有一群人发出了呜呜的声音。黑暗中，不少人开始跑动起来，但只跑了一会儿以后就再没有人跑了，一来是因为完全看不见方向，一跑就会把别人撞翻，接着又被另外的人把你撞翻；二来是胸中的气越来越不够用，明显地觉得像是瓮里的菽粟，用去一点就会少了一点，却不能够再生出新的来，于是就再没有人跑了。好多人都觉察到了，谁跑得快，谁死得也就快。有人坐在地上，开始骂官府，骂朝廷，黑漆漆的，也不知是谁在骂。后来，连骂声也没有了，终于发现，骂人和跑动原来是一个理，都会让你身上的气越来越少，骂得越多，走得越快。连老白也不再叫喊了，再没有听到过他的声音。

就这样都死了，包括那些一直以来自以为比我们高人一等的监工们，他们从来也没有想过他们自己也会被堵在里面，总觉得他们是朝廷的人，和上面贴得更近一些，各人都对朝廷有功呢，轮谁死也轮不到他们。

没有听见玉石匠福海的声音，也没有看见他那张白玉般的上面涌动着鸡血般的脸，却听见从西面成排成排的陶俑们那里传来低低的笑声。

多少年过去了。

有人从外面扒开一个口子，他们在盗走一些财物的同时，也让我们那些冤魂得以超生。

于地下看到一段文书，这样写道：

> 汉高祖取天下，皆功臣谋士之力。天下既定，吕后杀韩信、彭越、英布等，夷其族而绝其祀。传至献帝，曹操执柄，遂杀伏后而灭其族。或谓献帝即高祖也，伏后即吕后也，曹操即韩信也，刘备即彭越也，孙权即英布也，故三分天下而绝汉，以报夙愿。

第二章

再出生后，国都已在建康。

皇帝有时会突然到来，与父亲下棋，我知道他是皇帝，但从来没有跟他说过一句话。四月的一个黄昏，我从旁边经过时，皇帝的手里捏着一枚棋子，半天不往下落。皇帝问父亲，这是谁？父亲回答说，是臣的小女。

父亲把我叫过来，站在皇帝的面前。

皇帝问："平常都学些甚么呢？"

我没有回答。父亲代替我回答说："不过是些辞赋、琴瑟而已。"

皇帝想了一会儿，又问："辞赋比子建如何？"

父亲说："她一个弱女子，如何比得上？当今江南江北，又有谁能比得上呢？陛下难道以为陛下您在子建之上么？"

皇帝说："我当然不行，拢共只识得有数的几个字。"

皇帝看看我，又说："可惜女子不能出来做事，不然，朕真要封她一个官职呢。"

父亲说："陛下这话在家里说说也就罢了，万不可到处去说。”

皇帝说：“愿意进到宫里来么?”

父亲说：“陛下身为国君，怎能一而再，再而三地说出如此的话？不怕为世人责难么？当今天下如此促狭，国家小而又小，身为国君却不思进取，会不得人心的。”

皇帝道了一声惭愧，红着脸走了。

父亲告诉我说，皇帝这个人其实是个忠厚之人，不像他的那些祖先们，当上皇帝，也并不是他本人的意愿，完全是被一群人架起来抬上去的，他本人并不愿意。司马一族，就出了他这么一个没有野心的人。当上皇帝的当日，他一个人独自在寝宫里哭到半夜，哭湿了好几条绫绢。又过了不几日，头上就有了白发。

那时候，我已与刘置定了亲，他的父亲是荆州刺史，他本人驻守江夏。九月，他奉旨回朝廷述职，完事后来到我们府里。见了我，他对我说：

“娘子，你有皇后相呢。”

他这样说，我只当是玩笑话。他这个人，也只是近几年才懂了点事。于是，我也对他说：

“你是想说你有皇帝相罢。”

他喝着茶，说：“皇帝也是人做的，别人做得，我为甚么就做不得?”说着，站起来，在地上走了几个来回，又前前后后把自己看了一遍，然后对我说：

“你好好看看，我又有哪一点不像一个皇帝呢?”

听见他没完没了地这样说，我赶紧让他住嘴，不让他再接着胡言乱语下去，我担心会被父亲听见，又担心他在别的地方也会这样口无遮拦地胡说乱道。他看着我，轻轻地摇了摇头，脸上却又有一种遮掩不住的得意之色，满面春风。我想，是甚么事呢，让他这样高兴，是朝廷奖赏他了么？可是，我却觉得他的那种春风里隐隐地又有一股细细的杀气在低吟浅唱、前回后转。也许是我多心，我不愿去想那样的一些事，我更愿意把它当成是一种远远的忧虑。

喝了两盏茶，他提出要走了。临走时，要我静候佳音。

他没有在京城里住，当天就又回江夏去了。我没有想到，这竟是我和他最后一次见面。

我是后来才知道的，他和我说的那些话并不是玩笑话，比那更早的时候，他已有了起兵的心，谋划的时日也不短了。江夏那个地方有两位占卜星相的，他们先后告诉刘置说，太微星从紫微星的旁边经过，却没有与紫微星相交，长星在瓠星与火星之间突然消失。甚么意思呢？就是告诉他可以起兵，皇帝的头上看不到长星的光芒，那一长溜耀眼的光芒就在江夏，就在他这里。一个人这样对他说，他听了只是心里动一动，并没有多想，也未想得更远。但是，不断地又有人对他进行暗示，举证，甚至直言相告，他就不能不在意了；而且，他们看到的结果都是一样的，这让他大为惊讶，心思就是从那个时候动起来的。转眼，事情已到了不得不做的地步，不做便是逆天而行。这样，他开始暗中囤积粮草，招兵买马。他们告诉他，起兵第一要紧的是联络荆州和扬州两个地方，这一条，他嘴上答应了，实际却并没有听他们的。他是这样觉得的，荆州刺史是他的父亲，扬州刺史是他的叔叔，他不联络他们，他们也不会成为他的敌人，更不会对他前后夹击。到时候，只要他们两地按兵不动，他就会一路北上，直取建康。刘置啊，他有自己的算计呢，他是担心取了京城以后，他的父亲、他的叔叔，与他之间又会有一场血流成河的争斗与厮杀，他不想看到那样的情景，他想走一条捷径。

十二月初一，是刘置的生日，这一天他在江夏宣布起兵，消息传到朝廷时，正是第二天的酉时。

父亲去上朝，一去就再没有回来。

皇帝对父亲说，海公，出了这样的事……

父亲说，老臣认命了。不过臣要声明，这一次的奸佞之事，臣事先并不知晓，亦无觉察。

皇帝说，朕知道，朕知道你与这事无关，可是别人不知道，满朝的文武不知道，天下的百姓也都不知道。

父亲说，老臣愿意献上这颗人头，不会让陛下为难的。

皇帝说，海公，你走了，朕以后找谁下棋去？闷了和谁说话去？

父亲说，陛下多多保重龙体。

早在今年三月的时候，皇帝身边的星宿官就惊讶地看到妖星出现在正南偏东，太白星在白天出现，中台星相互分离。星宿官告诉皇帝说，后半年有事呢。皇帝问，躲不过去么？星宿官满怀忧虑地说，是刀枪之灾，与干旱冰雹一样，向晚时分，又常见红云，正是兵气的征兆。皇帝说，既然躲不过去，那就等着它来罢。

皇帝自此开始留意，每次有南来的官员上朝，皇帝都要仔细地观察他们，注意他们的举止、言辞，又暗暗地端详他们的相貌与神色，却到底也没看出来谁的袍子下包藏着一颗祸心，一颗尖棱尖角的犯上作乱之心。如果仅从面相神态上去看，谁不像反贼呢？说心里话，皇帝觉得谁都像，谁都有那么一些奸邪之气溢在外面，似有似无地环绕在他的周围，可是那种东西又不能够实实在在地抓在手里，要是能抓在手里看个明白，那就好了。

皇帝不知道谁要反，不知道谁要和他动刀动枪，他是真不知道，也没有人能告诉他。他去祭祀祖先，希望身经百战的先帝们能够告诉他那个人是谁，那些人是谁，但是先帝们都一言不发地看着他。

七月，荧惑星出现在太微星座的端门。过了一个月，淮西之乱被平定。二十七日，荧惑星又倒转回太微星座旁边。皇帝知道后，十分厌恶，又觉得万分无奈。当日，正逢父亲的寿辰，宾客们都离去后，皇帝却悄悄地来了，皇帝亲自来给父亲祝寿，却又不想让有些人知道。说起荧惑星又倒转回来的事，皇帝显得忧心如焚。他对父亲说："海公，个人寿命的长短，本不应该计较，可是，该不会是又有不好的事要发生罢？"

初一，刘置在江夏起兵。

初二，刘置的父亲在荆州自尽。

初三，刘置的叔叔在扬州被一名梅姓的参军刺死。

初四，朝廷派出的军队在途中，在一个名叫卧柳的地方拦住了从江夏一路北上的刘置的军队，双方对峙。一夜大雪过后，朝廷的军队形成了对江夏军队的包围，里外三层，并截断了通往江夏的一条粮道。

十二月二十九，除一部分四散逃走外，江夏的军队大部被杀死，饿死，冻死，刘置被押解回京城。那一天，京城里的人们都到城外的明月寺去看王羲之写字。明月寺的僧人们专门为其辟出两面粉墙，供其在上面挥毫。右军的字柔媚、飘逸，很有点儿像是我们这个朝代。

皇帝对刘置说，你只看见太微星从紫微星旁边经过，朕却听说它过去不久后就又回来了。不轮你登基呢，要是轮到你，朕自会走开，朕不像你们想的那样留恋这个殿堂。

那时候，我们一家人已被赐死。我恍恍惚惚地记得，皇帝好像来过，皇帝又是偷偷地来的，未着龙袍，穿着夜行衣，似隐似现地听到他在说："让你进宫去你不进，你连累了一大家子哩。"我这才听出是在说我，说我和刘置的姻缘，如果没有那一层，一家人都会平安无事。烛台倾翻在地上，帷幔连绵起伏，绿鹦鹉注视着进来的人。

皇帝只耽搁了一会儿就又走了，他不是纵身跳到院子里然后腾空而去的，他是用两只手捂着脸离去的。

朝野上下，宫里宫外，皇帝找不到一个能和他说话的人。他来到先帝们的面前，企望能讨得一些主意。他说："战乱已平，大司马、大将军凯旋，我不知该拿甚么封赏他，他甚么都有了，甚么都不缺，该给他的都给了，只剩下这一个皇位了……"先帝们都神色凝重地看着他，没有一个人能教给他一个办法。跪了半天，没有得到哪怕一丝一毫的明训或暗示，他的泪忽然长长地流了出来，从脸上一直流到腰间的玉带上，又越过玉带，飞流直下。

泪眼蒙眬中，听见有人在远处奏乐。

那时候，我也仿佛听见皇帝正在与父亲对弈，时光回到了数年前。

"海公，朕和你下棋，是为了游戏，散散愁情，你却一下又将朕置于死地，你是真不懂事呢，还是老糊涂了？"

"陛下，臣罪该万死，一心只想着下棋，竟忘了你是皇上。”

“唉，你呀……”

“陛下这样说，是要让臣让着陛下么？”

“慢慢地来么，不要一下就把人逼死。把我逼死了，剩下你一个人有甚么意思呢？”

……

听见一个声音在唤我：“娘子！”

竟是刘置！看见他满身鲜血，知道他是被斩首的。

刘置告诉我说，我和他的姻缘要历经七世才能结束，那时候才能完全各自走开，永不再相识。也不知他是从哪里知道的。他这样说，让我有些不敢相信，那就是说，下一世我们还是夫妻？刘置说，岂止是下一世！

真要是像他说的那样，那就预示着我们每一世都不会有太好的结果。

我对刘置说，我看见皇帝一个人跪在先帝们面前流泪，看上去是那样的孤苦无援。刘置说，就要结束那种日子了，他比我们迟不了几年，也要走在这条路上。

又说，这一路上，他不时地听到他的那些跟随他起兵的军士们呼号遍野，一步一回头地望着江夏的方向。

北风呼啸着，又听见他说：“娘子，我先走了。”

第三章

七十年前，我的祖上跟随当时的皇帝过江去收复秦地，七十年后，我又跟随当今的皇帝过江去收复秦地，走的路线都是一样的，所遇到所看到的情景也几乎都是一样的。过了一两个月后，拓跋氏的人朝北败走，秦地获得了暂时的安宁。

就要返朝南归的那天，秦地的百姓扶老携幼，都来相送。有的老年人哭着说，秦地的百姓已经过了二三百年没有皇帝的日子了，就像是一群被遗弃了的子民，年轻一点儿的，年幼的一代人，甚至不知皇帝为何物。没有了皇帝和国家的家园，就像一片无主的土地，谁想来占就来占，谁想来打就来打。秦地的百姓痛哭流涕，他们不想让皇帝走呢，想让他永远地留下了。他们对皇帝说，长安十陵是公家祖坟，咸阳宫殿数千间，是公家屋宇，您舍弃这些要去哪里呢？眼前的情景让骑在马上的皇帝也流下了热泪，作为他们的一位时常感到鞭长莫及的皇帝，作为也是曾经的秦地人，他也想留下来呢，可是国都却在江那边的南方，又不得不走。时令已进入深秋，秋风刮过，白草遍野，寒鸦在附近呼号，呜叫着徘徊不去。离别的情景让许多跟随皇帝的人都变得神色凄然，有的用袖子遮住脸，有的低着头看着脚下的荒草。

七十多年前，收复秦地后，将要离开南返时，就是这样的一幅情景，秦地的百姓跪倒在路边，请求朝廷留下来，不要再舍弃他们……多少年过去了，昔日的情景忽又重现，与当年没有甚么两样，所不同的是，当年跪在路边的那些人都早已不在了，现在这些人是他们的子孙后代。

皇帝率领的队伍缓缓地向南移动。秦地的百姓含着泪在后面问：

“不知何时再能回来呢？你们这一走，我们不久又要遭受涂炭了。”

皇帝听了，泪如雨下。

辛未四月的一天，我正在殿中值夜，皇帝突然推门走了进来。

其时已近三更，看见皇帝突然进来，我吃了一惊，赶忙上去行礼。皇帝摆了摆手说：“又没有别人在场，就不要跪了。”

请皇帝上座，又端上茶。

皇帝问我：“南朝大约有多少寺院呢？”

有多少呢？那就多了，仅是江南这一带，就遍地都是，恐怕没有人能说得清。

皇帝说：“朕入睡以后，耳边还时常能听见和尚们的木鱼声，能闻到浓浓的香火味……日里夜间，整个江南，一片佛声。”

我小心地看着皇帝，他是忧虑过度。

皇帝说：“一个国家，佛事这样盛行，朕不知道是好是坏。”

皇帝是在问我，在期待着我的回答，希望我能给他一个让他略感宽心的答案，可是，我也不知道呢。在殿中坐到快到五更天的时候，皇帝说他困了，于是，我护送他回到寝宫。返回时，我也听到了远远传来的木鱼声。

不久，有几个人联名在朝廷提出要加封太尉萧道豫为太傅，很快就获准了。仅仅过去了两个月，朝廷又下诏书赐给萧道豫征讨特权，提升他为大都督、录尚书事、骠骑大将军兼扬州牧，可以佩带宝剑穿着鞋上殿，进入朝廷拜见时可以不快步走，朝廷的礼官在司仪时不得直接称呼他的名字。萧道豫再三推辞朝廷加给他的特殊礼遇。这期间，萧道豫的十个儿子、侄儿和部属，纷纷在朝廷及各地任职，计有侍中、左长史、南兖州刺史、南徐州刺史、豫州刺史、江州刺史、都督荆湘八州诸军事等 。

半年以后，萧道豫又担任了相国，统领文武百官。朝廷又封给他十个郡，因为这十个郡，他又作了齐公，并且仍然保留着原来的大都督、骠骑大将军、录尚书事、扬州牧等诸多官职，十个郡被称为齐国。十郡之一的宣城郡，太守龚运长离职回到家里，几天以后，萧道豫听说了这事，立即就派人把他杀了。临川王刘绰是刘义庆的孙子，他知道龚太守与凌源县令潘智是至交密友，于是就派心腹去对潘智说，您是先帝旧人，我是皇家宗族的近亲，按照眼下的情形，我们哪里还能够长久地保全自尽呢？如果我们召集联络朝廷内外的人，想必会有不少人响应我们，朝廷里的人不止一个人有这样的打算，只是苦于没有人提议而已。潘智立即把这事报告了萧道豫。初八日，萧道豫派兵诛杀了刘绰兄弟们以及他们的党羽。潘智因为有功，被提升为宣城郡太守。

春二月十日，萧道豫接受了封他为齐公的封号，在他管辖的十个郡实行了赦免。把石头城作为齐国世子的住宅，一切布置都和皇太子居住的东宫一样。到了四月初一日，萧道豫又接受了封他为齐王的封号，又增加了十个郡的封地。初三日，武陵王死了，人们都知道他不是因病而死的。十五日，朝廷又给萧道豫加封了更大的礼遇，把他的世子改称为太子。

二十日，众多文武百官来到正殿，要求皇帝把帝位让给齐王。

皇帝哭着回到寝宫。第二天，皇帝知道必须要去正殿让位给齐王，他又哭着钻到了供佛的伞盖下面 。大殿的院子里站满了士兵，巫敬则用一辆木板车去接皇帝，把皇帝从伞盖下面叫出来。皇帝边擦眼泪边问巫敬则：

“我会被杀掉么?”

巫敬则说：“只是让你住到别的地方去。皇上难道忘了么，皇上的祖先当初取代司马氏的时候，也是这样做的啊。”

皇帝听了，又流出了眼泪。他说：

“希望我以后世世代代再不要投胎到帝王家。”

听到皇帝这样说，宫里的人都哭了起来。皇帝对他们说，你们不要怕，我已给了辅国将军十万钱，他大概不会难为你们的。

这一天，知道皇帝就要退位了，就要搬出去住了，文武百官都陪着皇帝。

当天，侍中舒奉节正在宫中当值，应当由他解下皇帝的玉玺和绶带，但他假装不知道，他对来叫他的人说，有甚么事呢？传诏的人说，让您解下皇帝的玉玺和绶带送给齐王。舒奉节说，齐国有自己的侍中，可以让他们办这件事。说着，便拉过一个枕头躺下了。传诏的人十分恐惧，便让舒奉节自称有病，这样就可以再叫别的侍中前去。舒奉节说，我没病，你让我说得了甚么病呢？说完，朝服也没有换，就步行出了东掖门，回自己的家里去了。

为了立即解下皇帝的玉玺和绶带，朝廷当即让对齐国有功的俞笃千担任侍中，一刻工夫不到，新侍中俞笃千就把皇帝的玉玺和绶带解下来了，坐着车送到齐王那里去了。

让位仪式结束后，皇帝最后一次乘坐着彩车从东掖门出来，暂时到东边的官邸里去。皇帝真像是一个不懂事的孩子呢，坐在车里，他忽然问道："今天我出行，为甚么没有奏乐呢？"左右的人听了，没有人回答。

就在那时，忽然听见右光禄大夫颜琨在后面拍打着皇帝坐着的车子，这位三朝元老哭着说，别人把长寿看得可喜，老臣却觉得长寿可悲，不仅不能先死，竟屡次看到这样的事情。皇帝在车里问，是谁在哭呢？回答说是右光禄大夫。皇帝说，送他回去罢，让他不要再哭了。

隔了一天，还没见齐王即位。我听说齐王看到送去的皇帝的玉玺和绶带时，一再推辞，甚至躲到了帐幔的后面。他身边的人对他说，大将军这是怎么了？先皇帝已经般出去了，玉玺和绶带也都送来了，如今宫里的门都大开着，就等着您过去呢。齐王问，我登基以后，天下的人不会骂我么？身边的人说，放心罢，没有人会说您的不是，过去的已经过去了，人们更关心的是眼前和将来，没有人会为一个已经退位了的皇帝赔上自己呢。听见人们这样说，齐王终于同意登基了。

天亮以后，齐王来到正殿，正式即位，改年号为建元，他的十个儿子都封了王。又在丹杨为退位的先皇帝建了一处宫殿，并派军队在那里守卫。

一晃几个月过去了，我仍然担任着中书侍郎。日里夜间，我时时都觉得不知在甚么时候，一定会有人来找我。朝廷上下，谁不知道我是先帝的人。这期间，过去的相识也都不大再往来。月朗星疏的夜晚，看着窗外的飘摇的竹影，我常常会觉得好多人仿佛都已经不在这个世上了；但是，等第二天上朝的时候，又看见他们，才知道他们都还在，一些人已得到提升，一些人正在努力。

我在心里对自己说，快了，等待中的那一天或许就快要来了。

果然，没隔几天，有一天早朝以后，我刚出了东掖门，一名黄门执事就从后面追了上来，对我说，皇帝要召见我。我也没有多问，因为我知道从这些人的嘴里是问不出甚么的。那时候皇帝早已离开了正殿，我在他的南书房前面的一片小竹林里看到了他。这位昔日的太尉、骠骑大将军、齐王，如今的皇帝，正在一把十分宽大的椅子上坐着，他的肥胖当今无人能比。早在先帝未登基之前，我就听说，当时的皇帝常用他来做射箭的靶子，在他的肚皮上画一个圆圈作为靶心，当然，箭是用麻做的。大臣们对那个喜欢射箭的皇帝说，若要经常能够练习，就不能一次把他射死，射死就没这么个人了。这才改用麻箭。

我还没有行完礼，就听见皇帝已经开口了，他让我把一坛酒送到丹杨去。我心里一惊，这才看见在他的脚边不远处放着一个坛子。

我说：“要送给丹杨的谁呢?”

说完这句话以后，我看见皇帝的脸沉了一下，他显然不满意这样的提问。他说：“丹杨还有甚么值得让朕挂念的人呢？”

我又是一惊，果然是送给先帝的。那一刻，我好像看见先帝的脸浸在那一坛酒里，六尺多的身高小得只剩下几寸。

我说，陛下其实不必挂念那么一个人，就算他曾经是一只老虎，如今也等于是一只死虎。

皇帝说，死虎？他死了么？他不是活得好好的么？知道为甚么让你去么，如今满朝文武，只有你送去的东西，他才会放心。

我说，陛下！

他说，中书侍郎，朕自登基以来，还没有让你做过一件事呢，这是第一次罢？

话说到这种地步，我再没有甚么说的，我知道这是一件不可推卸的事情，皇帝让我抱着这一坛毒酒去送给先帝，我又能如何呢？大不了我替先帝把它喝了。

别过皇帝，抱着那坛酒就出来了。我叫了一辆两匹马拉的板车，我抱着那坛有毒的酒坐在车上，赶车的坐在车前，只有我们两个人，出了京城，朝着丹杨的方向走去。遇到上坡的时候，赶车的人就从车上跳下来，大声地吆喝着那两匹马，鼓励中夹带着威胁。

有一阵子，我好像睡着了，睡梦中看见先帝和先皇后在丹杨的厨内亲自煮饭，一个站在锅前，另一个站在门口，在弥漫的烟雾中，两个人互相都看不见对方，只能听到对方的声音。听见先皇后问先帝，陛下，前日丹杨县令送来的年糕到哪里去了？先帝说，皇后啊，我看见那里面有些隐隐发红，像是有毒。又听见先皇后说，陛下……后面的话听不见了，只听见先帝在烟雾中剧烈地咳嗽起来。

我在马车的颠簸中睁开眼，回忆梦中的所见，越想又越觉得那不是梦，我听人说过，先帝和先皇后在丹杨真的亲自下厨为自己煮饭，朝中的其他人也都知道这事。我的眼前浮现出一幅相见时的情景，先帝看见我抱着一坛酒突然出现在他的面前，定会万分高兴，定然不会相信我给他带去的会是一坛毒酒；我仿佛看见他举起酒杯一饮而尽；看见他心怀感激，喜悦的热泪在脸上流淌；看见几日以后，毒性发作，他和皇后双双不为人知地悄悄死去……已经看不见都城的轮廓了，马车行走在旷野里，野渡、板桥、山寺、竹林，野鸭在芦苇丛中叫着，天是阴天，我的心里也是铅云四合。先帝和先皇后若是被毒死，我活着还有甚么意思呢？一个朝代已然过去，新的一局棋又已摆开，我原想站在边上瞧瞧，后来却被告知还得往后退。当然，要是把这坛酒顺利地送到丹杨去，送到先帝和先皇后的面前，亲眼看着他们喝下，我还有望被重新召回到中心去。

我打开一路上怀抱着的那坛酒，猛喝了两口，正要再喝时，忽然想起佛教说自杀的人是不能够再转世的，急忙停住，心里不觉充满凄楚。看看周围，四野无人，只有我和车夫两个人。于是，我叫他收住缰绳，让两匹马站住。

我从车上下来，对赶车的人说："能否麻烦你一下，把我打死罢。"

听见我这样说，赶车的人像是没听懂我的话，却又觉得听得十分明白，他有些惊恐地看着我，慢慢地往后退。一边退一边说："大人啊，我还以为您是口渴了，怎么说出这样的话呢？一路上还好好的，怎么忽然就疯了呢？"

我对他说，我没疯，我就是不想再活了。

赶车的人愣在那里，歪着头琢磨自己一路上是否有甚么不对的地方，又觉得自己一路上都在老老实实地赶着车，并没有甚么不对的地方，更不曾得罪过这位大人，他为甚么会说出这样的话呢？我对他说，他是个好人，这一路上我也看出来了，我是诚心诚意地请求他，就算帮我一个忙。

他说："没听说过这样的事呢，这个忙不能帮。大人，我们上路罢，离丹杨还有一程呢。"

我说："不去丹杨了。"

他又愣在那里了，不知道为甚么不去丹杨了，想问，又没有问出来。想了一会儿，说："那是要返回京城么？"

我说："京城也不回去了。"

他说："那要去哪里呢？我扶您上车——"

我说："不上了，哪里也不去了，我就想死在这里。"

听见我这样说，他快要哭出来了。他说："大人，我看出您遇到了难处，人生在世，谁不遇到难处呢？难道就没有别的路了么？"

我说："没有了，只剩下这一条路了，要有我还能不走么。"

他说："大人，别逼我做那种事，我不想做。"

我说："不想做也得做，谁让你碰上我了呢。我给你钱，还有我身上所有值钱的东西，玉佩、玉带，你都拿走。"

他说："我不要。穷日子穷过，我们早已过惯了，只求大人不要连累小人，把您打死了，我将来到了阎王那里也好过不了。"

我说："对阎王说清楚就行了，就说是我让你打的，他不会怪你的。"

赶车的人说："大人，您找别人去罢，我不打，我还想将来清清白白地去转世呢。不瞒您说，下一辈子，我不想再赶车了，我也想转世成为一位大人，让家里的人跟我享享福。"

我说："那正好，你如今打死一位大人，将来才能转世成为一位大人，就顶着我的名分做大人去罢。"

赶车的人说："别骗我了，哪有那种事呢。大人，您连说谎都不会呢，一个人背着一条甚至几条人命到了地府，阎王是不会有好脸色给他看的。"

我看着这个赶车的，我看出他是绝没有要打死我的意思，我往前走，他就往后退，生怕与我撞在一起。我想，他不动手，我得动了，不能再等他了。我首先要做的就是要想办法将他激怒，将他心里的火，多年来受过的苦，遭过的罪，一点一点地拱起来，点燃，直至将他彻底激怒，让他怒从心头起，恶向胆边生，到了那时，后面的事情就好办了。

这样想过之后，我突然用头去撞他，只一下就把他撞翻了。他刚想起来，我又是一下。这个人啊，到这时他还和不久前一个样，不仅没有被激怒，连生气都没有，仿佛被我撞倒的是另外一个完全不相干的人。他说："大人，不要这样，我好痛啊。"我心里说，痛了就好，就怕你不痛呢，你痛了就对了。就在那时，忽然看见他的脚上没有穿鞋，这一路上竟是赤脚走过来的，心里一阵难过，眼前却又顿觉一亮，心里说，可让我逮住你了。猛不防抓住他的那只沾满了泥泞的脚，在踝关节处狠狠地一口咬下去，当即就觉得嘴里又咸又热，又听见他杀猪似的喊道："大人，你把我咬破了！"我把嘴里的咸热的血水吐出去，我对他说："咬的就是你这个不懂事的东西！好说不行，非得来歹的！"说着，又是一口。这一下，仿佛咬到了他的心上，他的腿突然一硬，直挺挺地就朝我的脸上蹬了过来——我的心里又惊又喜，惊的是他的那条突然戳过来的腿竟像是一根椽子一样坚硬有力，喜的是他终于肯动手了，终于开始还击了。他很快从下面翻上来，把我压在下面。趁着那工夫，我在他的一条小腿上又咬了一口，他一脚踢过来，踢在我的胸前，只可惜他的脚上没有穿着鞋，踢我时，他是用了力的，可等落到我的胸前时，已不是很重了，那一刻，我真想把我自己的靴子脱下来借给他，好让他用力踢我。听见他说："这是个他娘的甚么大人呢?"就在他愣神的时候，我又爬起来，朝他的腰里撞了一下，他朝后倒去。知道他又要用力蹬了，我急忙迎上去，正好被他踢中胸口。我在心里说，踢得好啊！亦未敢大声说出来，亦未敢勉励他，怕被他识破了。忽然觉得有一股咸热的东西在胸口里急速生成，就知道快要喷涌出来了，又怕他看见，怕他看见后就此住手，功败垂成。我翻身朝后面的草里倒去，脸朝下，尽情地喷吐出来，一片草转眼被染红。再返回去时，看见他坐在地上，正在用一把草叶子擦拭着腿上的血。我知道打人要打脸，那最容易让一个人光火，迅速发怒，这样想着，我解下腰间的玉带，拿在手里看了一眼。我想，以后我再也用不着它了，再也不需要每天都让它在我的腰间晃荡了。随后，我提着玉带向他走过去，朝他的脸上打去，看见他的眼眶下面当即就乌青了一片。那时，我知道他就要夺过我手中的玉带打我了，我把玉带松松地拿在手里，本来就是想要送给他的，直接给他，他肯定不要，只能以这样的方式送给他了，又能让他用来了却我的心愿。我在这样想的时候，忽然发觉手里已经空了，再一看，玉带已被他举了起来。不费吹灰之力就拿到手的玉带并没有让他感到惊讶和有甚么不对头的地方，疼痛和恼怒已使他顾不上去多想，他举着玉带向我打过来，我看见时机来了，赶忙将头迎上去，落下来的玉带正好打在我的左脑上，我听见轰的一声，就知道这一下足以致命了。

我慢慢地倒了下去，我看见我心里亮了多少年的那盏灯终于灭了。

我躺在地上，对这个老实厚道的赶车的人说，没有甚么好送给你的，亦没甚么好谢你的，这条玉带你收好，等过几年，人们都忘了的时候，悄悄地把它卖了，它价值不菲。另外，身上还有些钱，还有一块先帝亲赐的玉佩。

说完这些后，我合上了眼睛。对于我来说，从这一刻起，所有的难题都没有了。

我轻松地上升，看见我的尸身倒卧在去往丹杨的路上；看见萧皇帝赐予的那坛毒酒还放在板车上；看见赶车的人跪在那里哭诉，请求上天为他作证；看见萧皇帝的十个儿子分作三四伙，正在暗中走动，秘密地谋划着杀兄弑父的步骤；看见江南江北的诸多小国如同一坛又一坛的毒酒一样在各自的位置上不停地晃荡，互相碰撞，哗啦哗啦的碎裂声不时地传来，血流成河，树叶猩红，兀鹰满天飞舞。

很多年，我一直在这个淫靡温软的东南小国里游荡，时常回到宫里，站在正殿的一侧，看看皇帝在早朝时都说些甚么，听听大臣们又都在启奏些甚么。听听他们君臣之间说的话，看看他们做的事，再看看民间的百姓，荡漾在市井中的声色，我就知道他们离亡国不会太远了。那时候，先帝与先皇后已在丹杨的屋内双双被杀死，是那些一直负责守卫他们的军士冲进去把他们杀死的。自我死后，再没有合适的人能去为先帝和先皇后送上毒酒，等得不耐烦了的皇帝终于下达了指令，他都等不及他们病死，老死。我见到先帝和先皇后的遗体时，不禁大吃一惊，两个人竟然都赤身裸体，他们的阴部都已被挖去，分别装入两个盒子里，送往宫里。两个盒子在进京的途中，成群结队的苍蝇一直紧紧地跟随着，渔网般自上而下地罩下来，那么多苍蝇，我也是头一次目睹，无论谁见了都会惊得目不能转，口不能言。途中解押的士兵们不停地挥舞着手中的刀剑，却丝毫不能够将那张密集的蝇网刺破一角，更谈不上驱散；而在更高的空中，兀鹰也在一路跟随，从丹杨一直跟到京城，最后在皇宫的上空盘旋不去。宫里宫外的人都不时地停下来，抬头朝天上看，没有几个人知道到底发生了甚么。

有一天，皇帝一个人正在坐着，我在他的面前重重地叹息了一声，他听到了，等看见周围只有他一个人时，立即吓得面无人色。第二天夜里，我又来到他的龙榻前，看着他入睡后的样子，我又发出两声叹息，他又听见了。他睡得不稳，睡着睡着，突然睁开了眼睛，眼里闪动着一种又像星光又像是水银般的东西。随后，他从龙榻上滚到地上，榻前的纱幔也被扯落下来，网在他的身上。自此以后，皇帝不再有独自一个人的时候，身边时刻都有人陪伴着，睡觉的时候也有人里三层外三层地站着，嫔妃们一层，宫女们一层，宦官们一层，侍卫们又一层。隔了两天，又有从民间来的和尚和道士进入到宫里，到处都烧着香，贴着符。常常是，和尚们在前宫颂经，道士们在后宫作法，从空中看去，整个宫里青烟缭绕，像是着了火。

相国霍良起与一个名叫房南琴的女人私通，每个月的初一是他们幽会的日子，两个人褪光衣服在屋子里互相追逐，名叫房南琴的女人管霍良起叫万岁，霍良起则管她叫万万岁。有的时候，他们扮演民间故事，年近四十的房南琴会让自己装扮成妖怪的模样，而相国霍良起则理所当然责无旁贷地成为一个降妖捉怪的人，一个蛮不讲理的人，一个劫财又劫色的人。名叫房南琴的女人剃去所有的耻毛，阴部微微隆起，状如一个只显露出一半的馒头。霍良起说：呔！此树是我栽，此路是我开，要想从此过，留下买路钱！扮成妖怪的又以民间女子形象出现的房南琴说：实在没有钱，只有随身带着的馒头一个，这还是临出门时父母给的，要就拿去。霍良起略作沉思后，上去察看她所说的那个馒头，边看边问：为何只有一个？为何不多带几个？

最近一个月，我看出霍良起有恙，脸上有晦星的气象，有黯然销魂的征兆。初一那天夜里，看见霍良起与房南琴赤身相抱，霍良起流泻不止，不久便气绝身亡，死在房南琴的身上。

又过了很多年以后，我降生在运河边。

那时候，运河早已凿通，已经流淌了好多年了。

第四章

运河里的那些时黑时白的东西大都是隋时留下的。

自我记事的时候就知道，每年都会有人在这河里淹死，如果今年死去的人数目是单数，来年就一定是双数，就这样一年一年地交替着。没有人知道那水里到底有多少冤魂，每年都在急切地朝两岸张望，寻找着自己的机遇，看见远远地来了，他们就能从水里上来了，就能远走高飞了，接替他们的人一天不来，他们就一天出不得河里。有时候，一条船眼看就快要靠岸了。差不多已经万无一失地平安抵达了，却不提防还会有人扑通一声掉下去，从人群里漏出去，等再浮起来的时候，已是一具面容鼓胀的尸体。摆渡的人根据一次又一次的经历说，明显地能看出水里的那一个力气更大一些，决心也更大一些，而船上的人，岸上的人，尤其是那个即将就要被拽下去的人，那个时候更像是一个草人，一个纸糊的人，只要下面轻轻一拽，乖乖地就跟着下去了。要说征兆，也几乎没有甚么征兆，要是谁都能觉察到，谁都能看出来，那也就不会再有人掉下去了。

有时，看见岸边的柳树下有人在那里站着，但等你走过去时，却又看到那树下并没有人。

这些年算是好多了，偶尔有一两声哭泣，鸳鸯一样从水里浮上来，用不了多久就爬上岸走了。早些年的时候，听老人们说，那时候，每到夜深人静以后，满河里都是哇哇的哭声，在岸上点起火把，往河里扔石头，烧纸，多少能镇住一会儿。但一旦人们回去以后，当岸上空了的时候，河里就又呜呜咽咽地哭开了。

谭员外对我说，春天的时候，他的一位鄂州的朋友介绍来一个人，来了就住到了他的庄上，住了两个多月，饭倒是没吃多少，却喝光了他窖藏多年的六大缸酒，庄上的人都被他喝怕了。每天除去一壶一壶地喝酒，最关心的事情就是到处打听有没有从长安方向传来的甚么消息。"我对他说，这里离长安十万八千里，很难有甚么消息传过来，就算来了，等真正传过来的时候，也早已尽人皆知，甚么都不是了。"他听了，半晌无语，显得没着没落的，也不知他在想甚么，出去沿着河堤走一会儿，看看堤上的柳树、河里的船只，回来后又开始喝酒。一边喝着，一边又如同做梦一般嘴里胡话不断。"……岑夫子，丹丘生，将进酒，杯莫停，与君歌一曲，请君为我倾耳听……"庄上的人都听得云里雾里，面面相觑，都不知他在说甚么。"有人对我说，'醉了，赶快让他睡去罢'。"

"每次醉了，要躺倒睡的时候，还总忘不了一遍一遍地叮嘱我，他睡着以后，要是有从长安来的人找他，一定要赶快叫醒他。我故意问他：'为甚么呢?'他说：'一定要叫醒，不然会误了大事。'我嘴上答应了他，可并没有真正往心里去。这么一个人，谁会来找他呢？找他做甚么呢？他又能做甚么呢？还说是从京城长安来的，还说是从朝廷来的，还说有甚么大事，唉。我在心里说，吹吧你！喝多了你就吹罢，在我这里喝多了，你就胡言乱语罢！反正你无论说甚么，也没人和你计较，也没人管你，想说甚么就说去罢。”

“不是我不叫醒他，也不是我不相信他，真的没有人来找他呢。”谭员外说，“在我的庄上住了两个多月，从来也没见有一个人来找过他。看着他，我经常在想，我已经够富有的了，良田万顷，奴仆成群，庄客成百上千，至今都没有见过朝廷派来的人，你又算个老几呢？成天京城呀朝廷呀，还说有大事，他能有甚么大事呢？”

我问谭员外：“是个甚么人呢？叫甚么？”

谭员外说：“姓李，名白，蜀地人。”

我说：“我好像听说过这个人，据说诗作得很好。”

“我却看他是个没有一点儿用的闲人。”谭员外说，“蜀地那么远，也不知他当初是怎么一步一步地从那么偏远的地方挪出来的。没钱就没钱罢，没势就没势罢，我也不笑话他，还肩不能扛，手不能提，纯粹就只是一个酒囊。每天把脖子伸得长长的，就盼着长安来人，就盼着朝廷来人，盼不来就又开始喝酒。”

谭员外说着，用一只手指了一下自己的太阳穴，对我说：“我怀疑他这里不对呢。”

“你是说他的脑子里有毛病？”

“在我的庄上住了两个多月后，有一天忽然提出要走了。临走时，说要送我一件礼物，以感谢我两个多月来对他的盛情款待。我还以为是甚么呢，闹了半天竟是一首诗，还只有短短的四句，趁我不在的工夫，写到了我的一面墙上。唉，那么一个人啊，让我说他甚么好呢，要写你就多写点儿，反正墙已经染黑了，我也不会怪他，他却只有四句。”

我问谭员外：“那四句话如今还在么？”

“不在了。”谭员外说，“字也不太好看，我就让人铲了。”

“铲了？”

“是的，不得已又把那面墙重新粉刷了一遍。”

“不应该铲去啊。”

“怎么，铲得不对么？我是这么想的，那要是王羲之的字，我也就不铲了，多难看也得留着。”

我说：“住得好好的，怎么忽然就走了呢？”

“听你这话，好像是我把他撵走的？”谭员外说，“我哪能那么做呢？我谭某富甲一方，哪能做出那种让子孙后代蒙羞的不开面的事呢？不看僧面看佛面，还有个鄂州的朋友在中间夹着呢。再说，那也不是个不良之人，只是没用而已。我庄上有的是吃的，有的是住的地方，他一个写诗的闲人，他能吃多少？就算他那么拼命地喝酒，我也能供得起。他想住多久就住多久，把我这里当成他的家也行。实在是他自己想要走了，他嫌闷呢。我后来也看出来了，他心里闷得厉害，那么样的喝酒，和那也有关。我一想，他想走就让他走罢，你非不让他走，他会闷出病来。”

“走到哪里去了呢？”

“往东去了，说是要去庐山。看他那又可气又可怜的样子，临走时，除了盘缠，我又专门送了一头毛驴给他。凭他那两条腿，路上再喝醉了，醉得泥一样，猴年马月能到了庐山呢。”

“路上喝醉了，他会把驴丢了。”

“是呀，这一点我早就想到了，对他那样的人来说，把驴丢了也是意料中的事。所以，我给他的盘缠不少。我还一再嘱咐他，路上不要光顾着喝酒，不要把毛驴丢了。酒不是不能喝，但是，每次喝酒前，一定要先把驴拴好。”

谭员外与我们家是世交，从前，父亲在世的时候，他称我为世侄，后来，父亲不在了，人们开始像原来称呼我父亲一样称呼我，谭员外有时也会半是玩笑半是郑重地称我为员外，话里多是一种奖掖后生的宽容与尊重。

转年，我乘船沿运河南下，去江都看望一位朋友。

等从江都回来以后，家已经没有了，我只见到一片发黑的土地，上面连只鸟雀都没有。我不在的时候，我在江都逗留的那些日子里，一场大火，家中八十余口人悉数被烧死，庄上所有的房屋也都化为灰烬。我坐在被烧成木炭的树桩上，心里想着家里的人，那么多人，像是事先都约好了，呼喇一下就都走了。我离家南行的那时候，竟一点也没有看出来，他们做得滴水不漏，没有任何一个人透出一点儿风声，言谈举止中也没有谁露出一丝一毫的异象。我想起几个月前我临上船时，他们对我说，行船要平稳，一路上能慢则慢，又不是端午日龙舟竞赛，走那么快做甚么呢？天黑前要系船上岸，寻得上好的客栈住下，第二日天大亮后再走。到了江都，不要急着回来，应该慢慢地细水长流地十步一亭百步一桥地游玩，春雨、杏花、湖光……在他们还在继续说着的时候，我已上了船。船走开时，看见我的娘子忽然从岸边的柳树下跑了几步，似还有话要对我说；我站在船尾，朝她挥了挥手。

几个住在不远处的佃户知道我回来了，来叫我，让我跟他们回去吃饭。我对他们说，从今年起，他们各家租种的土地就都归他们各家了，所收的每一粒粮食也都是他们自己的了。听着我的话，几家人都愣在那里，没有一个说话的。看到他们那样，我把说过的话又说了一遍，这一回几家人都听明白了，却一时又都有些慌张，都说，那么多的地都不要了，老爷要去哪里呢？莫非要离开庄上么？我对他们说，不要管老爷去哪里，老爷自有老爷的去处，你们只管把各人的地种好就行了。

当晚，几家人合在一处吃了一顿饭。有的从家里拿来烧饼、土酒，有的拿来腌肉，甚至把家里的油灯也端来了，好几盏一齐点亮，几家的孩子在灯影里奔跑，欢叫，觉得比过年还要热闹。门外的山坡上也似乎落满了星斗。

吃过饭，另外几家都回去了。我住在扈春生的家里，睡在他们的里屋，他们一家在外屋。

约莫过了二更还未到三更的时分，两个孩子都睡得没有声音了。听见扈春生忽然在外屋说："老爷明日就要走了，你过去陪陪他；这一走，不知何年何月才能再见呢。"我听了，心里一紧。又听见扈春生的妻子说："你这个不得好死的！这羞答答的教人如何使得，如何过去？"扈春生说："如何使不得？你们这些婆娘，该羞的时候一点儿也不知羞，不该羞的时候倒要说羞。这么些年，我们受过老爷多少恩泽？如今又把地给了我们，明日就是把你领到市上卖了，也卖不了几个钱，也换不来那些地。你素日不是还时常念佛敬菩萨么。"女人说："老爷可是一个大活人，不是一尊佛像。"扈春生说："要不怎么说你们敬佛也是瞎敬，念经也不过是嘴里胡叨叨，成天阿弥陀佛，真佛来了，你倒不认得了；告诉你，老爷才是活菩萨呢，快去罢。"说着，大约是推了女人一把。

我在里屋听得真真切切，我说：

“不要过来，我已经睡着了。”

听见我说话，扈春生竟嘻嘻地笑出了声。“老爷说他已经睡着了，咋能把梦话说得这样响亮、清楚？你去看看，把被子往上扯一扯，别让老爷着了凉。”又是一阵推搡过后，就看见一个雾白的人影已来到床前，扈春生的妻子上身仅披着一件薄衫。“老爷，你睡着了么？”她俯下身问我。我应了一声，对她说：“你回去睡罢。”她却说：“不行，老爷，我们也没甚么感谢您的。”我说：“老爷不需要你们感谢，你们过好就行了。”她从床边直起腰，上身披着的那件薄衫却从她的肩上轻飘飘地滑落下去了。她说：“老爷莫非是嫌我不够年轻不够漂亮么？”说着，又弯下腰去捡那件落地的薄衫，弯曲的背影如一道从天降下的白虹，拱起在床前，两个乳房宝葫芦一样忽然碰在一起，似有叮当作响的声音在屋里散开，萦绕。我叹了一口气，朝墙里靠了靠，腾出一条地方给她，她没有发出一点声音就上来了。

忽然听见扈春生在外屋说：“我得去地里看看，这两日田鼠闹得厉害，我安了几个夹子，也不知夹住没有？”像是自言自语，又像是在说与别人。说完后，就听见他关门出去了。

扈春生的妻子躺在我的旁边，刚上来的时候，她的身子是硬的，直的，紧紧地绷着，后来开始慢慢地软了，那种绷得又紧又直的东西也没有了。她仰起脸，小声地问我：“老爷，昨日进香以前，我用清水净过身，用不用再去洗洗？”我说：“算了，外面也怪冷的。”听见我这样说，她软软地贴了过来，又悄悄地拉过我的一只手，放在她的胸前。我轻轻地抚摸着，没想到，她的一个乳头突然嘭的一声胀胀地弹了起来。

外屋忽然传来一个孩子的声音，又叫娘，又要水喝。扈春生的妻子先是被吓了一跳，吓过后，嘴里恨恨地说：“这个挨刀的，早不喝，晚不喝，偏偏在这个时候要水喝。”又对我说，“我去给他把水喝了，不然他会起来到处乱跑。”

一边说着，一边起了身，朝外屋走去。我也起来，跟了过去。她已用碗接了水，端至孩子面前，我站在她的身后，她回头看了一下，又转过去催促那个孩子喝水。

孩子披着被子，迷迷糊糊地坐在那里，忽然说道：

“娘，你的身后好像有个人哩。”

女人被惊了一下，手一软，碗里的水洒出去一些。随即，她低声呵斥道：

“少胡说！赶快喝你的水罢。”

孩子闭着眼睛，迷迷糊糊地把头伸过来，咕咚咕咚地喝了几口，又倒头睡下了，嘴里还在嘟嘟囔囔地说：“真的好像有个人哩。”

关了外屋的门，重新回到里间躺下后，扈春生的妻子对我说：“老爷，对不住。”

我说：“不知扈春生在地里夹住田鼠没有？”

她说：“不管他，让他夹去罢。”

忽然想起了我的娘子，想起几个月前，船在运河里走开时，她忽然从岸上的柳树下面跑了几步，似有话要对我说，我站在船尾，朝她挥了挥手，满以为让她把想说的话留着，等我从江都回来再说也不迟，却没想到那竟是我们的最后一面，等我回来时，她已不在了。那时她或许已有所感应，知道今生已不能再见面？娘子啊，我在那片烧黑了的焦土上一遍一遍地寻觅，却没有找到她一丝一毫的痕迹。身边的女人分开两条腿把我紧紧地夹住，她的两腿间已一片濡湿。“老爷，”她柔声说道，“我不管甚么扈春生扈秋生了，我跟你去罢，你去哪里，我就跟你去哪里，早晚服侍你。”我对她说：“何出此言？这可不行。老爷如今已一无所有，不能带你走。地也有了，你和扈春生好好过罢；再过一些年，你也会是一位员外夫人呢。”

第二天一早，我顺道去向谭员外辞别，家人却说他出去吃酒未归，昨夜就没有回来。我想，这岂不更好，省却了相互之间的寒暄之苦、惜别之累。我最后望了一眼那片曾经是我的家园，如今已成为一片焦土的地方，觉得再也没有甚么让我牵挂的了，然后我转身沿运河南下。这一次我没有乘船，而是徒步行走。

几天以后，在那个叫作五更的渡口，我渡到了河的南岸。

无云方丈在山上等我。

这个寺，多年来我一直是它最大的施主，进门的一刹那，我竟觉得像是在回家，在推开自己的家门。院子里洁净、幽静，慧明一个人正在池边剥莲子，看见我上来，他说：“方丈到后山打坐去了，他说你应该明日才到。”

听到慧明的话，我不得不在心里叹服无云方丈的推算，方丈的推算是正确无误的。来时的路上，有一天晚上，一位店主留我住宿，我没有住，而是整整又走了一夜，这就多赶出了半日的路程；无云方丈算得对，如果没有那一夜的行走，我如今还应该在路上。

当晚，无云方丈亲自为我削发，受戒，为我取法号为一讥。

三更天的时候，听到窗外有人在叫：“一讥，一讥！”凝神听着，心中一片模糊，竟不知所叫为何物。忽又看见禅房外面的月亮如一盘白木的车轮，正在寺院里的上边缓缓地转动，每转过一轮，就见有许多光斑闪闪地漏出，鳞片一般，树叶一样，洒落在地上。

隔天夜里，方丈又让我看一道白虹，看见周围血气充盈。方丈言说是刀兵之气。

三年后的一个傍晚，日已落，山林寂静，天上不见一丝一寸的云霭。但是，过了不久，忽然看见山南一侧有白云绵绵密密地过来，如白毡铺展，正是不易多见的祥云。见此情景，方丈立即召集众僧礼诵，燃香跪拜，一拜未起，已看见金桥及金色相轮煌煌呈现，轮内是深绀青色。三拜过后，天地间一片冥黑，三道霞光由山前直起。方丈说，圣灯就要出现了，昔日曾有浙江僧人在此拜请，圣灯飞现于栏杆之上。酉时以后，山前现出一溜黄金宝阶。戌初，看见有火炬出现。方丈说，圣灯也。说着，俯身便拜。众僧也一齐参拜的时候，又出现一灯。过了一会，正殿左右各出现一灯，殿前有两团大光，亮如掣电，山下的溪水上又出现二灯。亥时以后，看见那些灯忽大忽小，忽赤忽白，忽黄忽碧，忽分忽合，照耀着远近的林木。方丈率众僧一拜再拜，十拜以后，溪水上的两盏灯忽然如红日浴海，腾空而上，大放光明，整条溪水上都流满了金光。正在升起的金色身曲屈而上，有身穿白领紫袍的，有螺髻而结跏趺的，有仗剑的，有戴角的，又有白圆光从地上越起，旋转不止。

子时，大风呼号，四野昏晦，听见一声经天彻地的叹息，看时，天已豁然开朗，祥云五色纷郁，布置出一个琉璃世界，现出菩萨的队仗，楼、殿、山、林、幢、盖、台、座，依次出现，天王罗汉狮子香象森罗布护，不可名状；又见真容殿上紫气宝盖，曲柄悠扬；不久，菩萨骑狮子而来。

到四更天时，所有的灯都渐渐地暗下去。寺院后面的松林里白气朦胧。

又有一夕，出寺门，见岩口有金色祥云，光彩夺目，菩萨乘青毛狮子正隐入云间。

多年以后的一天，我从外面云游回来，推开寺门，看见院子里洁净、幽静，慧明一个人正在池边剥莲子，眼前的情景不禁令我一惊，遂想起多年以前，我从山下上来，推开寺院的门时看到的情景；多少年过去了，时光仿佛从未打这座山寺前经过，慧明手中的莲子依然如当初一样洁白，他身后的莲叶也依然如当初一样碧绿，唯有他的眉毛已悄然变白，如两棱积雪一般悬浮着搁在他的眼眶上面。

我记起无云方丈圆寂的那一天，崖上忽然有一扇门打开，有褐衣黄衣紫衣僧三人倚门而立，站了许久后方才闭门回去。

很多年，再未见崖上的门打开过，上去看时，竟全是绝壁，并无门窗。

深夜，听见雨点落在莲叶上，听见蒲团冰凉如水。寺院通往山下的石径上，进香还愿的人来往不断，有一日，我竟看见无云方丈也混迹于其中，正在由山下遥遥地上来，心中不禁大惊，仔细再看时，又忽然不见了，日光流泻在山径上，沐浴在每一个上山下山的人身上。我想，是我的眼花了罢？我的眉毛时常会白茫茫地飘到我的眼前，轻轻地拂动，眼前常会变得空无一物，熙攘往来的人流顿时失去。一个常到后山上来的年轻的樵夫问我有多大年纪，我说我不记得了。我并非是故弄玄虚，我是真的不记得了。他说他的爷爷年轻的时候就见过我，他的爷爷已经故去了。听他这样说，我也不禁有些吃惊，我到底活了多久了呢？回望过去，却只见荒草弥漫，白云如杏花般片片飘落。

山后，无云方丈手植下的那片树林里已有野兽出没。

长老，今夜月色甚好，恳请长老度我——

和我说话的是华容夫人，她的丈夫是一名正将，死于边塞，已在那里立了坟。每番进香完毕以后，她必要穿过数重殿阁，绕到后面来，盘桓不去，言说后禅房空远、幽静，不似前面那般人流如织、空气污浊。每次她进来的时候，我都在打坐，并在心中暗暗地垂下数道幕帘，将她隔开，也将她一路裹挟而来的人间脂粉气息远远地隔开。月朗星稀的夜晚，她坐在我的对面或附近，恳请度她。我闭着双目，听见她在脱衣解带。有时，她会一连数月住在寺里，我去后山打坐的时候，她也会去，沿途的荆棘仿佛一字排开的佛门弟子，纷纷出来阻拦，三头六臂，七手八脚，钩着她的罗衫，扯住她的裙裾。听见她的声音跌入山谷，复又转回到峰上，胸前的双乳颤动如惊魂。那时，我已不再默念雷音经金刚经，森严绵密的经文曾一次次为我筑起一道又一道的雄关，阻挡着她的朱唇与其后的暗潮。她将自己的手臂喻为秋藕。慧明在池边起藕的时候，我也曾见过，白，圆，心有玲珑，我记得的就是这些。我想起殿前的虎纹碑、罗汉柱，我闭着眼睛，常常在她飘然进来之时，暗暗地用一点力，在心中将它们搬来搬去，在无边无际的虚静中看见它们穿房越脊。

忽一日，觉得禅床开始摇晃，颠簸如一叶小舟，我在上面打坐，却再也不能够坐稳。起身到外面，看见月光如水、花影疏浅，以为心绪已平，却不料回到禅床上以后依然不能够坐稳，我知道不好了。又眼见她股间正有涓涓细流渗出……就在那时，猛然听得塔上的风铃哗啦啦响起，风铃响动中，见无云长老正由塔上徐徐降下，降至禅房外面屋檐上方一带忽然停住。我起身打开窗户，望见长老面有霜色，不禁惊得口不能言，目不能转。长老看着禅房里的我，冷冷地说：一讥，你回去罢。话音还未有全落，长老即已隐身不见，塔上的风铃只剩余音还在缭绕。又听得前院有人高呼失火了！看见三四个小沙弥提着水桶在火里奔走，有的掩面，有的祷告，情形恍惚是在云里。

我回到禅床上跏趺坐下。不多时，火已从前院来到后院，我已知是来找我的。听得禅房外面的窗户上噼噼啪啪一阵脆响，昔日多年幽静的窗户已成为一片黄热的火帘，松木杉木烧出好闻的林间气息。又见门外有胖大的红光轰轰地进来，犹如一阵哄堂大笑。

第五章

从屋宇上方往下看，看见一具烧得焦黑的身躯，我有些不敢确认那就是我。我想起多年以前，我去江都访友期间，故居上燃起的那一场大火，几百里水路将我远远地隔开，等我后来回来时，看到的就像如今这样。我听见一起一落的木鱼声还在某一个地方回响着，我并没有信以为真，我把那声响看成是一种记忆，一种短时期内还无法消除无法更改的习惯或余韵，只要假以时日，一切都会过去，烟消云散。

华容夫人也慢慢地跟了上来，她那含春带露的白芍药花一样的风骚的身躯已不复存在，放在灰里也寻不出来。我对她说，不要再跟着我了，我们都死了，就算有再大的仇，再深的缘，也到头了。

她如同一缕丝线般的青烟，黯然地扭动了几下后就消失了，从此我再没有见过她。她走后，我在想，下一世，如果她还是一个女人，应该是一个粗笨的糊里糊涂的傻女人，一生与贞洁无关，与风情亦无关。

这些南来北往的形形色色的游魂啊，有的自唐来，有的自宋来，有的自齐梁来。曾经在蜀国做过县令的柯世显问南唐的纪宣云，我在蜀国时，你在哪里？纪宣云说，在东吴。问：靠甚么为生呢？回答说：是做幕僚。春夏之间，陪主人踏青折柳，泛舟湖上；秋日看潮，持蟹，填词作赋，多以菊花海棠为题；冬天的时候，就去踏雪寻梅，放鹤，抚琴；当然，除了这些，也还有别的事。做县令的听了，不禁有些发呆，回想起在蜀中的岁月，又不胜感慨。和风细雨的蜀中，既是世外桃源，必然就又是一个青竹结成的牢笼。

问："南朝元嘉年间，有一绝色女子，通音律，善琴棋，又作有神仙故事三十六篇，名字叫安陆或是迟渔？"

回答说："那就是我呀！安陆是我在家时的小名。临川王刘义庆是我的姨夫，作有《世说新语》八卷，祖孙三代世袭临川王。"

问："南唐时，浙江永嘉县令有一子，年八岁，夜间胸前常有红光闪现，隐去浮出，时人猜测为真龙；后忽被杀死，身中一十二刀。"

回答说："非是一十二刀，实为二十四刀，是后周赵匡胤南来时所杀。匡胤说，已经有一个真龙了，那就是我，怎么此间又冒出一个真龙？"

问："莫非真的不是真龙？"

回答说："必定不是；既是真龙，就不会被杀死，会有天佑，会一次次逢凶化吉，遇难呈祥，直至登基；匡胤本人九死一生的经历就是最好的证明。"

问："那时你在哪里？"

回答说："我就在永嘉。匡胤那时还尚未成事。"

我打开繁重的竹简，在月下翻阅。从大宋来的唐怀玉时常觉得我读得艰辛，觉得似我这样的阅读实与苦役无二，因为他读的字都是印在纸上的，短短的一页，薄薄的一张，就相当于我的一排竹简，我也羡慕他的轻巧与便捷。唐怀玉见我每每展读的都是大乘佛经小乘佛经，问我前世是做甚么的，我都悉数对他讲了。唐怀玉吃惊地看着我说，宋时也有这样的事情呢，也是到了修行的最后，忽然来一场大火，将寺院殿阁、僧佛经卷烧个干干净净；风吹雨淋，斗转星移，过上许多年后，后人再重建。我对唐怀玉说，也不能全怨她，主要还是自己修炼不到。这些年，我常常独自省审，探寻，追问情为何物，色为何物，欲又为何物。无欲方能修行，可是，一心想要成为有道高僧，修成正果，那是甚么？那岂不还是一直从未偏离地在欲上爬行？心里那口一心想向上之气就是欲，即使升至云端，也还是欲的云端。

顾新衫对我说，如今再想那些还有甚么用呢？还是多想想来世。

我对他说，要是不想清楚，来世也还是一团糟。

顾新衫不愿意想，那是他的事。这个面色苍白的吊死鬼，他生前就是因为有许多事情没想清楚，不得已才用一根绳子把自己吊死的；看他如今这副模样，我担心他将来十有八九还得吊死。我想起我第一次遇到他的时候，他在路边站着，面朝墙，孤零零的一个背影，瘦削，单薄，就连垂在后面的一束头发也显得是那样的无援无助，孤寂无比地贴在他的背上。我从后面拍了他一下，他立即回过头来，看到他的眼里全是委屈的泪。

这就算是认识了，这就知道他叫顾新衫。

从此就时常跟着我。我看书的时候，顾新衫就在距离我不远处的地方独自站着，有时看上去十分茫然，有时又若有所思，也不知他在想甚么，大约是又想起了生前的种种情景。看见我把竹简合上，卷起来的时候，他就过来了，不难看出他有些依赖我。我问他为甚么要上吊。他说，其实也不能完全就说是吊死的，他后来才知道，上吊以前，他已吃了一种名叫花姑子的蘑菇，已经染了毒，横竖都是个死，都是个活不成，上不上吊也意义不大了。我问起他的脸，一直都是这么苍白的么？他说，从前不是这样的，小时候还一直红扑扑的，后来也不知怎么回事，随着年龄的增长，竟越长越苍白，一点一丝的血色都没了。他说，他的家一开始还算是不错的，可是，不知从甚么时候起，那一切都变了，先是他的妻子，后又是他的孩子们。他就糊涂了，越想越糊涂，越活越不明白，不明白那一切到底是怎么了，是甚么在其中作祟。当然，除了越来越深的糊涂，还有看不到边际的孤苦和绝望。被女人蔑视也就罢了，连他自己的孩子们也都不把他当个人看了。

我说："就因为这，你就去上吊？"

顾新衫说："也不全是因为这些，这是小的麻烦；还有大的麻烦。"

甚么是大的麻烦呢？他说大的麻烦是国家、朝廷。我说，国家和朝廷与你何干？他说，那怎么能没有呢？我也是那个国家的一个人，眼看着她一年不如一年，一天不如一天，明显地是在走下坡路，每天都露出一副倒霉相，像一个病入膏肓的人，一天比一天不见好，作为那个国家的一员，能不着急能不忧心如焚么？我是真的替朝廷愁呢，日思夜想，却总没有一个结果。我一个人坐在屋后的苔藓上流泪，在树林子里胡思乱想，看见一棵树，首先就想着用来做兵器，不能做兵器，就想到把绳子挽在这棵树上，哧地一下吊死算了，不管他张三李四、婆娘、子女、朝廷、国家，全都去他妈的，他们鬼模鬼样，作奸犯科，无风却尘，血流成河，全都与我无关了。朝廷的遭遇也就像是我的遭遇，无人能帮助，家里的每一个脑袋又都是那么的不省心，一切全都是反着来的。

我说，你应该去从军打仗，那样，既能离开你那个家，又能报效国家。

他说，我从过，又不是没从过。岳家军北上，从我们庄前路过，我跑去从军，可人家要的都是十八九岁的年轻后生，还都得不怕死。我对他们说，我也不怕死。人家问我会使甚么兵器，刀枪剑戟，斧钺钩叉，流星锤，霸王鞭，一样都不会；会骑马么，也不会；会烧火做饭么，也不会；力气也没有多少，年纪也不小了；那有甚么用呢？那还能做甚么呢？领着你，只能是消耗我们的军粮，我们自己的粮草还短缺不够呢。

对往事的回忆，使他的那张脸变得更加苍白、幽远。

顾新衫说，通过那件事，我倒也明白了不少事，要不然还是一笔糊涂账，至死也不一定能明白。所谓的报效国家，那不是对所有人说的，那是特别有针对的，指的是那些有本事有能耐，各方面都比别人厉害的人，那样的人才谈得上报效国家。一个没有一点能耐的人，你就是想把你这条命搭上去，捐出去，也轮不上你，国家好像也不稀罕你，而那些报效国家的能人们也不要你与他们为伍，更是怕你这么个人污了“报国”那两个字呢；报国也须得体面的人士去报，不是谁想报就能报的。

我说：“既是这样，那就不报，让他们报去。”

顾新衫说："所以我就想，这还活啥呢，家里家外都用不着我了，不如死去，一了百了。"

顾新衫时常跟着我在附近一带闲逛，我劝他把从前的那些事情全忘掉，一开始他觉得有些难，后来我也不再说他了，慢慢地他竟说都已经忘得差不多了。我想，也许还并没有全忘了，只是不再提起了，这对他来说已经和当初完全不一样了，迈出去一大步，过去那种悲戚戚的东西已退去不少，看见花也不再流泪，看见唐怀玉，竟攀起老乡，都是从大宋来的，尽管中间隔了好多年。唐怀玉说："我们生前难道见过么？"顾新衫说："说起来，就数我们离得最近呢。北宋和南宋，难道不是一家么，难道不是一家人的前四十年和后三十年么？"顾新衫说的不无道理，但唐怀玉却不大理会这些。

唐怀玉生前官至刺史，一位姓欧阳的朝廷大员是他的老师。他常对我说："我写几个字给你看看，先师的字就是这样的。"我未曾见过他老师的字，只是觉得唐怀玉写出来的也甚好，想必欧阳老师的字更好。唐怀玉每天都忙个不停，似乎总有没完没了的公务在办，查证，撰写，批阅，有时还要出发到一些地方去，一去多日。顾新衫觉得奇怪，我也有些不解。有一天，我在一条河边碰到他，看见他正面朝着流水发呆，像是刚刚从很远的地方回来。见到我，唐怀玉忽然对我说："我这是在做甚么呢？宋王朝早就已经没有了，我却一直还在为她操心。"我惊异于他的变化，他像是刚刚睡醒，到这时才终于明白过来。他一直都在为一个早已消逝不见了的王朝东奔西走，看见是一座整齐俨然的城郭，等慢慢地接近，终于走进去以后，却并不见城郭，且不说没有一位官员在那里等他，就连一堂一屋、一砖一瓦都没有；他一次次地扑空，头几次扑空后他还想过，都到哪里去了呢？风尘仆仆地大老远赶来，却甚么也见不着，州官不出行，百姓不点灯，只听见河里的水哗哗地流着……终于明白，昔日层峦叠嶂的江山早已消融成流水，君臣百姓也早就都不在了。

唐怀玉对我说，回来的路上，他偶然在一个地方看见几顶轿子，竟与他那时的官轿大不一样，最让他吃惊的还是那几位正要上轿离去的官员，他们身上的官服他从未见过。那时候，他默默地站在旁边，看着那几个官员陆续上了轿。轿子飘然而起，缓缓离去，渐行渐远，到后来远远地只剩下一个红顶子时，唐怀玉还在那里站着。顾新衫问，那是些甚么官呢？唐怀玉说，像是几位州官。

天气又转暖的时候，听见布谷鸟每天都在叫，空旷圆润的叫声回荡在方圆数十里以内的明亮温湿的土地上，玉簪花舒卷如云，一日开得大似一日。就在那样的季节里，有一天，唐怀玉忽然来向我辞行，说他就要转世去了。我说："是甚么时候的事呢？"唐怀玉说："就在眼前，一个月后。"又问他将要转到哪里去，说是雁门。我说，雁门是苦寒之地。唐怀玉说，出生地无法选择，谁不想生在一个山清水秀地灵人杰的地方呢，要是能选择，雁门那里早就没人了。唐怀玉说得是。雁门太守胡鼎云就是他此次要找的人。可是，据他说，胡鼎云其人目前正如日中天阳气盛极，又在多方活动，准备调往京师，回朝廷任职。我对唐怀玉说，能指望这么一个满身红光紫气的人忽然倒下么？到了一个月头上，他真能就像说的那样死去么？唐怀玉说，生死不过是须臾之间的事，也由不得他；要依他的意思，他当然不想死。唐怀玉看看身边的顾新衫，又说，除了顾新衫，谁也不想死。

顾新衫立即说，我也不想死，我是实在没办法。

唐怀玉邀我和顾新衫与他一道去雁门，去等待胡鼎云的亡日，于是我们便去了雁门。

夏季里的雁门，草木葱绿，山花烂漫，鹰在上面飞着，羊在下面走着，猛一见，倒看不出有多少苦寒。我们进入到胡鼎云的太守府里时，一位面色黄白的朝廷来的官员正在与胡鼎云告别，两个人并肩从幽深的后院里出来，那位朝廷来的官员对胡鼎云说："请放心罢。更何况还有屠阁老的器重，他人是想挡也挡不住的。"他们互相挽着手，穿过海棠花的长廊。

午后，胡鼎云回到书房，我们也跟着进去。胡鼎云在地上踱了一阵，然后坐下来开始写信。唐怀玉站在胡鼎云的对面，仔细地打量着他，我和顾新衫站在他的背后，看见他一连写了六七封信，然后分别命人送走。不断地有人进来，又离去。最后进来的一个人一进门就抽了抽鼻子，似乎觉察到屋里有些异样，但当他看见只有太守一个人时，他的脸上不禁有些迷惑，我看见他的眉心锁了一下，警觉地看看周围，确信这间书房里只有他和太守两个人，但这样的确信又明显地让他有些不甘心。他一边虚虚地留意着周围，一边对胡鼎云说：

"大人，崔知县送来七只鹿，他本人也来了。"

"你去办罢。"胡鼎云说，"把鹿先赶到花园里去。告诉崔逸，我就不留他用饭了。"

来人退出去后，胡鼎云起身从墙上摘下宝剑，在屋里挥舞了一阵。我和唐怀玉、顾新衫怕被他不小心刺着，都站到屏风后面，因为他舞得十分的不专心，不时地停下来，那道缓缓起落的白光也随之消失，仿佛被他收进了袖里。这位前程似锦的太守，目前正一步步地高升。他有四个儿子，他分别让他们两个学文，两个习武，又要求习武的那两个也得懂一点文，不只是一个武艺高强的莽汉；学文的那两个都会一点武，不能手无缚鸡之力；有朝一日，父子五人同朝为官，让那些没有香火传续的绝户头们看看，他们的官做得再大又有甚么用？我们在他深深的后院里见到他最小的一个儿子，正在练习旱地拔葱、飞檐走壁，已经能从树头上嗖嗖地飞到屋脊上了。不仅如此，这个孩子还善使一对一百多斤的铜锤，每当挥舞起来的时候，便听见满地都是风声。顾新衫说，我当初要是有他这么两下，我也就不用上吊了。

这是初三初四以前的事。初五夜里，胡鼎云与他的夫人睡在一起。我和唐怀玉、顾新衫站在他们的床榻前，看见他们夫妻一件一件地将身上的衣衫褪去，胡鼎云肤色偏黑，夫人则是一身细白丰饶的肌肤。胡鼎云说，夫人，不久就要进京了，我们先庆祝一下罢。夫人说，我早就盼着这一天了，我在雁门这鬼地方早就住够了。随后，她眼睛看着胡鼎云，身子一点一点地向后倒去，随后，胡鼎云也顺着她的方向像一把铡刀一样铡下去。隐隐听见有水声响起，听见胡鼎云闷声说道："我还未到工部任职，你就开始发水了。"

我和唐怀玉、顾新衫从床榻前离开，退至帷幔以外，听见里面挂在帐子上的一个铃儿也响了起来，听见胡鼎云的夫人柔声说道，心肝，我嫁给你算了，你娶了我罢。又听见胡鼎云说，说甚么昏话！你不是早就嫁给我了么，难道你不是我的夫人？难道还要再嫁一次？听到胡鼎云这样说，夫人像是刚从一个梦里被叫醒，伸出手将自己的一张绯红的脸捂住。

顾新衫蹲在地上说："啊呀！这个女人啊，我就要被她笑死了。"

初六，胡鼎云的轿子在雁门城里的青石街上行走，东西南北四条街上走完以后，最后又回到青石街上，登上了城内最高的鼓楼，我和唐怀玉、顾新衫也跟着上了鼓楼，看见雁门城如一盘刚刚摆好的棋，出现在下面。向北望去，隐约可见有一柱一柱的白烟从地上、山间升起。

手下的人禀告说，胡儿们已有多日不来了。

胡鼎云脸朝北，嘴里问道，为甚么不来了呢？

一个人回答说，还不是因为大人您坐镇雁门么，他们都吓得尿了裤子；裤子湿了，他们每天在晒裤子，又晒又烤，离得火近了罢，把裤子烧了，离得远了罢，又烤不干，又都是皮裤，里面一尺来长的毛，不容易弄干呢。

胡鼎云说，不要给我戴高帽子，把我压晕了，压倒了，雁门就保不住了。

另一个人说，是真的呢，以前苗大人在的那时候，就镇不住他们，胡儿们一天要来好几回呢，不来三回也得来五回；一来了就在城外哇哇地乱叫，一面叫，一面已悄悄地派精细的人混进了城里。

“所以，得小心。”胡鼎云继续朝北望着，对手下的人说道，“不要以为人家总坐在火边烤裤子，再难烤的裤子也总有烤干的时候，一烤干了，穿上就又来了。”

听到太守这样说，他身边所有的人都一齐朝北看，朝胡儿们平时常来的方向看，看见一人高的青草在涌动；再往后，青草滩过去，是一幕一幕的山。

初七，胡鼎云以一种闲适平静的心情对他的夫人说起他昨夜做过的一个梦。梦中，他正在赴京的路上，忽然看见一个一身白衣的人站在路边，深深地向他施了一礼。又走了一段路以后，他回头去看，看见那个人还在那里站着。

这是前半夜的一个梦。到后半夜的时候，胡鼎云又梦见了他的去世多年的父亲，父亲嘴唇青紫地站在一处房檐下，望着漫天的大雪。父亲对他说："雪下得这么大，我好冷啊。"在梦中，胡鼎云有些吃惊地对父亲说："十月初一那天给您捎去不少衣裳呢，有夹的，有棉的，还有皮的。"父亲问他："捎到哪去了呢，我没见到啊？"胡鼎云想，这是这么回事呢，父亲怎么会没见到呢？正想着，南山寺的钟声忽然响了，他哗地一下醒了过来，看见天色已微明。

胡鼎云对夫人说，应该再给父亲烧一下纸，多准备些御寒的衣物。夫人说，又不过鬼节，那些东西哪能说烧就随便烧呢。胡鼎云说，先别管那些了，甚么鬼节不鬼节的，爹看上去确实冷得厉害，冻得嘴唇都青了。看见夫人一脸迷惑不解的神情，胡鼎云又说，不把老一辈人安顿好我们也走不了多远，也到不了更高处。夫人听到这话，也觉得在理，于是就吩咐人去城南最大的一家纸扎店定做了一批纸钱、纸袄、纸袍。

初八，雁门富商贾某邀胡鼎云赴宴，并为其花园题名，胡鼎云酒醉。

初九，黄昏时分，一位老人来到雁门城南最大的那家纸扎店前，对店里的掌柜说："我是来取我的衣裳的，天冷了，不知你们做好没有？"掌柜的愣了一下，头上沾满纸屑的伙计从掌柜的身后走出来，对那位老人说："老糊涂了罢，取衣裳咋能跑到我们这里来？我们这里是有衣裳，不过都是纸衣裳——您看看，这里有您的衣裳么？"

老人抬起头看看门上的牌匾，又看看两边的房子，说："我走错了么？我记得就是这里。"

伙计说："肯定走错了，肯定不是我们这儿，您再到别处看看。"

老人又抬头看看门上的店名，说："没错呀，就是这儿。"

掌柜的正要开口，却被那个伙计拦住了。伙计对掌柜的说："这么老了，哪能跟他说清楚呢，别管他了，他站一会儿就会走的，明明我们这里没有他的衣裳。"伙计把掌柜的让回去以后，看见那位老人还在门口站着，还不住地向里面张望。伙计嘴里像是含了土一样闷闷地说道："真能胡闹呀，竟能胡闹到这里来。"他觉得自己这话至少有一半是为了说给那位老人听的，却又有点儿怕他听到，这让他自己也觉得有些奇怪，不知道这是怎么了。他返身进去的时候，又看了一眼那位老人。

街两边的人家和店铺一家一家地开始点灯的时候，坐在五色纸堆里的伙计忽然想起了甚么，他稀里哗啦地从那些五色纸里站起来，一边抖落着身上的碎纸屑，一边从里面走了出来，看时，门外已经没有人了，那位非说自己的过冬的衣裳就是在这里的老人不知甚么时候已经走了。纸扎店的伙计看见城南这一条街上，两边出现了星星点点的灯火，中间的街道如同一条黑洞洞的长廊，有面目模糊不清的人正在那黑洞般的长廊里走着，还有的缩着脖子，连头也看不见了。

初十，幽州太守皇甫图路经雁门，胡鼎云设宴款待。随后，皇甫图在胡鼎云的陪同下登上雁门城楼。

十一日，城北守军捉住一个名叫平汗的人，但这个叫平汗的人却死活不承认自己叫平汗，非说自己叫牛贵，来雁门是来找他的舅舅。问他的舅舅是谁，是做甚么的，回答说是叫皮生贵，在城西的街上开着一个榨油坊。胡鼎云说："你叫牛贵，你舅舅叫皮生贵?”名叫平汗或牛贵的人说：“表舅嘛，多年不走动，忘了还有这么一门亲戚，起了名字后，又过了十来年，才忽然想起雁门还有这么一个亲戚，才忽然想起他叫皮生贵；那时才发觉牛贵这个名字有些不妥，可要再改过来，也来不及了，都已经叫了十几年了。”胡鼎云派人去查询，城西那条街上真的有这么一个叫皮生贵的人，也真的有一个小小的榨油坊，黄泥墙、黑窗框，胡麻油的香气从门里跑出来，让大半条街都是香的，从那一带路过的人，没有一个不抽动鼻子的，有的甚至还把嘴张开。不多时，来了一个身上围着皮围裙的人，皮围裙上浸满了油污，从外面一进来，所有的人都闻到一股浓稠的油味。再看那人，手、脸，都是油的。胡鼎云对那个名叫平汗或牛贵的人说：“你舅舅来了。”名叫平汗或牛贵的人盯着那条油乎乎的皮围裙看了一会儿，又看见那人的额头上还有一片树叶形状的黑，突然跑过来说：“舅舅啊，我妈让我来寻你，我寻得你好苦啊。”坐在上面的胡鼎云的脸上忽然荡开了一片水一样的笑容，又看见那个进来不久的人像是要在太守的那种波光粼粼的笑容里沐浴，先解下那件油得不能再油的围裙，接着又脱去外面的一层罩衫，一个公差模样的人顿时被剥出来，直立在众人面前。众人这才明白，这个先前所谓的城西街上油坊里的舅舅，原来竟是衙门里的一名捕快装扮出来的，一时都不禁觉得太守这个人为人有些奇崛，有些高耸入云，不佩服是不行的，良心上也会过不去，每一个构想都高出地面，远远地超过平民百姓的头顶以上。

回头再审那个叫平汗或牛贵的人时，发现他已咬了舌头，再也说不出话来。咬下来的半个舌头一直暗暗地含在嘴里，没有人看出来，差人们上去扒开他的嘴时，那半个舌头才再也藏不住了，从嘴里热乎乎地跌落到地上，竟没有一丝声音。胡鼎云欠起身朝地上看了一眼，看见它有些乖巧地躺在那里，也不卷，也不动，酷似一片才割下来的羊肉，胡鼎云竟也一时说不出话来。又看看那个叫平汗或牛贵的人，看到他竟不知道痛，还在那里站着，似乎咬下来的是别人的舌头。胡鼎云叹息了一声，说：“先别管他叫甚么了，他非说叫牛贵，那就听他的，那就姑且就叫他牛贵罢。”说着，又让人去搜他的身上，先是搜出一个又带毛又镶着绿玉的铜哨。不多时，又从一个夹层里扯出一张熟得又白又薄的羊皮，皮子并不是白板一张，正面用褐红色画满了东西，是一排一排的排列整齐的又像棺椁又像长木箱子的东西。正在琢磨羊皮上的内容时，很快又从贴身处搜出比白羊皮更让他们觉得吃惊和难懂的东西，是一条二尺左右的黄绫，展开后看见上面有三幅图：第一幅是一个人在仰起脸看一棵树，他的头顶上面还有雁飞过；第二幅图由两部分组成，前面是两个人在打架，到了后面，一个人已经骑到另一个人的身上，不过，很难说后面这两个人就是前面那两个人，有一条蛇一样的水弯弯曲曲地从他们的旁边经过；第三幅图是一个人孤零零地站着，面前是一片汪洋大海，站着的人既像是第一幅图里的那个人，又不像是。

我和唐怀玉、顾新衫站在胡鼎云的背后，看见他把那幅黄绫拿在手里，反复观看，甚至还放到脸前用鼻子去闻，闻一会儿，又拿在手里，慢慢地摇头。后来，他忽然把那块黄绫举起来，展开，迎着光线去看，上面的第二幅画忽然像水渍一样消失了，渐渐显映出来的是另一幅画：一个女人躬身向前，一条腿向一侧抬起，一个人站在她的身后，从后面突入；在女人的前面，在她目力所及的地方，有几瓣杏花，杏花的出现有些突兀，没有来历，没有依附任何枝丫，看上去有一种无中生有的意味。

胡鼎云忽然将那块黄绫合上，对折了一下后，又揉成一团，紧紧地握在手里，用警觉而不安的目光朝周围看了看。

十二日，狱监在师爷的带领下来见胡鼎云，一来了就先跪在外面的台阶下磕头，师爷把他领进来。狱监报告说，昨夜三更过后，四更不到，那个名叫平汗或牛贵的人在牢里自尽了，是在墙上碰死的，脑浆迸裂。胡鼎云听后，半晌没有说话。后来，忽然看见狱监还在门口站着，他摆了摆手，狱监退出去了。师爷还站在一旁，但胡鼎云一直没有开口说话，看上去像是睡着了。师爷又站了一会儿，后来也悄悄地出去了。

十三日夜里，胡鼎云早早地回到卧房里的睡榻上躺下。夫人卸去晚妆后也来到了榻上，夫人面容有光，肌肤丰盈，看上去兴致甚好。她忽然吟道：二十四桥明月夜，玉人何处教吹箫。吟过之后，面上慢慢飞红，低声说道："老爷，我给你来个'玉人吹箫'罢。"但胡鼎云仿佛没有听见她的话，他有些僵硬地躺在睡榻上，眼睛望着帐子上的一片镂花。过了好一会儿，他突然用一种听上去有些微弱的声音问道："夫人，人活着到底是为了甚么呢?"

十四日，关县县令派人来报，境内发现蝗虫。

这一天向晚时分，胡鼎云又得到一个消息，与关县相毗邻的弓背县境内也发现了蝗虫。来人说着，从车上抱下一个装得又鼓又满的口袋，倒出里面的已被扑死的蝗虫。

从十五日至二十一日，胡鼎云每天都频繁地来往于关县与弓背县之间，头两天乘轿，后改为骑马，他的眼前一直有东西在飞舞，有时是丝状的，有时是坚硬的船形的东西，一种比小拇指还要短还要窄的船；有时他坐在轿子里，垂下帘子，也能听见它们呜呜地从轿前飞过。他一遍一遍地问自己，它们是从哪里来的呢？来这里是为了甚么呢？关县县令和弓背县县令召集各自的百姓扑杀蝗虫，凡扑杀十万只以上者，可免去一年的赋税和徭役。田野里到处都能看到人，到了夜里，还有人打着灯笼出来，有一家一户的，也有两三家相约出来的。有一天，在望胡与关县的交界处，胡鼎云见到有几百人一字排开，问时，才知道他们都是望胡县的百姓，县令让他们守在这里，拦截从关县过来的蝗虫，一看见有一群一群的东西从关县那边来了，众人一齐呐喊，挥舞手中的树枝和一两丈长的竿子。

二十二日，朝廷派出的钦差来到雁门地界，问及虫害时，胡鼎云神色疲倦而又不无欣慰地对钦差说，请圣上和朝廷放心，已经没有了，都被我们拾掇干净了。

钦差离去时，看见雁门地区天气晴朗，河水清澈，树木散发出阵阵清香的气息，眼前的情景与他来时预想的那种情景相去甚远。

二十三日，胡鼎云在衙门里批阅公文，我们站在一旁看着他，看见他有时会不知不觉地停下来，眼神遥远而迷茫。

二十四日，胡鼎云又早早地来到衙门里。半晌午，有人进来通报，说外面有一个人想要面见太守。胡鼎云抬起头，望着站在下面的人，似乎完全没有听清下面的人在说甚么，又似乎也不太明白那个人站在下面做甚么，就那样怔怔地望了一会儿，很快又埋头到公文中去了。

二十五日，雁门大雨，城内的街上空无一人。

二十六日，手下的人对胡鼎云说，还是前天的那个人，今天又来了，非要见太守大人一面。胡鼎云吃惊地说：“前天就来过了？为甚么不告诉我？”手下的人张了张嘴，觉得有冤不能辩，出去把那个人带进来。胡鼎云第一眼看上去，觉得来人极有可能是一位和尚，尽管装束不太像，但他的身上却有一种深山古刹的气息，他从外面一进来的时候，胡鼎云就看到了，胡鼎云听见自己的心里哗啦响了一声。

来人肩上挎着一个软软的包袱，有些憨直愚笨地朝胡鼎云笑着，胡鼎云注意到他缺了两颗门牙，张嘴笑时，嘴里竟形成一条黑幽幽的暗道，笑得呢又有些呆傻。但胡鼎云仍未敢怠慢，他说：“阁下是谁？找我有甚么事么？”来人说：“大人还记得不久前的那场虫灾么？”胡鼎云说：“几天前才刚刚过去，怎么能不记得呢。”来人说：“大人想知道那场虫灾的由来么？”听见来人这样说，胡鼎云一时竟像一个孩子一样差一点儿蹦起来，脱口说道：

“想知道！”

来人还是那副有些呆傻的神情，他朝四周看了看，然后对胡鼎云说：“能否寻个僻静一点儿的地方说话？”胡鼎云说：“请跟我来罢。”

他们穿过厅堂，过了两扇门，又经过了一条开着海棠花的长廊，然后来到了后院里，院子里有三五棵杏树和李子树，树下有石桌石凳。我和唐怀玉、顾新衫来到后院的时候，胡鼎云和那个人已经在树下的石凳上坐下了。来人拿下肩上的那个包袱，从里面取出一面铜镜，放在石桌上，又用衣袖拂拭了两袖，然后对胡鼎云说：

“大人请看——”

镜子里先是大雾弥漫，只能隐约地看见一些树。慢慢的，雾散尽后，浮现出几朵雪白的云彩，云彩是浮在上面的，下面是一个小小的院落，青瓦，乌木的街门，杏树的枝丫从墙里露出来，桃花像是从墙上开出来的。在那两扇乌木的门前，一位白衣的秀才正在与他的娘子依依惜别，只看到他们在说话，却听不见他们在说甚么。两个人在门外说了一会儿话，秀才娘子骑着一头驴要上路了，秀才在门前不停地向他的娘子招手，他的一身白衣在微风中飘拂起来。一条发白的小路缓缓地向远处伸去，两边是繁茂的草木和生长的谷物。秀才娘子一个人骑着驴，沿着那条白布条一样的小路越走越远。

不久以后，镜子里出现了一条绿汪汪的水。

来人对胡鼎云说："大人认得这股水么？"

胡鼎云紧紧地盯着镜子里的水流，慢慢地摇了摇头。

来人说："再仔细看看，这是一条灌溉渠。"

"灌溉渠？"

镜子里的那股水继续流着，听不见流淌的声音，但是却能用眼睛看出那种哗哗的响声来。

"大人看出甚么没有？"

"让我再想想——"

"大人尽管说，说得不对也无妨。"

"我冒昧地猜测一下，看上去有点儿像是关县的那条灌渠？"

"大人说对了，正是关县的那条有名的灌渠。"

"这么说，已到了关县境内？"

来人笑着点了点头。再看镜子里时，那条流淌着的灌渠已被移到一边，在它旁边空出来的地方出现了一条白色的小路，很快，先前的那位秀才娘子骑着驴在那条小路的尽头出现了，越走越近，驴的脖子下挂着一个铃铛，能看见那个铃铛在不停地摇晃。

秀才的娘子骑着驴慢慢地走着。忽然，平地里蹿起三四个人，影子一样，直奔秀才娘子跑过去，他们没费甚么力就把她抱了下来，又飞快地向一片草里跑去。胡鼎云惊愕地用手捂住了自己的嘴，眼睛瞪得很大。看不见秀才的娘子了，茂密的青草遮住了她，只看见她的一件衣裳呼喇喇地飘了起来，落在一片开着黄花的草上。胡鼎云喃喃地说道："想不到关县的人竟是这样的不厚道！"几只蝴蝶花瓣一样在草上飞着。约莫两盏茶的工夫，看见那几个影子一样的人从地上起来，分作两股向远处跑去。胡鼎云揉了揉眼睛，仔细地注视着他们逃走的方向，像是往关县西北方向去了。再看那片摇晃的草时，草里露出一只雪白的手臂，不见秀才的娘子起来，倒是那些被她压倒了的草从她的身边弯腰曲背地钻了出来，挣扎着站起来。

透过草丝之间的空隙，看不见秀才娘子的脸，却能看见她的白亮的腹部正在慢慢地隆起，像是有人趴在她的两腿间正往她的脐内吹气，转眼越隆越高，秀才娘子的白亮的腹部变得鼓胀，喧腾，隔着草丝间的空隙望过去，如同一尊又大又圆的白石头压在她的身上。就在那时，隐约听见传来轻轻的一声，嘭的一声，秀才娘子那个又大又圆的腹部的顶端上忽然裂开一个嘴那么大的口子，就像是一张嘴，一张没有牙齿的嘴，没有任何声响地肉碰肉地蠕动了几下，然后慢慢地翻卷开，能看见两边的红肉。接着，开始有东西探头探脑地出来。"大人请看——"来人轻声说道，又轻轻地碰了一下胡鼎云的胳膊。胡鼎云看见有东西已经从那个嘴一样的口子里爬出来了，一开始他以为是蜜蜂，一团一团地抱在一起，拥挤着出来，后面没出来的正在用力推搡前面的，推搡那些堵在出口处的；很快，前面那些一团一团地抱在一起的突然轰的一下散开，向上面飞去，后面的一股一股地跟上来，在经过那个嘴一样的口子时被狠狠地紧缩一下，然后就一群一群地喷出来，纷纷扬扬地撒向空中。胡鼎云惊叫道："是蝗虫!"

来人仿佛受到了惊吓，忽然将镜子翻转，正面朝下，放在石桌上。镜子里先前的天空，天空里的蝗虫，天下面的青草，草丛里的秀才娘子，顿时就都不见了，先前的那一切都结束了；后院里还是原来的景象，还是三五棵杏树和李子树，树下一个石桌，四个石凳。胡鼎云像是刚从一场梦里醒来，呆呆地站着，抬头看看天上，又看看周围，看到只有他和来人。

"请问这是甚么法术?"

听到胡鼎云这样问，来人骤然变了脸色。"大人难道真以为这是法术么？如此，我这一趟算是白来了。"

说罢，从石桌上拿起镜子，又重新放回到那个软软的包袱里，挎在肩上，绕过影壁走了。等胡鼎云后来赶到前面的门口时，人早已不见了。胡鼎云觉得有个东西在心里坠着，又暗暗地打发人在雁门城里到处察访，寻找。

二十七日，早晨过后不久，胡鼎云忽然又想起了昨天的那件怪异之事，他站在窗下，像是在与人说话，寻求答案。他低声说道："明明是法术，还非说不是法术；不是法术，那又是甚么呢?"没有人回答他，只有他独自站着，窗外的红花大碗一样开着。

中午时分，朝廷下旨：胡鼎云兼任雁门总兵。从那时起，高兴的笑容出现在他的脸上，喜悦之情不时地从皮下泛起，有时即使不笑，那也是故意不笑，努力憋回去的，真正的笑声正在他的心里奔跑，嘹亮地呼喊，回荡在雁门山区的每一座山上，每一条河上。河水哗哗地对身边的青草和蒲苇说着话，青草和蒲苇又把话说给站在它后面的葵花，葵花回过头，又把从青草和蒲苇那里听到的话说给它后面的莜麦，莜麦湖水一样荡漾着，老鹰的影子轻黑飘忽地显映在它的上面，莜麦托老鹰把自己的话捎给它后面的荞麦和胡麻，老鹰就捎过去了；那时候，荞麦和胡麻正在开花，数不清的小白花和小蓝花遍布在雁门高低起伏的山野里。

二十八日，胡鼎云来到总兵府。前任总兵告老还乡，已带着家眷走了，这是多年来头一位正常离任的总兵。

二十九日，胡鼎云宴请一些客人，他红光满面，所有的客人都在向他祝贺。我和唐怀玉、顾新衫站在一棵树下，看客人们饮酒，进食。顾新衫说："他看上去越活越精神，不像是个要死的人呢。"顾新衫说的，也正是我想说的，甚至也正是唐怀玉要说的。我看出唐怀玉也有些心虚了，看到胡鼎云目前这种样子，他或许对自己能否如期托生已不再敢确定，从胡鼎云的身上，几乎看不到那种希望和迹象，胡鼎云像一堆不断被填薪加柴的火一样旺，无论谁站在他的身边，都能感觉到那种逼人的灼热和旺盛的气焰，客人们的枣红色的、绛紫色的、靛蓝色的袍子在我们的面前有序无序地错落着，晃动着，很多张脸，很多绺胡须，就安放在那些白色圆领的各色袍子上面，到处亮起的白灯笼使他们恍惚置身于银色的月光下。

唐怀玉对我和顾新衫说，再等等罢，不是还有最后一天么？过了明日，他要是还活着，我们就不等了，那时我们再走。

三十日，卯时，胡鼎云到达校场，生平第一次穿上盔甲，第一次开始阅兵。

午后，在从总兵府回太守府的路上，胡鼎云注意到城北一带黄花遍野，金光弥漫，这让他感到一种吉祥和安心。成片成片的黄花不露痕迹地连缀在一起，铺排得辽阔而明亮；黄花地过去，是一片一片的高大的葵花，它们抬起金黄的脸庞看着他，一直延伸到远处的山里。

手下的一个人见胡鼎云兴致很好，脸上洇出安详的笑容，于是也禁不住大声地说道："大人，看眼前的情形，今年怕是又要丰收了。"

胡鼎云骑在马上，微微地笑着，越过明亮浓艳的黄花地，看着远处的万里关山。自从兼任总兵以后，他决定以后要多骑马，少坐轿甚至不坐轿。

手下的那个人又说："不过，等到了秋收的那个时候，大人也许已经到了朝廷里了。大人会忘了小的们，忘了雁门么?"

胡鼎云说："如何能忘了，一个地方，又不是一句话，不是说忘就能忘了的，更何况是雁门这样的地方！只要一有机会，我就会回来的。"

胯下的黄鬃马在开满野花的原野上轻轻地跑动起来，微风中送来草木的清香和苦味。

天全黑下来的时候，胡鼎云还好好的。我和唐怀玉、顾新衫站在一排被灯光映照得又黄又亮的窗户外面，能听见他的爽朗的笑声，他的笑声让我们感到无望。又听见他说，下个月，要开凿一条护城河，环绕在雁门四周，以阻挡不善水性的胡儿们。顾新衫说，我们走罢。到了这时，连唐怀玉也终于不再坚持下去了，明摆着再等下去也是无望，天已过二更，不管胡鼎云是一艘大船还是一叶小舟，都会平安沉稳地驶过今日。

唐怀玉愧疚地对我和顾新衫说，我们走罢。

然而啊，奇异的事情就在那时候发生了，就在我们即将要离去时，胡鼎云突然死了，家人的哭声像喷出来的血一样溅得到处都是，我们都愣在台阶上，看见那排黄亮的窗户上映出一条又一条的人影，一条倒下去，一条又站起来，还有的既不倒也不立，歪斜在黄亮的灯光里。唐怀玉也惊异地望着窗户里的情景，我让他赶快进去，他愣了一下，进去了。等我和顾新衫后来也进去时，唐怀玉已经不见了。胡鼎云的夫人拉着胡鼎云的手，说他的手还是热的。岂止是手，他的样子也是睡着后的样子。顾新衫对我说，好奇怪呀，事先竟一些铺垫也没有。我说，这一个月总是没有白等。顾新衫说："早知如此，我们今天白天赶来也不迟，前面的那二十九天……"我明白顾新衫的意思，前面的那二十九天与最后这一天看上去毫无瓜葛，这事我也觉得有许多疏不通的地方。

唐怀玉终于走了。送走了他，我和顾新衫也离开雁门，又回到了原来的地方。

有一年，我对顾新衫说，再过些日子，我也要走了。

听见我这样说，顾新衫顿时变得黯然，先是又焦急又惊异地问我甚么时候走，将来要生在何方。又说，当年唐怀玉走的时候，只是觉得身边忽然少了一个伴，并没有像如今这样让他感到难过。他说，你走了，就剩下我自己了，我又成了一个真正的孤魂野鬼。我对他说，还有些时日呢。他说，再有时日，那也是能数得着的，和原来那种没有边际没有音讯是完全不一样的。我得承认，他说的是对的，有了日期和没有日期是大不一样的，有了一个日期，尽管远远地放在那里，甚至远得不着边际，接下来的很多东西也因此就全都不一样了，要是没有那样一个日期，你也就没有长短远近的概念了。所以，从这时候起，我和顾新衫变得亲如兄弟，因为我们在一起的时候不多了，是能够数得着的了，过一天就会少一天，不会再多。

桂花开了，薄雾般的浣纱花也开了，我们坐在树下。顾新衫说："我的那几个孩子们，也不知转世了几个来回了，如今就是见了，也完全不认识了；全乱了。"

顾新衫对我说，他生前住过的那个庄上，有一个叫姚广文的人，家境殷实，生平最喜欢吃的东西就是鸭子，时常有纷纷扬扬的鸭毛在他们的门外飘舞。中年以后，姚广文梦见一个官吏模样的人提醒他说，命里供给你一千只鸭子，可以几个月今年吃完，也可分作若干年吃完，东西就那些东西，吃够以后，你的一生也就结束了。梦里的姚广文说，有纪录么，每吃一只都有记载？官吏模样的人说，当然有，每一只都有案可寻，若没有，岂不是任你胡吃？姚广文向官吏模样的人打听自己迄今为止，从小到大一共吃了多少只，还剩多少。听见官吏模样的人在哗哗地翻阅，未几，忽然停下来说："已支走九百九十八只，还剩两只；尔要好自为之。"说罢，即刻离去，随身带起的风如一阵穿堂风一样冷冷地吹过来，姚广文被吹醒，觉得心明眼亮，一片澄澈，不像平日被惊醒后那般迷糊，晕眩。自此以后，姚广文发誓不再吃一口鸭子，也不许家人再吃。遇到别人的小鸭子，会像抱孩子一样抱起来爱抚一番。离家外出时，看见有人宰杀鸭子，立即上前阻止，并花钱买下，为鸭子赎身，然后将其放生。每放生一次，都会为他捡回一些安心的感觉。

忽然有一天，他的出嫁多年的女儿回来看望父母，女儿知道自己的父亲一生喜欢吃鸭子，专门带了两只又肥又大的鸭子回来。姚广文看见那两只被褪洗得白白净净的鸭子时，一下跌坐在地上，他满怀歉意地抬头看看天，又看看那两只头都垂到胸前的鸭子，然后对正在弯下腰扶他起来的妻子说："我完了。"见她愣着，又说，以后这个家就全靠她了。回到屋里，当即就向她交代、嘱咐了一些事情：某某于我们有恩，一定要找机会厚厚地报答；某某欠我们的钱粮就不要再要了，切莫再提起这事，还了我们，他又会重新欠上别的人家；东跨院的那棵枣树下，还有一些银子埋在那里，那是为了防备不测埋进去的，此前再没有第二个人知道；遇上荒年，首先要把谷仓打开，把里面的谷子让大伙儿分了，家里孩子多的就多分点，不要硬等着人家来抢，来盗，来上门要，来奶奶大爷地乞讨，那样就不好了，不要引诱别人犯错……交代完了，嘱咐过了，又找出一身衣裳换上，然后躺下，到月亮升起时，已不再出气了。

顾新衫说，姚广文并没有吃那最后两只鸭子，可他还是死了。我说，吃没吃不是最要紧的，最要紧的是那两只鸭子是因为他才死去的，当然得记在他的账上。他的女儿要是不来看他，要是不带那两只鸭子来，它们说不定还活着，就算它们又被别人吃了，那也是别人的事，不是他的事。冤有头，债有主，他心里再清楚不过了。顾新衫说，我明白了，就像花钱一样，一个人一生能用多少钱是有定数的，你要是很早以前就把一生的钱都用完了，后面的那些年如何过呢？属于你的那一份已经没有了，你要再用，就只能用别人的，用别人的肯定不行，肯定不是个长久的办法，那就只能出事；另外，你无论用了谁的，谁也就会平白无故地少了，短了，会因此早结束很多年。

我们坐在枝叶婆娑的树下，听见附近不断地有委屈的哭声传来，蚯蚓一样细软，一会儿钻进去了，一会儿又爬出来了。那嘤嘤咽咽的悲恸之声提醒我们，那是一些刚死去不久的人，如同那些流淌着油脂的树木，终日把自己流得阴湿、黯然。顾新衫说，他一开始时也是这样的。许多年代过去了，再想起当初的情景，觉得竟像是儿时的一幅歪斜稚嫩的图画。

我问顾新衫，我走了以后，他要去哪里。他想了想说，到处游荡罢，也没有一个明确的要去的地方。他的回答让我难过呢。我知道这一分别就等于是永诀，我和他再也不会再见了，即使以后哪一天又碰上了，彼此面对面站着，也不会再认识了，我也不再是此时的我，他也必定不再叫顾新衫了，而是另外一个完全陌生的模样。这样一想，让我无比伤感。时光过了一天又一天，看着他那瘦弱的模样，想到他那逆来顺受的性情，我不能不感到担忧。唐怀玉在的时候，经常动不动就训斥他，唐怀玉是有些瞧不上他，觉得自己做过刺史，总也放不下那个架子，总觉得自己无论从哪个方面都要高他一等甚至几等。他呢，也不生气，一训就悄悄地到一边去了。在人世的时候受惯了别人的气，没想到不在人世了竟也还是这样，甚么时候他才能是另外一个样子呢？我可能是看不到了。

时光噗噗地如香灰一样断了一截又一截，越断离我和顾新衫分别的时候越近，我开始准备出发去淮河岸边的宋家庄。

我对顾新衫说，这一回你就不要去了，我们就此别过罢。听到我这样说，顾新衫神色哀伤地看着我说，为甚么呢？我每天都等着要陪你一起去呢。我说，许多年前，我们两个陪唐怀玉去雁门，你还记得么？要是再碰上一个胡鼎云那样的人呢，不知又得等多久。顾新衫说，我愿意，唐怀玉那样的，我都去了，何况是你呢；等你真正走了，我就是想等也再没地方去等了。看见他是那样的恳切、真挚，我差一点儿又动摇了。当年从雁门回来时，是我们两个一起回来的，这一回，我必定是不会再回来了，我不想让他独自孤零零地回来。

看出我一定不让他同去，他说："我送送你罢，再让我最后送你一程。"我说："一程是多少呢，淮河以南？直接把我送到淮南去？"听见我这样说，他含着泪笑了。我对他说："转过去罢，我要走了。"

他依依不舍地看着我，慢慢地点了点头。

走出去几步远，我又回头去看，看见顾新衫转过去了，在那里站着，我想起多年以前我第一次见到他的时候就是这样的一幅情景，他面朝墙站着，孤零零的一个背影，瘦削、单薄，就连垂在后面的一束头发也显得是那样的无援无助，孤寂无比地贴在他的背后；那时，我在他的肩上轻轻地拍了一下，他马上就转了过来。

我在一个夜半时分到达宋家庄。其时，天是青黑的，地是乌黑的，没有月亮，没有别的声音，淮河在庄后静悄悄地流着，渡口上也没有人。

我找到了那户人家，一家人都在呼呼地睡着，柴扉虚掩着。

他们的狗看见了我，立即从地上站起来，发出一阵尖利而不祥的叫声。不久，屋里的人被惊醒了，推开窗户，探出头来，说："小黑，不要叫了，好好睡罢。"说完，头又缩回到黑洞洞的屋里。过了一会儿，听到那只叫小黑的狗还在叫，蝎蝎蜇蜇地叫，不光它自己叫，还又把附近人家的几只狗也带动得都叫了起来，汪汪成一片，刚才缩回去的那个头又冒了出来。“小黑，你没吃饱么？那就去把阿大的那碗饭吃了罢；在石槽后面，去吃罢，没有人说你。”

我从他们的柴扉前离开，那只叫小黑的狗又吼了两声后，终于不再叫了，别的那几只狗听到小黑不叫了，它们也渐渐地都不叫了，四周又寂静了下来；它们原本就不知为甚么要叫，只是听见小黑在叫，它们才站起来帮忙的，它们都是小黑的朋友。

后来我才知道，阿大是他们的一只鹅。

十几天以后的一个夜里，我正在一棵树下站着，忽然看见旁边的一片繁茂的柳叶桃里轻轻地晃动了几下，接着，听见一个幽湿的声音露水一样从里面蹦出来：

“兄长，是我，我是顾新衫。”

我吃了一惊，听出正是他的声音。我说：“你怎么来了？”

“兄长，我来看看你，看看你走了没有。”

“还没有。”

“都已经十几天过去了，是不是又是一个胡鼎云那样的人呢？”

“你回去罢。要是有缘，你我就还会再见的。”

“哎，我也是这么想的，我盼着那一天呢。”

“快回去罢。”

“你要是走不了，就再回来。”

“那是自然的。”

“兄长，我走了。”

院落前面那片稠密的柳叶桃朝着路边的方向涌动了一下，很快又退了回来，恢复成原来的样子，露水上来了。在青杨树和野百合花流出的阵阵苦味里，在嘎嘎作响的蛙声里，有人夹着瘪瘪的包袱，回到了故乡。

宋家庄的月亮虚虚地粘在天上，像是临时用竿子挑上去的。

第六章

这一次，我出生在白莲圩。

从七八岁的时候起，我就时常跟着姑姑在湖上捉鱼，采莲。离我们白莲圩不远处有一个村庄，从湖上看过去，像是一把打开的扇子。我问姑姑，那个像一把扇子一样的村庄是哪里？姑姑说是宋家庄。

夏天里，湖上的莲花都开了，满湖粉红色的莲花，只是没有一朵是白的。我问姑姑，为甚么我们白莲圩没有一朵白莲花？姑姑没有回答，她先是看着远处，回来又看着芦苇那边的宋家庄，好像忽然想起了甚么一样，她对我说：

“宋家庄就没有一个姓宋的。”

见我愣愣地看着她，又说，都是杂姓，有姓道的，还有姓理的，有姓生的，还有姓死的，就是死人的那个死，她认识的一个打鱼的人就叫死仁贵；就连和尚那两个字也都有人姓呢，有姓和的，也有姓尚的，多奇怪的姓都有，就是没有姓宋的。姑姑这样说，是想说白莲圩没有一朵白莲花也是不奇怪的，那边的宋家庄不也没有一个姓宋的么。既然一朵白的也没有，那又为甚么把这个地方叫作白莲圩呢？湖里的鱼有时会猛不防高高地跳起来，拖着一长串的水珠，然后砰的一声跌到船上，躺在那里装死，等人过去捉它的时候，手刚一伸出去，它就抬起头醒了，腰一扭，尾巴一摆，刺溜一下，一个猛子又扎回到水里去了。姑姑说，这是在拿我们解闷呢。

有一天，我和姑姑正在湖上，看见芦苇那边一个人划着一条小船，唱着歌。姑姑说，那个人就是宋家庄的死仁贵，水性极好，能在水里三天三夜不出来，人们都叫他水鬼。那时候，我突然叫了一声“死仁贵”！他看了我一眼，没说甚么，我却吓得躲到了姑姑的身后。叫了那一声后，我有些心虚，我没觉得我是在叫他的名字，我倒觉得像是在骂他。

最早以前的白莲圩，湖上一定开满了雪一样的白莲花罢？

从湖上回来，我就坐在门前的石头上剥豆子，剥莲子，姑姑在烟雾里干活儿，一会儿看不见她了，一会儿忽然又能看见她了，一会儿看见她弯下了腰，一会儿又看见她蹲着，歪着头往火里看，把离她最近的那些火星星噗噗地吹成一股火焰，一片手掌大的火光，一片蒲扇大火光。我喜欢在门前的烟雾里坐着，坐多久也不咳嗽一声，坐在烟雾里会让我有一种神仙般的感觉，觉得那些从来没有见过面的神仙们也不过就是像我这样的，想飘就飘走了，想回来就又回来了。姑姑走过来，拿走了我剥出来的一钵豆子，又走进烟雾里去了。我问姑姑，神仙们吃不吃豆子莲子呢？一定也要吃的罢？不吃这些他们又吃甚么呢？光喝酒不行罢？光吃桃子不行罢？烟雾里静悄悄的，只能听见姑姑的脚步声。湖上也好像没有人了，也没有东西飞来飞去了，白日里的芦苇这时候都粘连在一起，粘出了血，变成了青黑的，坐在家门口望过去，像是无数起来又下去的小山丘排着队慢慢地朝远处挪动，黑灯瞎火的，它们要往哪里挪动呢？不想在湖上了么？

听见姑姑在说："爷爷，吃饭罢。"

我、姑姑、太爷爷，我们家里就是我们三个人，再没有别的人。太爷爷是我的太爷爷，不是姑姑的太爷爷，他是姑姑的爷爷。姑姑有一次对我说，这个爷爷其实也不是真正的爷爷，正经的那个爷爷早就不在了，这个爷爷是那个爷爷的兄弟，应该叫二爷爷才对，可是，不管是二爷爷还是三爷爷，如今就剩下这一个了，就叫爷爷罢，别再二呀三呀地叫了，分得那么细也没用。我一听那么乱，我说，那我呢？姑姑说，你就叫太爷爷罢，多了你也记不住。

夜里，我又看见太爷爷出去了，先是听见他那扇门细细地吱地响了一声，接着看见的就是他的穿着白缎子的背影，上面印着一朵一朵的花，踏着满地的芦蒿，一个人悄悄地向湖边走去。走一会儿以后，就听见他用一种十分哀伤的声音轻轻地又像唱又像哭地说道：

大姐，回来罢——

二姐，回来罢——

三姐，回来罢——

从湖上来的风和从路上迎面来的风有时会把他的声音从中间折断，或者拦截回去，太爷爷会被那种返回来的声音冲撞得摇摇晃晃，许久再说不出话来。我把我看到的情景告诉了姑姑，但姑姑说我是在做梦，说我看到的那些事情都是梦里的事情，一个人在梦里，多奇怪的事情都能遇到呢，多奇怪的话也能听到。又嘱咐我说，不要把梦见的事情告诉别人，你要是说了，等你下回再做梦的时候，那个人就会按照你说的时辰和地点，准时地出现在你的梦里，手里举着刀，恶狠狠地朝你砍来，那时候你再想跑也来不及了，刀已经过来了。我对姑姑说，我不会对别人说的。我就是想说，也没地方去说，除了姑姑和太爷爷，我再不认识别的任何一个人。也没有人认识我们，我们只认识家门前的湖，湖上的芦苇和莲花。

姑姑说，你甚么时候见过太爷爷穿白缎子呢？我都没见过，太爷爷的衣裳都是我洗的，我都从来不知道他有白缎子。

湖边有一些老得再也长不动了的树，树身上都裂开了，像是在微笑，长长的丝丝缕缕的胡须从上面垂下来，太爷爷站在它们中间的时候，我们很容易看花了眼。有一天吃饭的时候，我和姑姑到处寻找太爷爷，我们两次从湖边经过，都没有看见太爷爷，其实他就在那里站着。后来还是他自己走出来的，他听到我和姑姑在叫他。他说他看见我们了，以为我们要到湖上去，以为还不到吃饭的时候。太爷爷不在的时候，我去他的屋里找过那件上面印着花朵的白缎子，但从来也没有找到过。我想过他把那件衣裳藏到了房梁上，最近一回我沿着梯子上去，看见一个落满了灰尘的铁东西，又像螃蟹的爪子，又像人的一只手，又尖利又弯曲，我在上面看了一会儿，就顺着梯子下来了。有一天，我一个人在门前坐着，看着湖上的云彩，有一片又白又亮的云彩，裁剪得像极了太爷爷的那件白缎子，那一刻，我忽然觉得找到它了，平时它就放在天上，并不是在太爷爷的屋里，太爷爷要穿的时候，朝上面招一招手，它就下来了，穿过以后，就又把它送回去了，它也不往远处走，就在湖上的天空里。我把这些事告诉了姑姑，姑姑很高兴，也抬起头朝天上看了一会儿。姑姑说，下雨的时候它也会躲起来呢，要不就淋湿了。

有一天我赶着鸭子回来，看见石臼里舂了一半的米，却没有看见姑姑。天好像又快要阴了，我把鸭子赶到西边的竹篱里，返回来的时候，从太爷爷的门前经过，看见门关着，从里面传来姑姑说话的声音。

“爷爷，您就听我一回么。”姑姑说。

“白天出去我不管您，天黑了就不要出去了，尤其是半夜三更的时候。”姑姑说。

“您实在想出去也行，能不能不出声？不要大姐二姐地叫了。”姑姑说。

“我叫的是我的姐姐，又没叫你们的姐姐。”太爷爷忽然说道。

“爷爷，您咋能这么不懂事呢？”姑姑说，“福远已经知道了，他看见您半夜出去了，看见穿着那件白衣裳，还听见您大姐二姐地叫，他时常追问我，我都不知该怎么回答他，我是能躲就躲，能哄就哄，我最怕他问那些事呢。”

“前些天他还忽然对我说，他发现了您的那件白缎子衣裳了，吓得我出了一身冷汗，后来听听不过是孩子话，我才放心了。他说您的那件衣裳平时就像云彩一样放在湖上的天上，我只好也顺着他说。”姑姑说。

“您想想，福远一个小孩子都能看见，都能听见，别人会看不见听不见么？还以为自己人不知鬼不觉呢，您这不是把咱们三个人都往刀底下送么？”姑姑说。

“爷爷，您难道忘了么，那年，哥哥和嫂嫂他们悄悄地乘船回来，以为很秘密，以为没有人知道，哪知道刚一下船，在渡口上就被人认出来了。”姑姑说。

“福远那么小，他才活了几年？您难道愿意看着他让人一刀劈成两半么？”姑姑说，“为了他和您，我宁愿终身不嫁……咱们这样儿的，嫁谁去呢，谁来了都是外人。”

“爷爷，我求求您了，咱们好不容易才平安几年。”

湖上的云彩越来越低了，像一些灰色的茅草屋顶一样一动不动地浮在上面，湖水变成了黑的，莲叶也黑了，芦苇里传来几声可怜的叫声。竹篱上，湖边的小路上，到处都缀着湿漉漉的水珠，宋家庄的上空冒起了一缕一缕的白烟。我们的门前也有白烟在白线一样地绕来绕去，太爷爷点燃一根编得像辫子一样的艾草，用来驱除潮气。他坐在门前的一个树墩子上，眼睛朝灰黑的湖上望着。姑姑往锅里盛水，小云摇摇晃晃地紧跟在姑姑的后面。姑姑说，别跟得这么紧，小心踩了你。小云低下头，用嘴在姑姑的鞋上敲一下。小云与湖边别的那些鸭子不一样，饿了的时候就来敲门，姑姑说它比太爷爷还要精明谨慎一些。它曾经离家半个多月，没有一点音讯，我们都以为它丢了，完了，却没想到十几天以后，我们正在吃饭，它忽然回来了，满头满脸的土，脖子上缠绕着草，身上的毛像树皮一样，上面沾满了泥，还有已经变黑了的血。姑姑放下碗，站起来说，小云，是你么？

太爷爷在湖边被一种叫作湘萝的草绊倒，从此就再也站不起来了，再也不能到湖边去了，别说再半夜出去，白天也不行了。太爷爷对姑姑说：“英姑，那种绊倒我的草像是我们的克星，让我想起从前的湘军。”说着，眼里闪动着憎恨，又有泪稀稀地流下。他躺在家里，一开始在靠近门口的地方，后来姑姑怕他受风，就把他挪到里面去了，这样一来，他就再也看不见外面了，湖上的莲花和芦苇，湖边的野花野草，那些和他年纪一样的老树，我们的院子，他都看不见了。这样一来，他就不停地问我，今天是阴天还是晴天呢？湖边有没有生人？湖上有没有平时没见过的船？有没有一群一群的鸟在乱哄哄地飞？我不时地跑进去，和他说完以后再跑出来，先告诉他天气，然后再跑出去看湖边的路上和树下有没有生人，接着再跑进去告诉他。他说：“真的么？没哄我罢？”有一次，我慌慌张张地跑进去，进门的时候还在门口绊了一下，我爬起来，一边喘气，一边用手揉着腿，一边对他说，不好了，来了一个人，一直朝我们的门前走过来了。他问是一个甚么人，我说不知道，那个人头上戴着一顶竹笠，看不见他的脸。他说：“是真的么？”我说：“不信你听——”我让他听那个人的走路的声音，咚咚的，他果然听见了，那声音已经来到门前了。他有些着急了，长长的胡须被气吹了起来，对我说：“孩子，快扶太爷爷坐起来！”又小声地说，“那个草帘子里有一个镖，给太爷爷拿过来。”又让我藏在他的背后。我看着那个颜色灰绿的草帘子，从来不知道那里面还藏着镖。我没有扶他，也没有给他去取镖，我笑得弯下了腰。我知道外面的那个人是姑姑，姑姑从船上一下来的时候我就看见了，她顶着一个竹笠，手里提着两条鱼，用一束马莲串着，正朝家里走来，我就是想吓唬一下太爷爷，他果然被吓住了。一会儿，姑姑走进来，把头上的斗笠挂在外面的墙上。姑姑对太爷爷说，爷爷，我捉了两条鱼。太爷爷吃惊地看看姑姑，又看看我，用手指着我说，你……。煮饭的时候，我在旁边帮姑姑烧火。姑姑对我说，以后再不敢这样吓唬太爷爷，太爷爷老了，再经不起惊吓。我说，我是看他躺在那里太闷了。太爷爷啊，没想到他是那么不禁吓，我一边往灶膛里填柴一边想，我一直以为他像太白金星一样呢。

我去帮他捶背，帮他看天气，告诉他一些他看不到的事情。他说，今天又是个阴天罢？我说，不对，正好相反，今天有太阳，又红又亮，圆得不能再圆，把整个湖上都照得金光闪闪，到处都是一把一把的金线，一堆一堆的亮闪闪的金片。他说，是那样的天气？又在哄我。我说，真的是，连湖边的那些树都亮闪闪的呢。他笑着说，我闻到了，怪不得觉得身上暖洋洋的。又说，好多年前，有一个叫闻晓世的人曾给他算过一命，说他将来不用腿走路。“当时我还在想，真能胡扯，不用腿用甚么呢，难道会长出翅膀来么？问闻晓世，人家也不说。这时候我总算明白了，不用腿走路那就是不能再走路了，等于没腿了，和翅膀并没有关系。”我对他说，太爷爷，我当你的腿罢，你不就是常去湖边走走么，我替你去走罢。听见我这样说，他伸出一只树枝一样的手，摸着我的头说，我们家里就剩下你这仅有的一棵独苗了，太爷爷不在了以后，要好好听姑姑的话，姑姑让你做的，你就去做，姑姑不让你做的，千万不要去做。我问他：“咱们家里原来有好多人么？”他说：“那当然，非常多。不过，那样的时候，连你姑姑她们也没赶上呢。”我说：“很热闹么？”他说：“不是很热闹，是热闹得有些过了头，有时候想清静一会儿都不行。”我听了，心里有些痒，又有些不明白。我说：“到底有甚么事呢，怎么会那么热闹？”我想不出来，那会是一种甚么样的情景，我只知道从我记事起，所有的那些都早已没有了，远去了，就像一场散了的戏。

我知道戏散了以后是甚么样的。那年，姑姑曾经带着我去宋家庄以东的鹅口看过一回戏，就是那仅有的一回，等我们摇着船靠了岸的时候，戏已经散了，转眼之间，台上台下都没有人了，好像所有的人和事都渗到地下去了，只剩下一些砖头瓦片和满地的芦蒿。我和姑姑站在岸边，看着那个空荡荡的戏台，不久前它还是一派花红柳绿的热闹景象，我们在水上的时候还听到乐器在响，听到有人正在咿咿呀呀地唱，在有板有眼地说，转眼之间，说没有就都没有了，就像是一个梦，哗地一下就醒过来了，睡着前是啥样醒来还是啥样。从那以后，我知道甚么是戏了：戏就是一会儿的工夫，几炷香的光景，或者就是一抔烧完以后的灰。

太爷爷说："我就是一炷香，我就是一抔灰。"

我想起半夜里他在湖边的叫声，想起白缎子上的那些花朵一朵一朵的都像是活的一样，区别只是有的肥，有的瘦一些，但都很有精神。想起那些活蹦乱跳的白莲花，我就又会忍不住。我问太爷爷："你有姐姐么？"他想也没想就说："当然有。"我说："你这么老了，还有姐姐，真是可笑。"他说："那有甚么可笑的呢，谁没有姐姐？"我说我就没有。听见我这样说，他愣了一下，嘴半张着，看着我，好一会儿才说："是，你没有，可这不能怨你。"小云进来了，看了看我们，转了一圈后又出去了。房子里的潮气从一些角落里飘起来，从我们的中间飘过，又在我们的头上散开。红黑两种颜色的蚂蚁在门前的土上慢慢地走着，红蚂蚁身材魁梧、虎背熊腰，黑蚂蚁瘦小单薄，但身上背的粮食却总是要比红蚂蚁的大得多，也多得多。瘦小的黑蚂蚁为甚么要比红蚂蚁驮得多呢？

"你没有姐姐也好。"太爷爷对我说，"一个上面有姐姐的人，尤其是有好几个都很出色很能干的姐姐的人，会不思长进，总觉得有她们罩着，护着，处处都依赖着她们，这个人会是一个从头到尾都极其没有出息的人。"

“太爷爷是一个没有出息的人么?”

“那还用说么，那当然是了。太爷爷能活得这么久，胡子几拃长，快挨着地了，就是因为没有出息。太爷爷要是一个有出息的人，或许早就亡命了，几条命也不够用的。”

湖边突然传来十分沉闷的嗵的一声，像是有一群人从天上落下来，脸朝下摔到了地上，我和太爷爷都听见了，太爷爷的脸朝南窗前转过去。我跑到门口，看见湖边静悄悄的，没有人在那里，连一只鸡都没有；那些树、杂草，好像也都睡着了。我回到太爷爷身边，告诉他湖边没有人，更不用说有人在那里摔倒了，湖上也没有人，只有几只白脖子的青鸟在忽高忽低地飞着。说到湖上时，我的眼睛看着门口，没有看着太爷爷的脸，我觉得心里有些虚，因为我其实并没有看清湖上到底有没有人，有一层薄雾一样的东西罩在湖上，要是有人把船停在芦苇深处或者莲花中间，那也是看不见的。可是，刚才那重重的敦实的闷闷的一声，那又是谁呢？太爷爷看着我，他像是忍着哪里的疼痛似的朝我笑了一下。

太爷爷说，他的大姐文武兼备，能写文章，能写一手漂亮的字，能使双刀，能使一对梅花宝剑，人长得端庄秀美，足智多谋，有多少人都愿意听她的，就连他们的父亲、伯伯叔叔们也都敬重她，事事都要与她商议。他的二姐能用平常的纸剪出天地之间的各种东西，山川、河流、树木、房屋、飞禽走兽，大到车马船只，小到兵器，再到农具，日常用的锅碗、衣物。剪一队穿戴盔甲的士兵，放在地上就都活了，一点一点地长高长大，接着便能出发去打仗，去攻城，去拔寨，去埋伏。三姐抓一把莲子，撒在地上，转眼就能变出十几个和她本人一样头发乌黑肌肤雪白的年轻女子，或持刀，或仗剑，英姿勃发……

有一年，她们一群跟着三姐出去打仗，从此再没有回来。

我说："她们都是妖人么？"

"胡说！"太爷爷瞪了我一眼，"你看太爷爷是妖人么？"

我站在他的床前，摇了摇头。

"都是一个娘生出来的，我不是妖人，她们怎么能是？只有朝廷的鹰犬才会这么说。她们只是比普通的市井，乡间的女子更出色罢了。"

"她们都死了么？"

"大姐的年龄最大，也不过四十多岁，二姐三十出头，三姐还不到三十……她们都不在了，而我还活着，没有意思了啊。"

"我听见你半夜在湖边叫她们。"

"我思念她们，胜过思念我的父母。"

"她们是怎么死的呢？"

院子里响起一阵有力的脚步声，一听就是姑姑回来了。太爷爷急忙停住，不再说了。他对我说，我们都要听她的话，不能惹她生气，让她操心。我点点头，我懂，我知道，不能去假设，要是没有了姑姑，我和太爷爷如何还能活下去，仅是吃不上饭也会把我们一老一小都饿死。又听见他用更低的声音说："从你姑姑的身上，我多少能看出一些当年姐姐们的影子，有时候像极了，走路都一样呢。"

姑姑开始煮饭，我蹲在旁边帮她烧火，皮里还包裹着水气的槐树枝不时地爆响，有时闷闷地哧的一声冒出一股白气，很快就钻到火焰里去了。姑姑问我，她不在的时候有没有人来过。我说没有，只有我和太爷爷两个人，鸭子们在竹篱里站着，湖边也好像没有人。姑姑又问我有没有骗太爷爷，把阴天说成是晴天，把晴天又说成是阴天。我也说没有，太爷爷其实也不是那么好哄的，他能用鼻子和脸闻出来，有时候闻出来也不说，而是装糊涂。姑姑没出声地笑了，眼睛看着锅里，她这样笑的时候，嘴角就会向一边斜斜地歪去。我问她，今天我们不舂米么？姑姑说，不舂米吃甚么呢，当然得舂。又说，早上你还在睡觉的时候，我就已经舂好了。我从火前站起来，头伸进湿漉漉的白雾一样的水汽里，看见锅里有一点米，米里半埋半露地有十几颗莲子，十几粒玉米，一些菜叶，像是镶嵌进去的，都已焖得很烂，最上面还有三四个像我的手指一样粗细的小虾，已经变得通红，香气弯弯曲曲地升上来。

几天前，也是在这样的一个时候，我们三个人正要吃饭，忽然来了一个穿得很干净的人，不是从我们正面的湖边来的，也不是从湖上来的，是从我们的屋后悄悄地转出来的，从关着鸭子的竹篱那边，从石榴树的树荫下慢慢地朝我们走过来的。事后，姑姑说，一定是从宋家庄那边沿着柳树下面的那条小路过来的。姑姑放下手里的碗，迎上去问他，他说是来买鱼的。姑姑对他说，我们没有鱼，也不卖鱼。那个人显出很吃惊的样子说："原来是这样，我上了他们的当了。"姑姑说："谁们？"那个人用手向南边一指，接着又向东边一指，说："那边的那些人。"说着，又看看我和太爷爷。姑姑对他说："一定是弄错了，卖鱼的就在宋家庄那边，临河的那一家。"那个人站在我们的屋门口，把一只手贴到额头上，显得无奈而又冤枉，又朝对面的湖上看了一会儿，然后对姑姑说："打扰了，真是不好意思。"说完，就又从石榴树的树荫下穿过，顺着来时的路走了。我和姑姑来到屋后，看见那个人正沿着柳树下的那条路往东走，往宋家庄的那个方向走，走得很快，唰唰的，有时会突然回过头来朝后面看看，姑姑把我拽回来一点，怕他看见。柳树的那边就是淮河，透过柳树的缝隙，看见它像一长卷放不完的绸缎一样向前飘舞着。

太爷爷对姑姑说：“英姑，我觉得那不像是一个买鱼的人。”“我看也不像。”姑姑说。

到晚上的时候，太爷爷好像还记得那个白天来过的人，他躺在黑洞洞的已经看不出轮廓的屋子里，我进去给他点灯，他说不用灯，他呆呆地看着朝南的窗户，有时候哪里也不看，两只眼睛就那么睁着。姑姑后来端着汤进来的时候，他要姑姑最近这两天不要到远处去，下湖也不要走远，就在附近，在能看得见家门的地方。姑姑说：“我知道了。”

“我想起了攻打肥城的那个晚上，天也是这样的黑……”

“不要说了，我还有事情要做。”姑姑说。

走到漆黑的门口，姑姑又站住，说：

“把汤喝了，早点儿睡罢。”

月亮到哪里去了呢？前些天看见它忽然有了毛边儿，不再像一个精致贵重的盘子，就知道有些不对了，但究竟哪里不对，那时候还并不清楚，只是有那么一种不祥的感觉，越往深里想越觉得身上有些冷，头皮发麻，心里也一乍一乍的，像是有黑白的影子正跪在那里一下一下地磕头，下去了又起来，起来了又下去了。为甚么非得要在人定以后的半夜里做这种事呢，就不能换个时辰么？当然不能。白天倒是亮，可那时候人来人往，你能做甚么，你又能做成甚么？凤凰像拆一座败落的旧庙一样一点一点把自己从头到尾从里到外拆卸开，头给了孔雀，尾巴给了鹦鹉，翅膀给了野鸡，心脾给了天鹅，声音给了雁鹤，性情给了女人，它自己顷刻就甚么也没有了，想给它立个坟都无从立起，没有源头，没有根据，没有乡音，没有遗骸，最早是从哪里来的呢？哪里是它的老家呢？哪里都是，哪里又都不像。不要问我是怎么知道的，也别管我是从哪里听说的，一句话，我就是知道。我还知道，肥城的外围有三道宽窄不同的护城河，夏秋两季，水流湍急，人下去就没有了。冬天的时候，上面结一层纸一样的冰，让你既不能从下面走，又不能从上面过。

那年二月，在早春蓝色的阳光里，薛福香不听别人的劝阻，执意要带着她的小队过河，在突破第一道护城河以后，她们迎面遇到了一场狂风疾雨般的乱箭，三十多个莲花一样的姐妹无一生还，薛福香本人当然也死了。那个人高马大的傻女人啊，仗着自己胸高腿粗，嘴大屄大，就真的以为自己刀枪不入，早春蓝莹莹的阳光又让她有些春情荡漾，魂不附体，殊不知她那个高大饱满的肉身本身就是一个最好的箭垛……这会儿再怎么说她骂她也晚了，捞不回她和她的那三十多个姐妹了。城墙上的弓箭手日夜轮流不断，谁一靠近她们的尸首，箭立即又像骤雨一样刮了过来。他们就等着兀鹰从天上冲下来，分作若干次把她们吃光喝尽。

知道薛福香和她的小队在第一道护城河上覆灭了，二姐剪啊剪，黄昏时分剪出一队黑衣女子，十二个，齐刷刷地站住窗户外面的石榴树前，都是清一色的夜行衣，都把长长的头发盘在脑后。二姐派她们分头去四个地方打探消息，满树的石榴张开红红的小嘴，露出粉白的牙，不住地碰到她们的头，挨住她们的脸，用那样的方式为她们送行。

送走了她们，二姐暂时得到一些空闲，心灵手巧的二姐，又给自己剪，剪啊剪，东西小得放在手里都看不见。月亮升上来的时候，剪成了，放在地上，放在银子般的月色里，听见轻轻的一声，嘭的一下，变成一个花生那么大的小人儿，昂首阔步地朝二姐走去，摸住她的腿，灵巧地攀登上去，也并不停下来歇息，很快又沿着她的胯，顺着胯上面的腰的曲线，在起伏绵延的山脉上行走一样，继续向上攀登；上至胸前的时候，一伸手，攀住了她的一个乳头，牢牢地抓紧，不敢再松手，紧接着，小小的身儿向上一跃，飞落进她的怀里去了。

大姐呆呆地看着，神情有些乱，她很少有这样的时候。几个时辰以前，她发出去一些令牌，之后，她摘去身上的斗篷，又解下腰间的佩剑。

渡口上先前有嘈嘈杂杂的人声，后来渐渐地稀疏了，渐渐地听不见了。

“大姐，你东拼西杀，鞍马劳顿，我给你也变一个罢。”

“真的有用么？”

“有。聊胜于无。”

“那就给我也变一个罢。”

说着，竟羞红了脸，端庄的脸庞转向被屋檐遮覆的没有亮光的一边。看惯了她平日里的杀伐决断，发号施令，这时再看她，竟像是一个从未见过的生人，柔顺、胆怯、安静地坐在那里。二姐的脸上浮现出水仙般的笑容，两只雪白灵巧的手如纺车一样在转动。二姐剪啊剪，海棠花的香气在院子里涌来涌去，有时甚至还能听到它们发出又像水又像丝绸拂过脸前一样的声音。到月亮升到最高的时候，二姐轻声说道：“成了。”听见轻轻的一声，嘭的一下，不是先前的那个了，又一个花生那么大的小人儿在衬着月白的地上蹦了两下，随后，抖擞起精神，大步流星地朝大姐走去。大姐劈开两条浑圆健硕的腿，小人儿如在一道空旷无人的山谷里行走。大姐的两条腿架在两边，就是两道绵延起伏的山脉，走进山谷深处，走至尽头，小人儿立住，伸手掀起那丛灌木般的黑色乱云，手搭凉棚，朝里面张望，看得出他有些犹豫和彷徨，在外面徘徊了一阵，忽听得用稚嫩的声音吟道："沧海月明珠有泪，蓝田日暖玉生烟。"吟过后，复又徘徊，山谷里传来他先前的回音。"大姐，你把它送进去罢。"遂不再让它游移，用拇指和食指捏住，轻轻地往里一按，听见咕的一声，顿时就不见了。

大姐双目微合，眉头紧锁，骤然间像是换了一副面孔，从她的鼻子里和嘴里出来的气有手指那么粗，芦笋那么粗，进去的气却像头发一样细，丝线一样细。

"它在里面又蹦又跳，到处乱窜呢。"

"就是要让它乱蹦乱跳呢，它要是好吃懒做，游手好闲，躺在里面呼呼睡大觉，那咱们还要它做甚么呢，那还不如没有它呢。"

"我都不想再去打仗了。"

"大姐，请自重些，我们还得出发呢，大队人马都在等着你呢。"

"再迟一会儿再走。"

"大姐，天快亮了，那么多人在等着你呢，你不发号令，谁也走不了。"又朝里面叫道：

"快出来罢，我们要走了。"

浑身精湿的小人儿刚一出来，立即就被二姐灵巧的手指摁住了，二姐像摁一只蚂蚁一样将它按进土里，土上只留下一个小小的泥印儿。

“他死了？”

“死了。”

大姐看着那个轻微的泥印儿，叹息了一声。不多时，大姐已披挂整齐，穿上白色的盔甲，上面的花朵争相怒放，又披上昨夜摘去的斗篷，脸上重又现出平日里的端庄与肃穆。临出门时，二姐低声对大姐说：“别可惜，等半年后我们再回来后，给你变一个更大的。”

听见哗——的一声，如退潮一般，所有的人马都走了，从此再没有回来。

一年又一年，很多年过去了，院子里的石榴每年都先是笑，在暖风和雨水里长久地一日挨一日地笑着，笑累了以后就纷纷烂在枝头上，常有黏稠的血一样的汁液从树上滴答下来。

月亮哪里去了呢？临睡前还看见它挂在东面，这时候却再也看不见它了，到处都没有它的影子。门前，窗户前，有火把亮着，火着得很旺，不时地爆出啪啪的响声，用这样的火去爆刚捞上来的小鱼小虾，它们一定会在锅里呼呼啪啪地乱蹦，会接连不断地翻身，叫喊，跳起又落下。姑姑平日煮饭很少用这样的火，她说本来能用三天的柴，你煮一次饭就都用光了，那就等于又有三天的时光从你的命里悄悄地溜走了，被要回去了，被收回去了。我说，被谁收回去了？姑姑抬起头，用手指指天上，说，那上面，有人给你记着呢；不要以为人们无论做甚么都没人管，当时是没人管，那是因为时候还不到，先不和你算账，等到了时候，就会和你来个总清算的；节省的人呢，也会被记住。老天会说：“这几十年来，你省下一座山呢。”

这样一来，你的一年会被记作一天，三十年计为三年，阳寿给得你足足的，即使你本人另有不测，那份修来的荫福也会转移到你子孙的名下；而有的人呢，一天会被计作十天、百天，甚至几个百天，活上几年，半生就过去了。

湖上的潮气一排一排地涌过来，我和姑姑从睡梦中被拖出来的时候，我看见它们是蓝色的，姑姑身上的那件薄衫是白色的，一个人举起刀在她的身上砍了两下，那件白的薄衫就被砍烂了，露出了里面的肉。那些举着火把的人我从来没有见过，有一个一条腿有些短的人把火把举过头顶，一瘸一拐地从我们的屋檐下走了一遍，他走完以后，我们的茅草的屋檐就从西到东地都着了，先是一条直溜溜的火线，转眼就变成了一大片火，再一转眼，都成了火，我们的那两间茅草的房屋已经看不出是房屋了，因为顶子都下去了，上面成了空的，数不清的火星星和大柳树一样的黑烟呼呼地朝天上跑去……那时候，我忽然想起了太爷爷。我对姑姑说，太爷爷还在里面躺着呢。我又说了一遍，姑姑还是没有抬起头。这时，有一个身材高大的人弯下腰去把姑姑翻了过来，让她正面朝上，我就在那时看见姑姑已经没有姑姑的模样了，她的脸上不知是甚么东西，像是涂满了酱。那个身材高大的人蹲下，从后面把姑姑抱起来，姑姑就那样半躺在他的怀里，他把头从后面伸过来，与姑姑脸对着脸，对姑姑说："踏破铁鞋无觅处，我们找了你们六七十年，前前后后，总兵大人都换了几十位，今日终于在我们的手上了结了。"看看姑姑一点反应也没有，他用一条胳膊搂住姑姑，腾出另一只手，用了很大的劲在姑姑的胸前揉搓，又猛烈地摇晃，姑姑的那件月白的薄衫转眼就被他揉得朝上翻卷了起来，变成了皱巴巴的一团。姑姑终于动了一下，糊在她脸上的那些酱一样的东西让人看不清楚她的眼睛，看不清睁开没有。我觉得是睁开了，因为抱着她的那个人又把他的那张脸伸过去了，与姑姑的脸对着，对姑姑说："你们就是躲到天边去，也要把你们找到，除非你们都躲到阴间去，那我们就管不着了。"说完，突然张开嘴，朝姑姑龇了一下牙，我以为他要在姑姑的脸上咬一口呢。

我对姑姑说我的身上很痛，比有一年被湖边的那种带白毛的刺扎在脚上时痛多了；我对姑姑说，我们的那两间茅草的房屋已经不见了，平日里觉得它们老老实实、安分守己，无论我们甚么时候回来，无论我们从湖上回来得多晚，它们都在那里静悄悄地等着我们，迎接我们进去，为我们遮风挡雨，让我们一觉睡到次日天明……可是，一遇上火，它们马上就变了，变得不再是它们了，欢快无比地和那些明火鬼混在一起，又啪啪地拍手，又嗵嗵地跺脚，大声地笑着，不愿意再在地上了，要上升，要飞起来到天上去；另外，姑姑用湖边的紫藤皮和马莲草编织的几个门帘也随着它们一起走了，原来每次进门的时候，用手把它掀起来，还觉得它们沉甸甸的，结实，有劲，忠厚，老实，觉得里面暗藏着湖上的水气和湖边的日光，一阴一晴，时常在较劲，没想到真正要走的时候也是那么的容易，浑身挂着那种邪火，轰地一下就上去了；我对姑姑说，那片像一座小山一样的火这会儿已经不像一开始的时候那么高那么大了，已经逐渐地矮下去了，一开始冒起的那种大柳树一样的黑烟也已经没有了，这会儿只剩下一些白烟，低低地冒着，虚虚地到处窜着，有时候很像是一些白绸子在夜晚里飘动，又像是一些身量细瘦脸相窄小的小羊或白狐狸在轻轻地跑跳；我对姑姑说，我们的房子不在了，可是太爷爷还在里面躺着呢，一直没出来。

姑姑似乎听见了我对她说的话，她的脸朝我这边歪了一下。

一个人用刀压着我的眉毛，对另一个有着一张红润的面孔的人说：

“大人，这个孩子已经是他们的第六代人了。”

“要永绝后患。可以告慰那些几百年来为这桩公案死去的人们了。”

那个人把刀尖从我的眼前拿开，朝着红黑的夜空砍了一下。我看见姑姑已经躺在地上了，我以为姑姑已经死了，那些人也以为她死了，有人弯下腰去拍拍她的脸，又摸摸她脖子以下的地方，姑姑也没有动。那些人有的站着，有的在走动，有的已经把手里的火把扔掉了。忽然有咴咴的叫声响起，看见有好几匹马站在西边的竹篱那里，我想，那些马一定是他们骑来的。竹篱里的鸭子们没有一点儿声音，不知它们是睡着了还是已经都死了。

姑姑的头忽然从地上抬了起来，也就是抬起了个头，肩膀以下的大半个身子还在地上；姑姑看着我，对我说：“福远，你还活着么？”

我看着姑姑，眼里的泪唰地一下流了出来，我想朝她爬过去，可是没有爬动。

“福远，姑姑对不起你，没有把你抚养长大，咱们家从你这一辈往上数，谁都比你活得大，谁都不像你这么命短……可怜的小鬼，好好转世去罢，来生做个独立的人，千万别再和这个教那个派的粘连在一起。”

姑姑比我早死一个时辰。

我被他们砍死的时候，姑姑早已飘荡在路上了。在灰烬般的夜色里，我在后面追赶姑姑，我以为时候不长，她不会走得太远，可是，到处都没有她的影子。老人按说应该走得慢罢，可是，一路上也没有看见太爷爷。那时候我忽然明白了，这就永远分开了，不管曾经是你多亲的人，再也不会相见了。

桃花开了，油菜花开了，水牛站在明亮的稻田里，我听见鹧鸪在噗噗地飞。

第七章

有有是一个比我还要小一两岁的孩子，我第一次见到他的时候，他正在一片柳树下面坐着，在那里盖房子，几块树皮，几根蜡烛一样的小木棍，还有一堆沙子，小木棍是用来作柱子和房梁的，树皮是用来作屋顶和山墙的，那堆颜色粉红的沙子堆在后面，像是一些起伏的山梁。我过来之前，他的房子可能塌过不止一回，我从那边走过来的时候，看见他手里拿着一块树皮，正坐在那里琢磨，想办法，后来忽然看见了我，对我说："和我一起盖房子罢。"于是，我便也坐下来和他一起盖房子。他说他叫有有，我告诉他我叫福远。他说："帮我扶住西边那堵墙，我来上顶子。"他的一只手还护着东边的那堵墙。他说，你扶的那堵墙倒得最厉害，动不动就歪到一边倒下了，它一倒，整个房子也就全塌了。我听了，觉得有有到底还是小孩子，好多事情都还不会做，我比他大一两岁，我就得教他，帮他。我捧过来一些沙子，往西边、东边和后面各堆了一些，做得像一个土围子一样，这样一来，三面墙很快就都立住了，风过来也吹不倒了。基础和墙都固定好以后，我对有有说：“你是主人，你来上梁上顶子罢。”有有的手里握着那几根蜡烛一样的小木棍，看着我，小心地说：“那我可就上了啊。”刚上去一根，又说，“这回再塌了可不能怨我。”我说：“塌了怨我。”听见我这样说，他才又一根一根地往上摆，全部摆完后，已经有点房子的样子了，最后又把房顶——两块棕黄颜色的树皮盖了上去，一座房子就稳稳地出现在我们的面前了。有有高兴地看着，作为房子的主人，他有点儿不敢相信他的这座房子会这么的牢固，这么的结实，他在距离房子不远的地方用力跺了两下脚，房子也没有被震塌，还是稳稳地坐落在那里。

“盖得这么好呀！”有有又惊又喜地对我说，“福远，你以前一定盖过不少房子罢？”

我说：“盖过一些。”

水一样的清风从我们的面前拂过，我想起了在湖边的时候，太爷爷在屋里睡着了，姑姑摇着船到湖上去了，我一个人坐在门前的地上盖房子，用棕黄的蒲棒作柱子，用芦蒿作窗户，用开满小花的益母草的枝条作栅栏。小云有时会不怀好意地跑过来，用它的硬嘴弄坏我的房子，两只大脚啪叽啪叽地上来乱踩一气。我用益母草的枝条赶它，它奓起翅膀，把脖子上本来一直趴着的毛立起来，向我反扑。我对它说，等姑姑从湖上回来，我要告诉姑姑，把你杀了，吃你的肉，喝你的汤。小云像是听懂了我的话，慢慢地把翅膀收起来，又让脖子上的毛重新趴下去，站在不远处看着我。我知道它不怕我，它是怕姑姑，怕姑姑从湖上回来收拾它。

我问有有是怎么死的，有有说，他是在他们那里的一条小河里淹死的，那条小河其实并不深，只有一个大人那么深，要是碰上一个高个子的人，才到人家的胸前。他常到那里去，以前从来也没有出过事。我说，家里的人一定很伤心罢？有有说，我们家孩子多，要是只有我一个，那肯定会伤心的，要哭好些天呢，想起来就会把眼睛湿了。他见过别的父母哭他们的孩子，看见别的孩子，就说，我们家ＸＸ要是活着，也有这么大了。

我们又找来一些桃树枝和白眉草，绕着有有的那间小小的房子插了一圈，围成一个小小的僻静的院落。有有高兴地对我说："咱们住进去罢。"我看了看那间树皮的房子，里面最多只能住下一只燕子，那也还不是很宽敞的，起来坐下都会很不方便。要是有两只燕子住进去，那就会挤得没办法过日子，一定会经常很恼火地吵架，动手，把对方的毛揪掉，折磨得乱七八糟，要么两个都住不成，要么必定有一只会哭着带着伤离去。

有有问我是怎么死的，我说我是让刀砍死的。有有听了，吃惊地看着我说："哎呀，那一定很痛罢？"我说到处都痛。有有认真地想了一会儿，然后说："是谁那么厉害呢，一定是你们的仇人罢？"我说，我不认识那些人，以前从来也没有见过。有有说："大人们结下的仇，我们是不知道的。我听我爹说过，有的祖先给后人留下的是用不完的家产，有的留下的却是仇恨，传家宝一样一代一代地传下来。"我对有有说，有有，我们说别的罢，我们捉蝴蝶罢。有有说他捉不住，从来也没有捉住过一只，有时候明明已经揪住它的翅膀了，可它还是能挣扎着跑了。"只剩下一个翅膀也能飞呢。"我说，有的腿拐的人，走起路来，嗖嗖的，比腿不拐的人还要快呢。

我和有有坐在柳树林里，拦截住一群游手好闲的蚂蚁，它们的身上甚么也没拿，只是在到处闲逛。我用柳树枝在它们的前面划出一条深深的壕沟，它们走着走着，忽然看见了前面的壕沟，立即就停住了，前面的传话给后面的：不要再往前走了，前面过不去了。后面的听到通知以后就都停了下来，原地站着，有的非要挤过来看看，一看，果然是一道万丈深渊的大峡谷，就知道真的过不去了。不久以后，它们开始朝另一个方向走去，有有用树枝在那里也划了几下，走着走着，就看见它们真的又停下了，前面的立即又传话给后面的：又不行了，又遇到一条大峡谷。后面的于是又都停住了，也弄不清前面到底又发生了甚么事，有骂骂咧咧的声音在抱怨：真他娘的，这是谁领的路呢？走一会儿就又不能走了？它们乱了一会儿，乱过后，又开始寻找新的方向，原来的队头变成了队尾。

在壕沟的另一边，一长溜蚂蚁正在搬运粮食，因为每一个人的身上都背得很多很重，它们走得慢极了，大多数的时候是一条直溜溜的黑线在地上挪动，要转弯的时候就一齐转，哗地一下，像是那条直直的黑线被风吹歪了。有有对我说，不知道它们把这些粮食背回去，是它们自己吃呢，还是要准备打仗用的。

路上经常能看到一些飘动的轿子和带着铃声的马车；有慌慌张张的官员，有的脚上只穿着一只靴子；哭哭啼啼的女人，单独的一位老人，拄着棍子，走得像蚂蚁一样慢。

河里有船驶过来，雕梁画栋的船，花红柳绿的船，远远地就能听见船上在精心地吹打，在细细地奏乐，渐渐过来时反倒听不到甚么声音了，船上变得静悄悄的，门窗都关着，就连船下的被划开的水也变得好像一湾油一样没有一丝声音，水花溅起来时也听不到声音。

我和有有坐在柳树下的河堤上，有有说："我梦见过这样的船。"

我没有作声，其实我在家门前亲眼见过这样的船。有一年春天，看见它远远地出现在湖上，出现在淘米水一样的雾里，听见从那雕梁画栋的里面传来深吹细打的声音。那时候，我问太爷爷："是从冥国开来的么?"太爷爷站在一边，也看着湖上，嘴里吹出来的气把他的胡子高高地顶起，又向两边飘去。那时候太爷爷还好好的，还能走动。姑姑也对太爷爷说："那船像是去娶亲的，又像是去诈降的。"太爷爷说，今天我们吃甚么呢?我好像听见小鱼在锅里哼哼叽叽地哭呢；英姑，你去看看，要是它们还活着，就让它们都出来罢。

三月里，有有一直盼望着他家里的人能给他烧一些东西过来，可一直盼到六七月也没有盼到。我没有这样的盼望，姑姑和太爷爷都不在了，就再没有人了。每天我都要和有有去路边站一会儿，大多数的时候我们就在河堤上的柳树下奔跑，扑蝴蝶，灌田鼠，吓唬黄莺，看河里漂起木头和竹器，浮现出威武的太师椅和细瘦的绿纱窗。

因为一只黄莺，我和有有还打了一架，有有把我的手咬破了，我也从他的胳膊上咬下一块皮，那只黄莺却趁机带着一条软软的伤腿又飞走了。整整两天，我没有和有有说过话，有有也没有理过我，那只黄莺也不再来我们身边了，也不再在我们上面的树上叫了。我们都坐在河堤上，我坐在这边，有有坐在那边，中间隔着好几棵柳树，我偷偷地瞟他的时候，发现他刚把脸转过去。我笑了一下，这小鬼，还挺会假装呢，装着他一直都在看着河上呢。其实我也和他一样，每次他悄悄地往我这边看时，我都能感觉到，但我就是不回头，面朝着河上，好像在这里已经坐了有几百年了。坐着坐着，河里就又有东西浮上来了，四折的屏风、潇湘卷帘、威武的太师椅和细瘦的绿纱窗。有有又朝我这边看了几次，见我一直看着河上，忽然站起来，沿着堤上往西边走，岸上的累累垂垂的柳丝不时地将他遮住，隔一会儿又露出来。我看见他越走越远了，他永远不再想和我说话了么？我有些后悔不该和他争夺那只黄莺，其实，他拿着和我拿着不也一样么？我看着他坐过的那个地方，那里是空的。

后来我又朝那里看的时候，忽然看见了一个小小的熟悉的身影，是有有！我差一点喊出来，不知甚么时候他又顺着原路回来了，还坐在他原来坐过的那个地方。我正要过去，来了一个自称是姓徐的，对有有说，从这儿一直往东，有一个极繁华的去处，他让有有跟他去。我跑过去，把有有拉到一边，对有有说，我再也不和你争夺黄莺了，以后所有的黄莺都是你的，所有的蚂蚁也都是你的。有有看着我笑了。他对那个姓徐的说，我不跟你去。

以后，我和有有再没有打过架。

有一年，路边的黄果树又开花了的时候，有有对我说，他要走了。听到他这样说，我顿时也觉得轻松了，一些天来一直觉得说不出口的一句话也不再缠绕着我了；因为在这之前，我已知道我要走了，却一直觉得没法和有有说，这一下却好了。有有对我说，他要去的那一家姓古。我说，我将姓苏。

一天傍晚，我和有有终于分别了，我们先是沿着河堤向西走了一会儿，走到一个渡口前时，我要从这里往北去，有有还得一直往西走，我们就在这里分了手。我朝渡口上走去时，看见那里已有了人，连船工一共七个人，都上了船以后，船工又点了一下人数，加上他自己，还是七个人。我是在他们清点完人数以后才上去的，我看见有有在岸上朝我挥了挥手，我也向他挥了挥手，船上的那些人们当然看不见我们。有有往西边去了，岸上的重重幕帘一样的柳树很快就把他那个小小的身影淹没了。

二十六岁那一年，临近新年的时候，《大公报》副刊的蔡一江邀我写一篇文章，并说还邀请了其他的几位。我以《风雨夕闷制风雨词》为题写了一篇，表述了我近年来的心情。在我的那篇文章的上面，是什么“木匠强奸幼女”之类的社会新闻，我也无法计较了。大约十几天以后，我又在报纸的同一个位置上看到一篇署名为姑苏舟的文章《请看今日之苏小姐》，是写我的，文章回忆了我几年前初来上海时的情形，是多么的落魄，如一根外地的稻草，飘飘摇摇地出现在上海滩上，不想一上来了就躺倒，而是拼命地要使自己立起来，不仅要立起来，还暗暗发誓要让自己亭亭玉立、玉树临风，如今早已亭亭过了，也玉立过了，更兼已枝繁叶茂，苏小姐不仅将上海这个塑料壳子一样的洋码头一砸一个坑，就连外国人的租界也砸出好几个洞。外国人的租界是什么做的？那可不是塑料做成的，更不是铝制的，苏小姐不砸则已，砸则必定有结果，头发上掉下一根簪子也能入地三分。

我给蔡一江打电话，先问他我在哪里砸出过坑，又告诉他我的头发上从不插簪子。蔡一江笑呵呵地连连劝我不必认真，又说报纸这样做也无非是图个热闹，新的一年又快到了，提升一点气氛，给目前这个闷人的“铁屋子”尽量透一点外面的光亮进来。听蔡一江这样说，我决计从此不再给他写半个字。又问他那个化名姑苏舟的人是谁，他也支支吾吾地不肯回答。有一天，在黄浦江边，我与迎面走来的蔡一江不期而遇，他穿着一件与黄浦江水一样颜色的夹的长衫，一把雨伞不是夹在腋下，而是扛在肩上，一只手扶着，仿佛有千斤的重量。猛然遇到我，他的脸上有三分尴尬，七分则是贵人多忘事的若无其事。他很知道我要对他说什么，他说，其实，你也认识他。我看着蔡一江，看着他把伞从肩上取下来，又头朝下贴到腿上。他说，穆人蕉，你认识吧？

我当然记得，听蔡一江一说，我的眼前立即浮现出一个喜欢穿着花格子西装的人，两条细腿像是鹭鸶的腿，那就是穆人蕉，苏州人，南社成员，时常在上海与苏州之间跑来跑去，很多聚会上都能看到他的影子。我第一次见到他是在我刚来上海还不到两年，在友谊书局的一次茶会上，几十个人在一起说话，谈天，紫菱洲的两名伙计像两只雄蝴蝶一样在人丛中穿来穿去。后来突然从外面跑进来一个人，穿着花格子西装，系着花领带，头发油亮，那就是穆人蕉，他是一路笑着跑进来的。进来后，两只手扶住章世严坐着的那把椅子，继续笑个不停，笑得两只眼睛都睁不开了。那时候我在想，这是个什么人呢，发生了什么事呢？后来他从椅背上抬起头来，勉强止住笑，对众人说道："昨日又把老头子气坏了。"只说了这一句，接着就又开始痉挛般地笑。几分钟后，又把笑止住，说："老头子吐了血，通宵开夜车，要准备反击呢。"

坐在我身旁的文宛轻声问我："你知道他说的老头子是谁么？"我说："大概……是他的父亲罢？"文宛笑着在我的肩上打了一下，她的那张芳香四溢的脸从一旁探到我的胸前，对我说："哪里呀，他说的是鲁迅。"

我听了，心里一惊。

不久以后，穆人蕉终于笑够了，嘴里叼着一支雪茄，走过来邀请我跳舞，我没有跳。祸根大约就是那个时候种下的罢。

我后来又看见过穆人蕉辱骂别人的一篇文章，那时候他还住在上海，说他有一天早上去四马路上的一个早点店里买早点，店里的人用一张纸包了两根油条给他，他拿了油条往回走，一路上都感觉异样，但又不知是哪里不对，只是觉得与往日大大不同，觉得有污秽的不干净的东西一路上跟着他，一直随他回到家里。及至打开那张包裹油条的纸要吃早点的时候，才猛然发现那张纸原来竟是《小说月报》上撕下的一页，上面刊印着沈ＸＸ的小说，于是，他恍然大悟，那个一路上让他感觉异样的原因终于找到了，问题并不是出在纸上，亦非出自油条，而是纸上的那篇沈ＸＸ的小说……自然，刚买来的早点也因此变得恶臭、肮脏，吃自然是不能够再吃了，但即便是丢弃也让他伤透了脑筋，成为那个早晨里的一件最为棘手的事情，若是随意地将它丢弃在墙角的垃圾筒里，整个家也会因此变得不像个家，浊气上升，污秽弥漫，再无法居住，房东也会不答应，不依不饶……为了能够长久地在这里住下去，他唯一能做的就是将那两根已被严重污染严重摧残了的油条再用那张万恶的纸原封不动地重新包好，振臂一挥，从阁楼里的窗户上扔出去。做完那一切后，他又去千遍万遍地洗手，一边洗着一边想，尽管这个早上一出门就大不吉利，不但蚀了本，还失去了一顿早饭，胃里至今还是空的，但眼下，有一点让他特别放心，至少房东是不会来问罪的了。

我想起八九年前我初来沪上时的情景，那时候的我倒真的像是外地的一根细瘦的稻草，被商英一路拈来，然后又搁下。商英带着我在路上辗转了几个月，一个旧皮箱就是我们的家，里面装着我全部的家当物件。津浦路、陇海路，有很长时间我完全失去了方向感，辨不清东南西北，商英说东，我就认为是东，商英说西，我就相信是西。整日里，只听见火车咣当咣当地跑，轮船在呜呜地叫，牛车在吱吱扭扭地走，看见破烂的人群，污水一样地流着，陶土一样的面孔和神情，讨饭的篮子和缺边少沿的碗满地乱滚。

在一个黄昏时分来到上海，我们在一个小旅馆里住下，几个月来，那只皮箱终于能够多放一会儿在地上了。住下后不久，商英就出去找他的朋友，商英让我在旅馆里等他，他说很快就会有朋友来帮助我们。

自那日走后，商英就再没有回来，也没有一丝音讯。

那一年的夏天，我开始向上海的报纸和杂志投稿。两年后的一天，在位于北四川路的内山书店，我第一次见到了鲁迅先生。

多年以后，在万国殡仪馆，在鲁迅先生的葬礼上，商英的身影竟出现在我模糊不清的视线里，他在靠近花圈的那一排人里站着，有一瞬间，他也看见了我，忽然把头低得更深了，此后再没有抬起过，一直低垂着，倒也符合那时的气氛。

葬礼过后，我独自往回走，一边走一边悲伤地想着，周先生已经离开殡仪馆了，今天晚上他会住在哪里呢？眼里的泪不知不觉地又涌了出来。路过一个烟店时，我进去买了一听他平日里常吃的那种装在一个绿听子里的纸烟，这种烟很便宜，是他自己吃的，还有一种贵的，装在黄听子里的，是专门给客人吃的，客人来了，他下楼时就将那黄听子带下来，客人走了，又带上去，放进他书桌的抽屉里。想起他将烟夹在手里时的那副模样，有时候随着他的笑声，长长的烟灰会猛然断裂，落到地板上。

那时候，我也搬到了北四川路，住得离周先生的家比原来近多了，原来乘电车要一两个小时，现在我时常可以走着去，跑着去。有一天是个梅雨季节里难得一见的晴天，我穿了一件大红的衣裳跑到周先生家里，走进他的书房里以后，周先生从藤椅上转过来，笑着问道：

"来啦？"

我说："来了。"

"有什么事么？"

"今天是个晴天。"

我的话让他大笑起来，一种对于冲破忧郁心境的欣然会心的笑，他手里的那截长长的烟灰如一根年头日久的柱子，猛然断裂，掉落在地板上。

我记得他曾经说过："别人穿什么我是看不见的。"真的是这样，我来了半天，他似乎完全没有注意到我穿的是什么。最后还是我忍不住站起来，在地上转了两个圈，抬起那件大红衣裳的宽大的袖子，问他：

"周先生，我的衣裳漂亮不漂亮？"

他从上往下看了一眼，说："不大漂亮。"

我说："为什么呢？"

"你的裙子的颜色不对，并不是红上衣不好看，各种颜色都是好看的，红上衣要配红裙子，要不然就是黑裙子，咖啡色的就不行了，这两种颜色放在一起很浑浊……你没看到外国人在街上走的么，绝没有下边穿一条绿裙子，上边穿一件紫上衣，也没有穿一件红裙子而后穿一件白上衣的。你这裙子是咖啡色的，还带格子，很浑浊，所以把红衣裳也弄得不漂亮了。”

那天周先生很有兴致，把我的一双短统靴也略略批评一下，说我的短靴是军人穿的，因为靴子的前后都有一条线织的拉手，这拉手据鲁迅先生说是应该放在裤子下边的。

我说：“周先生，为什么那靴子我穿了多久而不告诉我，怎么现在才想起来呢？现在我不是不穿了么，我穿的这不是另外的鞋么？”

“你不穿了我才说的，你穿的时候，我一说你就该不穿了。”

那天下午要去赴一个宴会，我让许先生给我找一点布条或绸条束一束头发，许先生拿来了米色的、绿色的，还有桃红色的，我和许先生共同选定了米色的。为着取美，把那桃红色的，许先生举起来放在我的头发上，并且开心地说着：“好看罢，多漂亮！”

我也非常得意，很规矩又顽皮地等着周先生往这边看我们。没想到周先生这一看，脸是严肃的，他的眼睛往下一放，向我们这边看着：“不要那样装束她。”

许先生有点儿窘了，我也安静下来。他好用这种眼光看人，早年在课堂上，一生气就用眼睛往下一掠，在记范爱农的文字里也曾说过自己的这种眼光，而曾经接触过这种眼光的人就会感到一个时代的全智者的催逼。

我问：“周先生怎么晓得女人穿衣裳这些事呢？”

“看过书的，关于美学的。”

“什么时候看的？”

"大概是在日本读书的时候。"

"买的书么?"

"不一定是买的,也许是从什么地方抓到就看的。"

"看了有趣味么?"

"随便看看。"

"周先生看这书做什么呢?"

"……"没有回答,好像很难以回答。然而我终于想起来了,他是什么书都看的。

年初,《呐喊》重印。《坟》刊印。

二月,川岛在《语丝》发表《又上了胡适之的当》,刘复(半农)发表《徐志摩先生的耳朵》,周作人发表《狗抓地毯》。

三月,《济慈诗选》《雪莱诗选》《安娜·卡列宁娜》中文版出版。

四月,创造社同仁在富春江集会,新月社同仁在松江集会,南社成员在虎丘集会,各派报纸均以显著位置发表他们的主义、思想。

五月,沪上报纸载,海派作家王玉王,身染疾病(据传疑是寻常的花柳病),因久治不愈而不胜其烦,先在家中自杀,未成,后又跳黄浦江,终遂其愿。报纸编者云,久雨不晴的梅雨季节成为其去往另一个世界的最好之通道,然患病者多矣,王玉王先生又何以要率先急匆匆离去?现今年份,如此自律,如此要脸,着实令人吃惊!谁言沪上无古风,全是白相,全是些巴儿狗?

六月,连载中的《复活》开始中断,译者邱野获在其寓中病逝,由于是边译边载,只得半部。从当月下旬起,开始连载

《双城记》与《包法利夫人》。

七月，十二日，C先生自江北来，谈及目前文坛，帮派纵横，山头林立，一些人占山为王，生杀予夺，呼风唤雨，有的已与青红帮无异……言语之间充满惆怅。C先生携来胃药两瓶，嘱我转交周先生。当晚，C先生乘船赴香港。

八月，美国作家骇明威来到上海。

表妹梅梅来信，言其已有身孕，其夫名曰贵喜，一月前成为巡警，骑脚踏车，终日巡行于城镇、乡间，甚是艰辛；因是试用期，月薪三块。

梅梅系小学教员，心中尚有浪漫结存，因又告我：磨坊里的磨倌死了，家乡的高粱红了。

九月，光明书局的一次宴会上，来者话不投机，党同伐异，有的一滴酒未沾，躺在旁边的藤椅上呼呼大睡，有的借酒撒疯，迁怒于人，将久已积存的怨气一并泼洒，有的密谈，有的拂袖而去。

我在廊外遇到沈先生，两个人沿着一路白菊花一直走到大门口，在那里分了手，一路竟无语。

十月，《社会新闻》等数家报刊发表惊人“内幕”消息，称鲁迅实为日本派往中国之侦探，所写作品均为情报，由XX书店提供给日本方面。

十一月，“马占山将军”牌香烟在上海问世，号召国人皆吸之，吸则爱国，不吸则反之。一日，见平亚书局经理高云岭先生喷云吐雾，神情肃穆，问：什么牌子的香烟？高经理郑重答曰：马占山将军牌。在场诸人无不笑倒。

十二月，因得罪于某权贵，一向香火旺盛的明月庵被焚毁。经查核实，庵内师父定远辱没佛门，白日里阿弥陀佛，普度众生，至夜晚人定以后，由花木深处的禅房经暗道进入密室，褪去日里的僧衣，换上高跟鞋、旗袍，配以假发、口红、胭脂、法国香水。密室内还藏有原装之法国阿维尼翁葡萄酒……后几年，法号定远的女子不知所终。

盛涌清对我说，日军驻杭州的竹内师团第七联队有一名叫志贺的下级军官，来华之前一直在他们的本土写作小说，应征入伍后，从东北华北一路过来，后随队占领杭州。不久前，他的一篇小说在日本国内获得ＸＸ文学奖，评委会一行数人专程从日本赶到杭州为其颁奖。

在施高塔路的这家咖啡店里，我见到了刚从杭州回来的盛涌清，西装革履，头发梳得精光，他说那番话的意思是想告诉我日本人是很看重小说家的，他极力劝说我留下来，如不想在上海，亦可去杭州，那里有现成的房子。我问盛涌清最近在做什么，他说到处跑跑，然后争取在一两年内完成他早就想写的那部《中国文学史》。我听了，不禁哑然。我问先生的在天之灵，盛涌清写出的中国文学史会是一部什么样的文学史呢?

分手时，盛涌清要我再好好想想，想好了告诉他，一辆黑色的小汽车在外面等着他。我早已不再想了，沈先生介绍我到内地去教书，他们夫妇已走了，也是去内地教书。

一天以后，又是在施高塔路的那家咖啡店里，我与文宛最后告别。文宛自小在上海长大，内地的艰辛是她所不敢也不能想象的。

三月，我到达捧场公学的时候，这个内地小城的旧城墙上已冒出了绿茸茸的青草，骆驼在下面伸出舌头舔着城墙。城墙有什么好舔的呢？我不明白。一年以后，当我再离开这里的时候，早已明白骆驼舔的是城墙下泛出的盐碱。

不知道窗外的那两棵石榴树开花了没有？我后来常常会梦见那座名叫捧场的内地小城，梦见捧场公学的比城墙还要高大的灰色围墙和围墙内的一些人，范文衷校长，马主任，贺大姐，于琴，杭世骥，伙房里的老罗，老赵，还有绰号叫“七寸”的万绍禹。不知道万绍禹为什么叫“七寸”？真名倒不常被人提起；不知道范文衷校长还当不当校长？他常有投笔从戎的冲动，可一身的慢性病又让他每每总是黯然神伤。我见过他深夜在学校食堂里的长条桌上挥毫泼墨，书写标语，一只手捂一会儿肝区，接着又移向胃部，脸色灰黄，时而又沉淀出乌云般的黑色。他是沈先生中学时代的同学，那年我提着两个箱子来到小城的时候，他亲自带着马主任和贺大姐来接我，还有一辆黄包车跟着，是专门用来载我的行李的。后来我才知道拉黄包车的那个人也并不是一位真正的黄包车夫，而是学校食堂里的师傅老赵，那辆黄包车也是范文衷校长临时借来的。范文衷校长安排我住在一个有天井和一段回廊的小院子里，院内青苔弥漫，窗外的两棵石榴树刚刚吐出嫩芽，我喜欢那个幽静的院子，那样的一种情景也不是从未离开过上海的文宛所能想象到的。不知道范文衷校长现在还每天煎服草药么？不知道贺大姐的伤好了没有？闻知她的一个儿子在江城做了日本人的翻译，她鞭长莫及又无可奈何，从此脸上很少有笑容，直到有一天险些用一把剪刀将自己刺死。不知道捧场的城门还剩下几个，我走的时候西门已经被炸塌，东门则是早就没有了，那里已是一片长满野花野草的原野，一些或明或暗的水沟镶嵌在其间，马主任每天从东门那一带赶到学校，都会带来一身的露水，晚上回去时又时常听到有嘤嘤的女声在野花下哭泣，只闻哭声，从来看不见人，马主任觉得自己的长衫的下摆被一只手拽住了，回头去看时，却又把他松开了。马主任说，有冤屈你就说，说说看，看我能不能帮得上。有风吹过来，四周的花枝颤动得比平日紧了几分。不知道汽车现在是否已开始从东门经过，那一带千百年来的僻静和神秘将从此被划破？不知道捧场开往楞严的小火车是否还在运行，是不是还是每星期一趟，沿途喷吐出白云般的蒸汽？不知道杭世骥的岳母和小姨子走了没有？不知道桃树湾破了没有？桃树湾若是破了，整个捧场小城就形同于一张纸。不知道于琴是否已去了延安？

捧场城里有一个公园，当地人常去，一家人带着孩子，几个朋友相约，据他们说里面好得如同人间仙境。我是爱逛公园的人，但捧场的那个公园我却不曾进去过。鲁迅先生一生不游公园，在上海住了十年，兆丰公园、法国公园，从来没有进去过，就连离家最近的虹口公园也从来没有进去过。春天的时候，我告诉他公园里的土软了，风也柔和了，他答应选个好的晴天去一趟，但只是想着而从未有做到。他说，公园的样子我是知道的……一进门分作两条路，一条通左边，一条通右边，沿着路种着点柳树什么的，树下摆着几张椅子，再远一点有个水池子。

我闭上眼睛一想，公园可不就是那个样子的么？几乎所有的公园都是那个样子的，捧场的公园想来也不会比上海的更出格。

在捧场的最后一个月——那时候并不知道那会是我在捧场住的最后一个月，还以为不知要住多久呢——我意外地遇到了方霞。有一天，我带着学生们在城里刷完标语回来，在学校附近，有人忽然挤了我一下，我未曾理会，继续随着学生们往校门里走，就在快要迈进门槛时，忽然听见有人在叫我的名字，叫声清脆，好听，未有捧场本地的口音。我停下来，转身看见一名头戴灰色军帽的女子，在我愣神的时候，她已扑了过来，伸手摘下头上的帽子，我突然叫出了她的名字，她就是方霞。算起来，我们最后一次见面竟是在好几年前的上海的景云里。方霞告诉我说，几个月前，她见到了沈先生，从沈先生那里知道我正在这里教书。昨日，她所在的抗敌宣传队恰好打捧场经过，她是特意来找我的，她希望我辞去这里的教职，随她一同走。这是白日里的事。

到晚上的时候，我已决定要跟她走了。我去向范文衷校长请辞，范文衷校长说，看见我领着学生们出去沿街刷标语，提着糨糊桶，他也觉得不是个长久的事。“你本应发挥更大的作用。”他说。又说：“你也可以随时回来，把这里当成你的一个家，学校的大门对你永远是敞开着的。”范文衷校长用宽厚的神情望着我，又有些不舍的意味。这一年多来，承蒙他的理解和关照，让我走过了一段还算干爽平坦的路，比我原先预想得要好得多，这已让我心存感激，对范校长，对捧场小城，对捧场公学的师生们，也让捧场这个从前闻所未闻的内地小城在我的心里逐日逐月地有了城墙般的厚度，有了一种能洇出水来的情感和浆果般的汁液。

在我的心里，捧场这个地方像一颗野草莓，在我的眼前垂挂了多日，在我的掌心里暗红了多日，如今，我要把它再放回原处，转身离去。

第二天，方霞来接我。抗敌宣传队住在城北的三义店。路上，方霞对我说：“我们的队长你也认识。”我说：“那怎么可能？”方霞说：“那怎么不可能？浦明佑，你难道会不认识她？”我说：“哪个浦明佑？”方霞说：“真的不记得了么？就是那个浦明佑啊，写过《黄水仙》，写过《城春草木深》的那个浦明佑啊。”听方霞这样说，我不禁有些惊异地啊了一声，我是真的惊异又惊愕，没想到会是这样，我以为的那个队长应该是个有着战斗经验的男性军人，却没有想到是个女的，还是个我所认识的女的。我说：“是她？”方霞点点头。我的眼前浮现出一个圆脸，皮肤白皙的南方女子，是的，那就是浦明佑，在上海住过几年，我与她见过几次，但未有说过很多的话，每一次的直觉都在莫名地提醒我告诉我，我们好像不是一条路上的人。记得文宛当时管她叫“生煎馒头”，我一直未有问过文宛，所以这么多年过去了，至今仍然不知道那是什么意思。

方霞说：“她如今已经不叫浦明佑了，现在叫叶放。”

我走在方霞的身边，我在想，这是为什么呢？

到达宣传队设在城北三义店的临时驻地时，浦明佑正在与捧场的县长以及当地的士绅们座谈。在一处三间房子连通的大店里，坐着捧场的县长以及二三十名当地的士绅们，众人的眼睛全都望着一个梳一头齐耳短发，戴一副黑边眼镜的正在讲话的女人，我确定她就是宣传队的队长，从前的浦明佑，今日的叶放。问身边的方霞，方霞说正是。看见她每讲完几句，即有座中的一位头皮精光的人离开座位，弯着腰，将要站起来而又没有完全站起来，说一句：“鄙人赞成。”赶紧又弯着腰坐下去。又见浦明佑点点头，眼镜晃一晃，接着又开始讲。讲不了几句，看见又有一个头皮精光的黑缎子的脊背兀地从后面拱起来，说：“鄙人赞成。”说罢以后，先前拱起来的那一部分黑缎子很快就又塌落下去不见了。

吃过晚饭以后，浦明佑接见了我，从她的神情上看，她显然也还记得我，两个人握了一下手，立即就又都松开了，我的心里不禁一惊，仿佛听见有一件清脆的器物碎裂到了地上。

浦明佑对我说，没想到能在这么个地方碰到你。又说，方霞大概都已经和你说过了，我现在的名字叫叶放，以后我们以同志相称，不要再用过去的那一套了。

我听了，如坠入云雾里：过去的哪一套呢？我想着，追溯着……她的警卫员忽然推门进来，给她送电报来了。我趁机走了出来。

天上没有月亮，只有一些散沙似的星星。

三义店的水井边上，有人正在吱吱扭扭地摇着辘轳往上提水，我闻到了马匹的气息和草料的气息，黑暗中又传来牛的低沉的叫声。演唱部的团员们正在练声，胡琴响着，竹板也在啪啪地打响着，一个男声用高亢的韵白念道："康汝伦啊康汝伦，天堂有路你不走，地狱无门自来投，我只道天无日，地无光，山无棱，水无涯，一生已注定，没想到你也有今天!"

抗敌宣传队离开捧场以后，我被分配到创作部，与方霞在一起。创作部的主要任务是根据实际需要和形势的要求，编写诗歌、快板、对口词、表演唱、独幕剧甚至多幕剧，看见什么，马上就要编好，进行演出。常常是要根据某一个地方最近发生的事情，稍作加工，然后直接搬上舞台，接受人民群众的检阅。人民群众喜欢的，继续改进，改进得让人民群众更加喜欢，喜欢得一日也离不了。人民群众不喜欢的，要推倒重来，错不在群众。

我接受的第一个任务就是创作一部多幕剧，是叶放亲自布置的，故事根据发生在顿县的一件真实的事情改编而成。有一个地主，没有子女，考虑再三，决定让他们的一个长工帮忙，与地主的太太住在一起，帮助他们生孩子。这个长工呢，已经觉悟了，接受了很多新思想，不再是过去那种长工了，所以他决定不帮地主这个忙。要是在从前，他会认为这是一件极占便宜的事，是一件想都不敢想的天大的好事，但是现在他已经不再那么想了，因为他有了自己的思想和主张，他认为这是一件很丢脸很恶心的事。就在这个时候，边区政府派来的工作队知道了这件事，于是，工作队便找那个长工谈话。工作队的老汤首先指出长工目前的这种态度，大方向是对的，爱憎分明，阶级意识非常明确，但再往细里分析就有点儿简单主义了，这其实是另一种形式上的主观主义和教条主义。老汤对长工说，地主自己没有能力，求到我们门上，让我们帮他生孩子，这正是我们开展工作的好时机啊！堡垒最容易从内部被攻破，这正是我们从内部分化、瓦解敌人的好时机啊！平时你去哪找这么好的机会呢？无论你帮他生几个孩子，名义上那是地主的孩子，实际上那些孩子是谁的？这事别人不清楚，你自己难道还不清楚么？地主的太太怀了孕，她怀的是什么？真的是地主的崽子么？当然不是，那是我们穷人的骨血、革命的后代，和地主一点儿关系也没有，将来长大以后也不会向着地主，因为他骨子里是我们的人，血管里流的是无产阶级的血。长工说，老汤同志，您今天算是来对了，您要是不说，我还真没有想这么多，这么远，我先前只以为不帮他的忙就行了，现在看来是不对的。经过工作队耐心的启发和教育，长工终于决定要帮地主的忙了。

长工说：“我生，我一定帮他们生。”

第四幕，长工在地主的带领下来到地主的卧房门外，地主高兴而又痛苦地朝舞台后面的黑暗中隐去。地主的太太在房中先做害羞状，后又做挑逗状。演出部的柴小莲提议说，长工来到地主的卧房外面，这个时候长工应该有一段咏叹调，借以抒发他内心的感受和对革命事业的崇高理想。柴小莲的这个提议立即就遭到了叶放的反对和否决，叶放说，咏什么叹！人民群众这时候不想听你咏叹，只想看你下一步怎么做。

几天以后，叶放对我拍了桌子，说我写的唱词根本不能用，快板词也不上口。又对方霞说："好好教教她。"说完，怒气冲冲地离去。

我看着她的背影，一丝悲凉和难过袭上我的心头。我注意到她的胯骨比在上海那时候宽了不少，从背后看上去，像是一位刚刚和丈夫生过气或正要赶回去救火的农村大嫂。

有一天，在去往朱城的路上遇到大雨，队伍到一个庙里避雨，我刚把被雨淋湿的头发擦干，叶放忽然打发她的一个警卫员来叫我过去。警卫员的头上顶着一片葫芦叶子，我跟在他的后面，走到大庙后面的一间平房里，看见叶放也正在梳头，身上穿着一件白布衬衫。警卫员从外面关上了门，听见外面的雨水打在树上，浇在屋瓦上，又看见窗外的水流成一道灰白的幕帘。好半天她没有说话，后来突然问我：

"你记日记么？"

我对她说，已经很久没记过了。

她说："应该把目前这样的生活和斗争经历记下来。"

看见她把手伸向领口，解开衬衫最上面的一道纽扣，接着又要再解时，那只手却忽然停在那里不再动了。不久，那只手出现了，拿起一把梳子。

又是好一阵没有说话，那把上面刻有小花的木梳子在她的头发里犁了一阵后，也不再动了，像是睡着了。她的一件上衣搭在一根竿子上。

“过去的那个浦明佑已经死了，”她忽然说道，“我已和她一刀两断。”

我看着她，极力想明白她的意思，但是却不能够。密集的雨声又不时地斜插进来，像是要把我从她的面前夺走，从这间年久的有着无数古怪气息的房子里叫出去，叫到外面的雨里。我想起了路上的泥，一种被叫作美人髻的花被狂暴的雨水打得零落难看，相貌凄惨，花瓣如累累的伤痕，在茫茫的雨雾里浮现，飘零。

自我进来后，她一直都是坐着的，这时，她却站了起来，慢慢地向我走过来，似乎在她的心里正默默地数着所迈出的每一步，我已经能看清她脸上的一些细微的东西了。来到我的面前，她用一种比平时略低的声音说道：

“ＸＸ要是还活着，你还会到这里来么?”

说完，背着手朝门口走去，又猛然伸手打开门，外面的雨顿时扬沙似的飘了进来，她的警卫员也突然出现在门口，湿漉漉的一个年轻人，她摆了摆手，重新关上了门。她回过头来，像是对我，又像是自言自语地说：

“不会的，一定不会的。”

我没有料到她竟会说出那样的话。我说：“你还有别的事么?”

她的嘴角动了动，像是要尽力地形成一丝微笑，却到底没有形成。

出了她的门，我眼里的泪夺眶涌了出来，似有万箭穿心。

又怕方霞看到，用手胡乱在脸上抹着，将泪水与雨水混在一起。我冒着雨回到前面的大庙里，方霞用一个搪瓷缸子端了半杯热水给我。演出部的人从神像前面拉起一道帘子，与这边隔开，不少人已经睡着了，还有的挤在一起小声地说话，小得如同米粒，在这间到处都挂满灰尘的千百年的旧殿里轻轻地滚动着。我和方霞坐在下面，我们的上面是一位看不清面目的仙人，从他的姿势上看，似乎正要登程到某一个地方去，却还未起程已落满了灰尘。

方霞让我把头枕在她的腿上。“我给你梳梳头吧，”她说，“这样的天气，头发里容易长虱子呢。”

“说不定真的已经有了呢。”我说。

“有了就好了，会受到表扬呢。”方霞说，“叶放说过，一个人头上身上没有虱子，什么也不能说明，只能说明他革命不彻底，一颗心，交革命一半，自己留一半。”

我低声对方霞说：“但愿她比我们彻底，身上头上全是。”

方霞笑得伏在了我的身上。不一会儿，我感到头上开始变得舒畅多了，方霞慢慢地用梳子在我的头上似在犁着，我仿佛又回到了小的时候。在山花烂漫的故乡，上坡，下坡。蘑菇打着小伞，浆果摇晃着，坡上的向日葵从我的眼前离去了，黑木耳悄悄地蹲着，优雅地有礼貌地站着，露水吧嗒吧嗒地从它的旁边经过，蝴蝶飞着……蝴蝶告诉桦树说：“有人趁你睡着的时候，剥走了你一块皮，最漂亮的那一块……”桦树本来没计较，可是一转眼，看见一个人一弯腰，它的一个兄弟就啊的一声倒下了。傍晚，蝴蝶都回去了，夜合欢叉开腿，香喷喷地出来了。磨坊里有了亮，桦树噔噔地来到磨坊门口，冲着里面说道：

“以后不准你用我的皮点灯……”

听着外面的雨声，枕着方霞的腿，我渐渐地睡着了，在一个梦里越走越远。

行军时，一头骡子的身上驮着两只箱子，其中一只箱子里装着叶放近年来所有的手稿。

鲁迅先生的原稿。在上海拉都路一家炸油条的那里用来包油条，我曾在那里得到过一张，是译《死魂灵》的原稿。我写信告诉了周先生，许先生听了很生气，周先生却不以为然。

两年以后，我住在丹霞村的一户中农家里，叶放住在一个叫雁湾的地方，在那里动手写她的《曙光》。几个月前，宣传队完成了自己的历史使命，宣告解散，大部分的人去了部队、机关和学校，方霞被派往苏北。

房东邓长顺一家希望我永远住在他们家里不走，据他说，这样才能让他们一家老小在村里挺起腰杆，做人做事也不会再常常觉得心虚，气短，遇到有麻烦时，有人就会忽然想起我来，说，算了，他家里还住着干部呢。就真的算了，就真的从他的旁边绕过去了，不好的事情就会绕开邓长顺一家而直接找到另外一户人家的头上。我在不知不觉中好几次帮助邓长顺一家人转危为安，化险为夷，这些我并不知道，都是邓长顺后来告诉我的，我只是觉得他们一家人对我照顾得比一开始的时候更周到更细致了。在邓长顺的妻子施金兰的眼里，我可能更像是他们家的一个菩萨，只要我在院子里一出现，她马上就会过来问我需要什么，山区妇女实心眼儿，一旦明白平安是怎么来的，便会一心一意如敬神一般对你，热切、感激，常常会没有次序地涌过来。我反而不太敢随意在院子里出现了。

之所以这样，是因为中农身份是一个十分危险的身份，稍一不慎，一有风吹草动，便会跌到另一个阵线里去，包括邓长顺在内的所有的中农都十分明白这一点。

“苏同志啊，你能住在我们家，是我们全家人的福气哩。”邓长顺对我说，“你没来以前，连燕子都不来我们家做窝哩，嫌我们家危险，靠不住呢。自从你来了，燕子也来了，前天我数了一下，房檐下一共有四个燕窝呢，有一窝已经出了小燕了。”

又说：“有时候半夜回来，看见你的屋里还亮着灯，知道你还在看书，写字，那时候什么也不想，只想着能不能煮两个鸡蛋，挤一碗羊奶，给你送过去，可想来想去又怕把事情做得过了头，落下一个贿赂干部的罪名，害了自己，又连累了你。”

我对他说，我在这里住得很好，一切都很满意。至于他说的什么半夜里送鸡蛋送羊奶，我也以为极其不妥，告诉他千万不可那样做。邓长顺认真地听着，连连地点着头说，我懂，我懂，我不会把事情做坏的。

吃饭时，吃到碗底，会忽然看见一个鸡蛋静悄悄地埋藏在下面。

邓长顺七十多岁的老娘看见我，也是除了客气就是感激，她对于女人出来做事，当干部，写作，打仗，开会，尤其感到惊奇，无限的不明白。回想自己那一辈子，回想那时候的女人，她有许多解不开的事情，时至今日，也都成了一个又一个的谜团。眼里常有雾蒙蒙的东西驻留不去，孤独，困惑，陌生，多年以前的那时候她们都在做什么呢？丹霞村第一次开斗争会的时候，街上响起锣声，她以为是来了戏班子，搬着一个小板凳出了门。

很多人羡慕邓长顺，尤其是那些与他有着同样身份的中农们，成分都是一样的成分，邓长顺仿佛揣上了护身符，而他们却像是后娘养的，不好的事情常常会像流星一样在他们想不到的时候突然栽下来，一头栽进他们的家里，家马上就不成个家了。从地主富农们的头上溢下来的东西也会直接而自然地流到他们的头上，也只能流到他们的头上，不往他们的头上流，又能往谁的头上流呢？再也不会流到贫雇农们的头上去，可以说非他们莫属。感到憋气和不公的中农们猛然发现，和他们有着同样身份的邓长顺实际上比地主富农要可恶得多，也更万恶得多！对于中农们来说，地主和富农实际上是他们的几堵挡风的墙，当有运动来了，有灾难来了的时候，首先受到冲击的就是地主和富农，灭顶之灾也由他们来承担；而运动要是不扩大，不延伸，只在地主富农们那里做文章，打转转，从地主富农们那里开始，又在地主富农们那里结束，中农们就会一直平安无事，有地主富农在那里替他们顶着，挨着，中农们一般来说是安全的；要是地主富农都死了，那就又是另一回事了。

一个名叫包文太的中农私下里对另一个名叫蒋百顺的中农说，不要盼着那几户地主富农死，相反，我们还得要保佑他们一直活着，好好地活着，长命百岁地活着；有他们在一天，我们就不至于太坏，他们要是死了，对我们这些人可是一点儿好处也没有，他们一死，就把我们都露出来了，等于把他们的麻烦如数地留给了我们，拔了毛露出皮，唇亡齿寒哪。

而邓长顺就不一样了，当运动扩大，从地主富农们那里洪水一样来到中农们这一层时，作为中农的邓长顺基本没出过事，等于是把事情全推给了别的中农。

终于有一天，中农们再也憋不住了，十几户中农联合起来，去找村干部，去住工作队。他们说，干部是党的干部，是大家的干部，不是哪一户人家的干部，不能由某一家人独自霸占着，应该按月轮流着到每一户人家去住，这样更便于开展工作，更便于了解全村每一户人家的情况，更便于紧密地联系群众。

工作队的彭队长一听，拍着自己的头，恍然大悟地说，啊呀！中农们说得对呀，说得好啊！我们怎么就没想到这一点呢？

于是，工作队就来找我，让我从邓长顺那里搬出来，先到那些中农们的家里轮流住一阵，然后再轮流到别的人家。彭队长说，全国马上就要都解放了，这个时候，尤其不能挫伤广大人民群众的积极性，不能因为一户人家而伤害了一大片。我们干革命是为了什么？就是为了大多数人民的利益，只有大多数的人民群众满意了，我们才敢说我们是做出了一点成绩的。

我离开邓长顺家的那一天，邓长顺、邓长顺的妻子施金兰，还有他们的两个大一点的孩子，全都哭得满脸是泪，而哭又都是在小声地哭，憋闷无比地哭着；一是怕村里人和工作队听见，二是怕住在厢房里的邓长顺的老娘听见，邓长顺一直都没敢把我要搬走的事实告诉他的七十多岁的老娘，他怕这不幸的消息会让他的老娘承受不住打击。处于万般难过中的邓长顺依然是个细心的人、孝顺的人，他特意叫来自己的一个侄女，专门去那间厢房里陪着他的老娘说话，哄着，瞒着，拖延着，目的只有一个，就是不让他的老娘突然从里面出来，不让她看到我带着行李从他们的院子里搬走的情形，不让她看到她儿子一家人正在唰唰地流泪，在长一声短一声地叹气。施金兰甚至出现了昏厥前的迹象，我让邓长顺好好照看她。

我对邓长顺说，这事要正确理解，不能硬钻牛角尖。

邓长顺抹了一把泪，对我说："苏同志啊，我懂，我也理解，我知道有人一直都在眼红我，他们说的也对，换了我，我也会和他们一样的。"

在邓长顺的街门外，一户姓董的中农已经接我来了，他们早早就来了，一直在外面等着，又不敢进院子里，怕与邓长顺一家冲撞起来，他们只求顺顺利利地把我接走。我从里面刚一出来，董姓中农的儿子，一个十五六岁的半大孩子，接过我的行李，扛在肩上，飞也似的就朝他们家跑去了。这个中农叫董卓然，读过几年私塾，那次十几户中农联合起来去找工作队，就是由他发起并带头的，那一套连工作队也不得不折服的理由也是由他陈述出来的，工作队的彭队长称赞他有相当的政治觉悟和政策水平，具有培养前途。但是，我没有想到，董卓然在某些方面会比邓长顺更让我感到不安。

有一天，夜已经很深了，我放下手中的书，看到外面月色很好，又听到隔壁的屋里和院子里一片寂静，决定到院子里去走走。推门出去，看见门口的那一边站着一个人，吓了我一跳，仔细一看，正是那天扛着我的行李飞奔而去的那个孩子，手里握着一柄两股的叉子，叉子略高于他。我问他站在这里干什么，他先是不肯说，把嘴紧紧地闭着，眼睛越过我的肩膀看着对面的街门和院墙，后来看见我没有要离去的意思，才说："我没有发出什么声音啊，怎么把您吵醒了呢？"

我说："你不回去睡觉，站在这里干什么呢？"

他的脑子里飞快地斗争了一会儿，小声地说道："不能睡呀，我爹让我们给您站岗呢。"

我吃了一惊。"你一直就在这里站着？"

“我才出来。”他说，“前半夜是我弟弟，后半夜是我。”说着，眼睛向他的旁边瞟了一下，那里立着一杆红缨枪，是他弟弟的。

“你不困么?”

“才出来的时候有点儿困，这会儿已经不困了。”

“快回去睡觉吧，明天我和你爹谈。”

他不回去，可是看见我有些生气的样子，他把手里的那柄叉子又立到窗户下面，回去了。

我在院子里站了一会儿，觉得月色已不像未出来前看到的那么好了，很快也回到屋里。

第二天，董卓然从地里回来以后，我叫住了他，我说了昨夜见到的情景，我的生气写在脸上，又映在话里，让他一看就明白。我对他说，你要再让两个孩子那样，今天我就搬走。又问他：“你是他们的后爹么?”董卓然说：“不是的，我是他们的亲爹……我只想表达一点我们一家人的心意，却没想到做错了……那就不让他们站了吧。”

这天深夜，我又推门出来，看见院子里果然没有人了，那柄亮亮的叉子和那杆红缨枪靠在一起，立在窗户下，像是一对兄弟。满树的梨花开了，庞大，肥嫩，开得急迫而又从容。我站在树下，想起了数年前在日本居住时的情景，常常也是我一个人，也是满树的雪白。我们的这个民族是个病态的民族，而隐藏在樱花深处的那个民族则更甚，满街响着木屐的声音，想到街上走走，路又不认识。窗外的树声，如家乡田野上抖动的高粱，青蓝的天空，好像家乡六月里广茫茫的原野。他们的生活一点自有也没有，人人都工作得像鬼一样，所有的房子都像是空的，歌声是没有的，哭笑声好像也没有，一到夜里，房子都黑了，灯光关在板窗里。

有一天，董家的那个六七岁的孩子突然不见了。

第二天，有人在梁上的一个土洞里发现了那个孩子，已经死了，脸上是灰白的，脖子是青紫色的。我听了，心里不禁一惊，听到有噔噔的锣声在心里响起。

案子很快就破了，杀害孩子的人是邓长顺，我的担心得到了暗合。邓长顺很快就被执行了死刑。

又有一天，我在丹霞河边遇到了正在那里洗衣裳的施金兰，我本不想问什么，但在她的身边坐了一会儿后，还是忍不住问了。我问施金兰，邓长顺为什么要那样做？施金兰说，他其实什么都明白，可就是觉得咽不下那口气。你后来没见过他，整个人瘦得像一根柴火，脸上只剩下两个眼睛还在骨碌碌地转。

这年冬天，我离开丹霞村，随同大批干部进了城。一路上看见一些光秃秃的树，不知是死了还是活着，看见白色的鸭鹅和进城的部队，马匹在铁道旁边吃草。车过一个小站，看见窗外平地上隆起很多坟墓，远处有乌鸦和奇怪的大鸟飞着。

转眼梨花又开了，上一年梨花开的时候，我还在丹霞，住在董卓然的院子里，今年梨花再开的时候却不是了。我住的地方没有梨花，须走过一大片平房的院落才能看见，在雾里，梨树隐隐地发着白色。我住的地方有一棵不知是什么树，常有黑红的东西从树上垂下来，垂的高度和人的身高差不多，有人从树下走过时，那东西又悠的一下提上去了；也有来不及提上去的，或是人在下面走得过快，会碰到人的额头或颧骨。我问附近的一位婆婆，婆婆回答说："是吊死鬼儿。"从来也没有走近前仔细看过，自打从婆婆那里得知它的真名实姓后，就越发不敢再过去了，至今都不知它长得是何等面目。

一个叫小郑的年轻人来通知我去开会，在一个阔大的礼堂里，我去时已坐满了人，放眼望去，竟没有看到一个我认识的人。礼堂里嗡嗡的，看见很多人都在兴奋地说话，又用手比画着，却不知他们在说什么。别人彼此都是熟识的，只有我是生的。

我问旁边的一个跷着二郎腿的男人："为什么还不开会呢?"

他用眼睛白了我一下，说："领导们还没来，我们开什么呢?"

我又问："领导在哪里呢?"

"在后台。"他说，"先开小会，小会完了才能出来开大会。"说着，奇怪地看了我一眼。问我："你是从国统区来的吧?"

我想告诉他，我不是从他说的那个地方来的，可是，他已不听我说什么了，已坐得板正笔直，两眼望着主席台上了。那上面不知何时已有了一排人，坐成一条直线，仿佛木匠用大号的墨斗拉出的一条黑线。我忽然看见叶放坐在其中，她隔过去几个人，又忽然看见商英……尽是些让我惊讶的人。叶放作为领导，坐在那上面，我不奇怪，她本来就是那样的人。可是，商英难道也是了么?

开过会几天以后，又是那个叫小郑的年轻人，拿来一张表格让我填写。他说，先把自己的志愿写出来，上面会尽可能地根据每个人的志愿安排工作。我填了创作。

此后几十天无有下文。再见到那个叫小郑的年轻人时，他说，您那个还没有消息。我问他，所有的人都没有消息么？他说，大多数人都有了结果。我没有再问他，因为他说他已不再干跑腿的事了。

夏季里的最后一天，我被通知到图书资料室工作。

我来之前，图书资料室已有了三个女人，一个在织毛衣，另外两个在翻书。一个月以后，两个在织毛衣，只剩下一个还在翻书。两三个月以后，三个都在织毛衣了。没有仔细注意过她们所织的毛衣的颜色，印象中好像有黑的，灰的或红的。那个叫孙中华的女人，时常把半件或毛衣抱在胸前，远远看去，像是抱着一只兔子或鸽子。

有一天，无聊至极，我一个人跑到北海去坐了两个钟头。

近来又恢复了夜里骇怕的毛病，惊醒之后就是不间歇地咳嗽，咳嗽过后，反倒不再骇怕什么了。一个人躺在黑暗的屋子里想着，就算是鬼来了，真的走到我的床前，也定能够与之从容面对，直到最后使其悻悻离去。

想起一张画，也许是一个梦，一个小孩睡在檐下，从旁边来了的大概是她的母亲，在栅栏外肩扛着大镰刀的大概是她的父亲，那屋檐下方块的石头的廊道，那远处微红的晚天，那茅草的屋檐，屋檐下开着的格窗，那孩子的小腿，真是好啊！看到那小孩就像看到了我自己，我小的时候就是那样的。

C先生某一天突然来到资料室，他也是那天开会坐在台上的领导人之一，他上楼来找一种资料，推开门，看见我坐在冷冷清清的三楼修补一本旧书，C先生问我在这里做什么。我告诉他我就是在这里工作，他听后大吃一惊，当即就说要调我到出版社去，我拒绝了。不知道我这一生为什么总是拒绝。三楼没有椅子，也无法请他坐，C先生就那样站着，突然骂起了叶放。骂了几句，又突然问我读了叶放的那本《曙光》没有。《曙光》目前正广受赞扬，除了瞎子，眼睛本身不做主，看过的人实在太多，大家都说好。C先生愤愤地说，没有灵魂。可是，我倒不这么看，我却认为《曙光》也是有它自己的灵魂的，那灵魂自始至终透着两个字：讨巧。一路山山水水地过来，她的意思也非常地明显、昭然。不过，我并没有对C先生说这些。看见他，我猛然想起了十几年前的一个上海的傍晚，C先生匆匆地来了，拿出两瓶胃药让我转交给周先生，之后，他又匆匆地离去，搭船去了香港。我没有提起这些，他好像也早把那一切全都忘了。

重阳日，饮了他们的菊花酒，吃了他们的菊花糕，与老裴、秀梅夫妇各谈话一个多小时，原以为这是一个美满的家庭，原以为这是一对没有缝隙的夫妻，却不料他们彼此也都有各自的痛苦。我真是奇怪，谁家都是这样，这真是个发疯的社会！女人在恋爱的时候，总是会昏了头，忘了民族，忘了国家，不顾一切地直奔那个人的怀抱，组成家庭后却又是这样，回想当初的一路狂奔，犹如猪羊直奔屠户门……

时常在报纸上看到二先生的文章，全都是些不疼不痒的东西，我真怀疑他写这些东西仅仅是为了一周的米钱或酱钱，或是别的什么。政府号召节约，他就写节约，写豆腐如何比肉好吃，豆腐的若干种烧法，油煎不如水煮等等。说起苍蝇不好，不讲卫生，他就能把苍蝇的三姑六婆，十八代祖宗全都考证出来，证明它们这一族从来就是坏的，自打从进化成苍蝇的那一天起，就从来没做过一件好事。谈到建设，他竖起大拇指称赞钢铁和大烟囱，钢铁是多么的伟大、有力，大烟囱是多么的好看、美丽、雄伟、壮观，仿佛他本人竖起的那个大拇指就是一个大烟囱。黄包车消失了，他就写黄包车如何的不好，如何的跟不上时代的潮流，都是平等的人，为何你拉我坐？三十年前他断不会这样写。如今他抛却了一切的情调和趣味，重在强调作用，强调有用、合辙，与时代合辙。隔一段时间，还要在文章中把他的兄弟请出来，为他着色，为他上光，我顶反感他这一点，做人何以如此？

于今，文学于我而言，早已是一个残缺颓败、模糊不清的旧梦，且愈退愈远，愈远愈浅。可是，文学于他二先生而言，又何尝不是如此？但他有办法能让它变成一种混饭吃的营生，这就是他。

我曾在那一带远远地徘徊过，但没有去看过他，原本就不是去看他的。

星期六从饭馆里出来，竟没有跌倒，回想着吃下去的东西，竟有一种服毒的感觉。

看见一个黄头发的女人从旁边走过，忽然想起了玛丽亚，小时候住在我们后街上的一个白俄女子，肥胖，贪吃，喜欢一个人跳舞，其实更喜欢有人带着她跳，因为没有人带着她跳，所以只能一个人跳。祖父常问她："玛丽亚，为什么要到我们国家来呢？"玛丽亚就学着街上那些妇人们的样子，把嘴一撇，说："混饭吃呗！在哪里不一样？在哪里不是吃了睡，睡了吃？"祖父的胡子笑得翘了起来。这话其实是她那当马车夫的父亲常挂在嘴边的，她也是听来的。玛丽亚不到二十岁的时候得了肺病，想回去没有回成。我第一次听说肺病就是从她那里知道的，感觉是一块黑硬的锈了的铁皮，微卷着，每夜都会有一些蚂蚁似的碎渣掉下来，这就是我对于肺病的概念和印象，至今犹是，没有人告诉过我，也无有人强加于我，完全是我一个人想象、整理成那样的。

又是一个灰蒙蒙的午后，我用一块蓝布包了两本刊物和几十页原稿，到城外的官道上去烧。

烧前，先写了他的名字。

刊物是几年前的刊物，里面有我的两个短篇小说，都是在他逝世以后的几年间写的，他当然没有看过，想烧给他让他看看，看看我有无长进。说来又伤心，写好的原稿也想烧给他，让他改改。

想说“往后恐怕不能够多写，甚至再写了”，又不敢说出口。

刊物冒起青烟和白烟，火着起来的时候，眼里的泪止不住地流了出来。官道上没有人，漆黑的燕子似的纸灰载着我的思念和绝望向灰蒙蒙的远处飞去。

这年冬天的时候，我的肺病加重了。未知玛丽亚当年是否有这样的感觉，我的感觉是那块黑硬的锈了的铁皮又重新出现在我的身体里了，微卷着，不知被谁狠狠地用力敲了一下，我疼得要命，感觉无数蚂蚁似的碎渣在那重重的一击下纷纷扬扬地掉落了下来。

我蜷伏在床上，屋里没有别的声音，能够微微地看清一些轮廓，窗帘、椅子，我的那口跟着我南来北往的旧皮箱。茶壶为什么没有叫起来呢？我分明看见里面的水早就冒了气，是一个冬日的黄昏，我靠在祖父的膝前，祖父拉拉我的小辫，又摸摸我的头，说：

“快快长罢，长大了就好了。”

我想告诉祖父的是，大是早就大了，好却几乎从未有过。

一闭上眼，又看见蜂子和蝴蝶在后院里不知疲倦地飞着，绿草、白云，玫瑰树香得让人躺在它的下面直打瞌睡。刚想睡一会儿，又听见两个叫油子在吵架，都躲在那绿草里吵，谁也不先跳出来。我慢慢地将一只手从眼睛上移开，仔细地瞄了一会儿，我断定在金百合的下面有一只，我是从金百合颤动的样子上推断出来的，另一只却不知躲在哪里，看了半天也始终猜不出它的准确位置。我掏出我的小洋刀在就近的地上掘着，想起母亲死的时候，人说她以后就不会再回来了，我却不能够懂得，用小洋刀和母亲换算以后，才终于能够懂得了。我拿着小洋刀去问玛丽亚：“小洋刀丢了以后从此就不再回来了吧?”玛丽亚说：“那当然，那是肯定的，丢了就再没有了。”听玛丽亚一说，眼里的泪哗地一下就出来了。玛丽亚说：“哭什么，不是还在你的手里么?”我不是哭小洋刀，是哭母亲，终于明白她从此是真的不再回来了，尽管她对我很不好。草根被掘出来了，忽然听到墙外有人咳嗽了一声，赶忙把草根埋好。青蓝的天空里没有一丝云彩，一些影子在墙上趴一会儿，又站起来走一会儿。

旧历年年底的一天，我挣扎着出去了一趟，平时不长的一段路走了一个多钟头。我买了一棵酸白菜，准备给自己包一次酸菜饺子。乌鸦在光秃秃的树上站着，头顶上的电线在寒风里嗡嗡地响着。忽然想起十几年前在上海吃酸菜饺子时的情景，周先生吃完规定的数目后，举着筷子，问道：“我再吃几个么?”

远处忽然有爆竹炸响，我像是被从梦中惊醒后一样，身上一阵寒冷。回到家门前，要上台阶的时候我却再也上不去了，抬起一只脚，试了几次都没有上去，我在台阶下站着，看着近在咫尺的家门，喘得越来越厉害了。想把那颗带着冰碴子的酸菜抱在前面，却没有提起来，觉得它重得如一块顽石。最后一次试着抬腿往上迈的时候，突然倒下了。

我就那样躺在台阶下面，从此再没有起来。

很久以后，陆陆续续地有几个人围了过来。

深夜，两名戴着口罩，身穿蓝色大褂的殡仪馆的工人把我抬走了。

没有一个人来送我，没有一声哭声，连一朵纸做的小花也都没有。

第八章

屈文秀是一个喜欢留长头发的姑娘，可是她却是剪着一头短发，脖子、耳朵下面的部分都露在外面，显得很难看。一双手也十分的粗粝，完全不像是一个姑娘的手。

“眼看别人都剪了，”屈文秀对我说，“周围所有的人都把头发剪短了，连电影里的人都剪短了，你要是再不剪，那哪能行呢，一看就是个落后分子。”

我是在一座很窄的小桥上遇到屈文秀的，她说我长得像她的一位姑姑。我对她说，那你以后就喊我姑姑吧。屈文秀立即高兴地答应了。这么一句平常的话，对于十八岁的屈文秀却有着不寻常的鼓励和温暖，我看到她的眼里有泪花在闪现。

我问文秀是怎么死的。

文秀说：“姑姑啊，文秀是活活被累死的。”又说，“我才十八，按道理根本不是死的时候，一个人十七八、十八九，哪能那么容易就死了呢？除非意外，除非是那种治不了的大病。”

我们家成分不好，一家人都在别人的面前抬不起头来。文秀说，我们要是没有吃的了，从不敢去向别人借，觉得没脸去向别人张口，有的人心里想借也不敢借给我们。冬天下了雪，我爹想上房去把房顶上的雪扫下来，没有梯子，明知道隔壁的人家里有梯子，而且那梯子原本就是我们家的，是他们分财产分去的，我爹也知道不能去问人家借，一借又会借出别的事情来，那麻烦会比没有梯子上房更大。我爹就先想办法爬上墙头，然后站在墙头上，抓住房檐，再一点一点地往房上爬，有一次眼看已经爬上去了，就剩两只脚了，不料身下的雪一滑，一下就又倒退下来了，直接摔到了院子里。这是在自己家里。到了外面也一样，人多热闹的地方，他们从不敢去，去了很快就会显出你是一个明显的外人，一个哪一头都不如别人，低人一等甚至几等的人。那还过去干什么哪？让人鄙视，让人笑话，还不如就囚在自己那个家里哪儿也不去呢。我的两个哥哥，都到了结婚成家的年龄，可一直说不上对象，连媒人都不上我们家去。姑姑，不是因为我是他们的妹妹，就没原则地吹嘘他们，把不好也说成是好；两个哥哥都长得眉清目秀，他们要是生在别的人家，孩子肯定都会满地跑了，可生在我们那个家就不行。谁愿意让自己嫁进一个在别人面前抬不起头来的家里呢，那不是睁着眼睛往火坑里跳么？我的弟弟妹妹，到了该上学的时候，学校也不准去上。我上过几个月，那时候不知怎么宽了一段，后来忽然又紧了，紧得针都插不进去

好不容易我长大了，我就开始想，我得为我们这个家出一点力，改变改变我们一家人的处境，再这样下去，那我们这一家人就真的再没法活了，越活越出溜，越活越不像一家人。心里立定这个主意以后，我就开始拼命地给公家干活儿，多苦多累的活儿我都不怕。我们那种家里的孩子，又是村里的，不去

用自己的身体苦干，还能有别的什么翻身的办法呢？我干活儿不和女的比，因为她们根本比不过我，我只和男的比。推土，男的一天一个人推四十车，我就推五十车；挑粪，他们挑二十担，我就挑三十担、四十担。回到家里，吃两个玉米，喝一瓢冷水，接着再去干。

有一天，我推了六十车土，把那些男人们也都吓住了，都过来劝我不要再推了，再推下去要出人命了。有的把我的推车推到一边，藏了起来。

他们说："停停吧，我们服了你了，都不如你哩。"

晚上回家的路上，步都迈不动了。离家还有一里多的时候，下面突然开始流血，血顺着两条腿在裤子里唰唰地往下流，我低下头，看见我的脚已经被染得黑红。我怕别人看出来，急忙蹲下，把两条腿紧紧地夹住，我想等天再黑一会儿再回去，这样，别人不会看出来，家里的人也不会发现。同时，我还以为只要把两条腿紧紧地夹住，就能够止住血，不再往下流。

我就那样蹲在路上，两条腿使劲地往一起挤。有人过来时，我就把头低下去，脸贴到腿上，不让他看见我是谁。

后来，天终于黑得什么也看不见了，我放心了，开始站起来慢慢地往家里走。进了院子里，没有往人住的屋里走，先直奔一间堆放杂物的房子里，找棉花找不到，只找到一件破棉袄，用牙将棉袄上的针线咬开，掏出里面的又干又硬的土烘烘的旧棉花，垫进裤子里面，再用腿夹住。棉花虽然旧，但我知道它能吸水，再没有比那更好的了，我想不出还有什么能比棉花更吸水的东西；那时候，就算想出一种什么，家里也指定没有。

按道理，头一天流了那么多血，第二天应该在家里躺一天吧？可是我没有，正在关键时刻，我怎么能在家里躺着呢？第二天一早我又去了。我也没把流血的事告诉家里的人，告诉了他们有什么用呢，他们知道了又能如何呢？那天夜里，等家里的人都睡着了以后，我悄悄地起来，摸黑洗去了腿上的血。又从一个包袱里摸出一团半新的棉花，本来是想找点旧布的，没敢想会有棉花，却意外地摸到了一团软软和和的棉花，还是半新的！那一刻，我简直高兴死了，高兴得差一点儿喊出来！老天爷也在暗中帮助我可怜我呢，心里远远地想了一下棉花，真的就有一团棉花在那里悄悄地等着我呢，那不是老天爷放在那里等我拿的么？我把那一团软软和和的云彩一样的棉花垫上，两条腿试着夹紧一下，又松开一下，感觉真是舒服极了。黑暗中，我的脸上露出了笑容。

接着，我又找出一条黑颜色的裤子，心里想，第二天要是再流血，也会有这黑颜色的裤子遮挡着作掩护，别人是看不出来的。

我又出现在工地上的时候，我的苍白的脸色一定把迎面过来的一个人吓了一跳，我从他的身边走过去了，他却停住了，还在回头看着我。

这样拼命地干有没有用？当然有用了。先是那些亲眼见过我干活儿的人们在私下里说，在他们各自的家里吃饭的时候说，在树下乘凉的时候说，说我是如何的能干，村里任何一个男人都不敢和我比，自从盘古开天地，还没见过这么能吃苦的女子。慢慢的，村里的干部们也开始互相议论，说："贫下中农的子女又能咋样？有些贫下中农的子女完全是些不成器的癞皮狗，男的像无赖二流子，女的像泼妇。"虽然没有直接当面夸我，但那意思已经是在表扬我了，有意识地贬低那个，就等于是在有意识地抬高这个，世上的事，不从来都是这样的么？世上没有无缘无故的爱，也没有无缘无故的恨，没有明说，但意思都已经在里面了。

后来，有县里的干部开始当着众人的面直接表扬我了，屈文秀同志如何如何，指名道姓地表扬。县里一开口，公社的人也开始表扬了。县里一开口，公社一开口，就有别的村里的人来向我学习经验，由他们的团支部书记或妇女主任带着。面对他们，我不知该说什么好。我对他们说，经验没有，非要说有，那就只能是不怕苦，不怕累，别人推二十车土，我为什么就不能推四十车呢？咬咬牙，就真的推出来了。听了我的话，龙胜的一位妇女主任说："说得多好啊！又谦虚，又实在。"又对她领来的那些同村的姑娘们说，"你们听听，都要记在心里。你们就知道要穿好衣裳、恋爱，恋爱有什么用？能有什么好？恋爱的直接后果就是结婚，结婚的直接结果就是有孩子，有了老大，接着就会有老二老三老四，一个接一个地生孩子，等生完这些孩子，你们也就都完了。还能干什么？什么也不能干了。"

村里的干部们一看，哎呀，这不对呀！县里和公社都表扬了，外地的也来学习了，人是我们村里的人，我们要是再一直继续装聋作哑，一声不吭，那就真的说不过去了，那就太没有良心和眼色了，别人会笑话我们。这样，村里也开始公开地表扬我了，平时说，会上说，喇叭里也说。再后来，报纸上也写出了我的事迹，还有我的头像，不是照相，是一个人照着我的样子画出来的：一个剪着短头发的姑娘，脖子上搭着一条白毛巾，张开嘴笑着——那就是我；在我的身后，有无数面红旗正在迎风招展。

姑姑啊，人其实能够承受得住打击和挫伤，却很难承受得住别人的表扬，表扬和称赞不知要比打击厉害多少倍呢！我后来觉得表扬一个人，就像是把那个人放到一个风口上或很高的地方，你在上面站着，大家在下面看着你，不断地给你叫好，鼓掌，“再往上，再上去一点，好！”你只能一直往上，却不能再下来，大家那样看着你，你有脸下来么？

又觉得表扬很像是一种慢性的毒药，能够一点一点一小勺一小勺地把你吃死。它最厉害的地方就是，每次给你吃下一点点，你都会觉得很可口，很舒服，要是不舒服，你也就不会再要，不会再吃了，它厉害就厉害在这一点上，要命也要命在这一点上。

这样一来，我就没有退路了，只能接着往前走，往上走，我比以前干得更多了。有一天，我整整推了八十车土，把在场的人们都吓得说不出话来，好话坏话都说不出来了。

晚上，我坐在地上，一动也动不了，只看见天上的星星正在哗哗地往下掉，往下落，沙子一样，满天的星星，纷纷扬扬地全掉下来了。

我的弟弟妹妹被准许到学校里去上学了，校长和老师亲自去我们家叫的。爹娘也敢到人前去了，也敢在人前开口说话了。我们家的门楣上方有了一块写着“光荣人家”的牌子。公社来给我们家挂牌子的那天，好多人都涌进我们的院子里，都来帮忙。好多年了，自从被分完浮财的那一天起，我们的那个院子里再没有来过那么多人。一个叫龙王的人，主动地拿起扫帚，扫起了院子。一位干部对他说，这么多人，你扫什么？不能等一会儿么？名叫龙王的人放下扫帚，咧开嘴笑笑，很快又从地上捡起一块砖头，小心地放在墙头上。我记得有一年，父亲从外面回来，脸上又是瘀青又是血，就是被这个叫龙王的人打的。第二天，我领着妹妹从龙王的家门前路过，龙王正在扫院子，看见我们两个小孩子过来，突然发力，把地扫得像刮大风一样，我的身上头上落满了灰尘，再看三岁的妹妹，成了一个从土里刨出来的孩子。

在所有这些变化中，最让我高兴的是哥哥们的婚事终于开始有希望露出来了。有人开始给我的二哥提亲了，尽管大哥还没有，但这已经迈出了一大步，像一条开始消了的冻河，已经和原来不一样了。我想着，照这样下去，用不了多久，大哥也会有的。

“有一天早上，媒人领着二哥到十几里以外的一个地方相亲去了。”

“成了没有？”

“不知道。他们是早上走的，晌午也没回来。到那天半下午的时候，我已经死了。”

“是在地里么？”

“是。我推着装满土的车子，模模糊糊地好像看见二哥领着一个女的回来了，我就停下来看着，看着看着，眼前就黑了，整个世界也漆黑一片。”

“很担心他们的婚事吧？”

“担心也没用了，我再也帮不上他们了，看他们自己的命吧。”

好几年，文秀一直和我在一起，记不清我们说过了多少话，每到一个地方，文秀都会觉得十分的新奇。见到衣着艳丽的女子，她都要呆呆地看半天，看过后就默不作声地站在我的旁边。我知道她的心思，我常对她说，你也很好看，一点也不比她们差。听到我这样说，她说，姑姑是在笑话文秀吧，我哪能好看呢？什么都没见过，只知道推土。

我知道她十分地不放心她那个家，很想回去看看，可又怕给家里的人带去麻烦，让一家人重新在村里抬不起头来，那样一来，她此前所做的一切，所受的苦和罪也全都白瞎了，她自己也白死了。尤其是两个哥哥的婚事，如若正处于进行的当中，完全也会因为她的潜回而半途而废，谁敢往一个成分不好又闹鬼的人家里嫁呢，那嫁过去图什么呢？就算她回去后一声不吭，也难保不会有一种阴森森的气息让别人感觉到，所以她一定不能回去。她说他们那里有的人就管不住自己，死了以后还要常回去，借别人的口说自己的话，啪啪地扔东西，不仅让全家的人跟着遭罪，就连周围的人家也都变得阴森森的，天将黑未黑就关了门，半夜里听见外面有嘤嘤的哭声，听见声音在微弱地叫名字，在不连贯地诉说一些藏头露尾的事情。

看见山坡上开着的红的、黄的、蓝的野花，她说，我们那里的人们常用这几种颜色的花染布，染衣裳，捣碎了，放进水里煮，衣裳也放进去……花在山坡上长着的时候，总以为用它染出来的东西一定好看得不得了，及至花采回来以后，也还是那么认为的，只有等真正染完以后才知道不对，不是原来想的那样的。

又过了一年以后，文秀走了。

那天，她悄悄地来到我的身边，对我说：

“姑姑，我要走了。”

说着竟哭了。我对她说，以后再不要那么拼命地推土了，将来无论做什么，都用不着去拼命。她一边哭一边点头，说能遇到我，在她看来是一件了不得的大事，以前想也没敢想过。

文秀是黄昏时分离去的，到深夜时，我听见附近有走路的声音，走一会儿，又忽然不走了，像是停下来朝四周打量，又像是在思索一件什么事情。过一会儿，听见又走开了，还是先前的那种细碎而犹豫的声音。

于是，我问道："文秀，是你么?"

没有回音，连走路的声音也立即没有了，像是被我的声音吓跑了。

"文秀，是你么?"

"苏同志，你还认识我么?"

这不是文秀的声音，我一惊，看见一个披头散发的女人慢慢地朝我走过来，看上去她似乎更容易受到惊吓。她来到我的近前，用手把脸前的头发分开。

"真的不记得我了么？我是资料室的孙中华。"

她把头发往后一抿，我想起来了，资料室里三个织毛衣的女人中的一个，那时候她的头发就是朝后去的，经常在织一件灰毛衣，远远看去，总以为她的胸前抱着一只兔子或鸽子。看见她，我有些意外，想想从前几乎没有与她们说过什么。

然而孙中华却是十分热情的，看见我，就像见到她的一位亲人一样，不分次序地把一些事情说给我。她说，别看我们每天坐在那里织毛衣，其实我们也并不傻，心里什么都知道。你当时一来了，我们就看出你和我们几个是不一样的，我们还明白，把你派到资料室工作是不对的。你不在的时候，我们议论过，猜测过。

我对她说，我和她们都是一样的。

“怎么能一样呢？”孙中华说，“肯定是不一样的。要是一样了，资料室里从此不就有四个女人在织毛衣了么？”

孙中华的话让我笑了起来，她自己也笑了。

孙中华又笑了，自见到我，她就不停地在笑，笑起来的时候嘴角向一边歪去，显出一种很好看的妩媚，过去竟没有注意到这些。她看着我，忽然说道：

“有一件事，你肯定不知道，叶放也完了。”

“是么？”

“那时候你去世已经好几年了。有一天通知我们去开会，好几百人的大会，会一开始，第一个被押上来的就是叶放，我们都吓了一跳，其实在这以前，已经开过好多次小会了，只是我们都不知道。叶放一上来就说‘我是革命的……’，她说她的，没有人听她的。让她跪下，她不跪，那么大的干部，我也觉得她不可能跪，有人从背后狠狠地给了她一下，她站不稳，腿一软就跪下了。”

“以后呢？”

“不知押到哪去了，以后再没有听说过。”

我看着眼前的孙中华，一时竟不知该说什么好。

“我们那时候也听说过，她好像和你不太对。我以为听到这件事你会高兴的。”

孙中华的话让我感到困顿，那些早已远去的往事也让我感到困顿。事实上，我也始终不明白我与她究竟在哪里不对，只有一点可以肯定，彼此是冷的。那会不会是由于缺乏了解呢？

“还有什么事呢？”

“C先生也死了。”

“C先生怎么也死了呢？”

“去苏联访问，飞机掉下来了。”

……我忽然想起三十多年前的一个晚上，在明月轩的一次宴会上，有一个人迟到了，那个人就是C先生，那是我第一次认识他。席间，他说起他昨晚做过的一个梦，梦见自己从高高的天空里掉下来了。沈先生对他说，你还处于生长发育阶段，那是在长个子呢。C先生说，一个人能从那么高远那么干净的地方掉下来，也应该算是人生之一大快事。明月轩外面的月亮又大又圆，橙黄，饱满，映照着苦难的人间。吃过饭，一群人来到外面的凉台上，周先生说，我们大家都从这里跳下去罢，都干净一下。

另外两个女人，如今还在资料室里继续织着毛衣。

前天，孙中华已知道她的两个孩子有了后娘。一个长脸的女人用钥匙打开她的家门，径直走了进去。长脸女人买回一张庆丰收的画贴到墙上，孙中华看见自己的那幅照片被取了下来，连同她才系了两年的厨房里的一条蓝底黄花的围裙，她的一个漱口用的豆绿色的搪瓷缸子，都悉数被长脸女人放进一个里面有着生锈的剪刀、锤子、胶布、螺丝和旧电线的抽屉里，那个抽屉位于五斗橱的最下面，长脸女人在那个抽屉上围起一条绿色的塑料布，用一把图钉固定好，这样一来，最下面的那个放满了杂物的抽屉立即就不见了，原来的五斗橱变成了四斗橱，外加一个用绿色塑料布围起来的底座。这以后，孙中华又看见长脸女人脱去外套，走进里屋，在她多年来一直睡过的那个位置上躺了下来，女人脸虽长，乳房却是圆的，有着一对很大的乳房，即使平躺着，胸前也是饱满的一堆。床上的被褥包括枕头都换过了，里屋的窗帘也换了，原来的那道湖蓝色的窗帘不在了，现在挂在窗户上的是一道粉红色的纱帘。

孙中华凄楚楚地对我说：“她把我的那个窗帘弄到哪去了?”

家里已经改朝换代了，她却还以为自己是那个家里的女主人。能管住人家长脸女人换被褥换窗帘么？不能。

几天以后，我与孙中华相互别过，她往南去，我往北去。我要去的那个地方是一个农场，我要找的那个人叫谷庆芳，他将在十日之内死去。

农场叫星火农场，前面是一片河滩，河滩对面是莽莽的树林，很多鸟在上面飞着，白脖子白头的鸟，有鸽子那么大。麻雀并不算是最小的，最小的那种鸟，他们叫黑豆鸟，比黑豆大，比麻雀小，飞得很笨拙，不像是在飞，更像是在学本领，练习栽跟头，像一枚黑色的药丸一样，从一片草里蹦出来，画出一道弧线，很快又向另一片草里栽下去。

农场西面的山坡上开满了野花。一个人赶着一些猪正在那里站着，那个人就是谷庆芳。有猪突然跑起来的时候，他就去撵，但明显的没有猪跑得快，他就转身回来，捉住一只小猪，啪啪地打了两巴掌，小猪受了委屈，厉声尖叫起来，正在奔跑的猪听到小猪的叫声后，很快就不再疯跑了，顺着原路疾驰回来。

站在开满野花的山坡上，谷庆芳灰蒙蒙的脸上露出了笑容，我注意到他缺了两颗门牙。

我来到他的面前，他当然看不见我，当然以为山坡上除了那些猪，就只有他一个人，他把小猪放下，眺望着山坡下的农场。将近十年前，他第一次被押送到这里的时候，农场还只是一个小农场，两三排房子，十几个人，当然没有猪，没有羊，也没有什么鸡鸭，只有两三匹马、一头牛。而如今，农场的规模已越来越大了，人也多了起来，许多人他都不认识。周围一带的玉米地、高粱地、谷地、麦地和麻地，都是农场的，一些孩子也是在这里出生的。

没有人知道我来到了这里。

谷庆芳住在猪圈附近的一间瓜棚一样的小房子里，吃饭在食堂里吃。在他的后面，还有一间孤零零的小房子，住着专门负责养羊的宿文景。深夜，当谷庆芳的猪和宿文景的羊都睡了以后，当农场里没有学习任务的时候，两个人就在一起说话，在屋里的地上拢一堆火，埋几个土豆进去，话说到一半的时候，埋在热灰里的土豆就熟了，熟了的土豆会在灰里用自己的味道提醒他们，两个人就用棍子把熟了的土豆扒出来，从中间捏开，热白的气立即冒出来。他们很少烧豆子，一来没有，二来豆子会噼噼啪啪地乱响，容易被人听见。土豆老实、厚道，一声不吭，无论烧得多厉害都不叫一声，只会用它的香气提醒他们。谷庆芳打开一个白纸包，从里面倒出一点点盐，铺在中间，两个人把土豆蘸着吃，剩下的又重新包好，掖到墙缝里。

谷庆芳对宿文景说："在白苇子根据地的时候，我烧的土豆最好吃，那是有名的。有一年，ＸＸＸ回延安开会的时候，路过我们白苇子山区，吃了我给他烧的土豆，吃得他直竖大拇指。他的警卫连的战士们也都闻到了，都说香得要命。不过，没有那么多的土豆给他们吃，每人一个，那得要多少呢？只给警卫连的连长和指导员一人各吃了一个，那两个家伙也都说从没吃过这么好的土豆。连长吃完后对我说：'明早出发时，包几个给首长带上吧。'我一看他就是个二货，干警卫也许行，烧土豆绝对不懂。我对他说，最好不要带，烧土豆必须得趁热吃，越烫越好，冷了就不行了。连长那家伙自作聪明地说：‘我们在路上再生火，重新把它烤热不就行了么？’我说当然不行，凉了再烤热，那就不是这个味道了，和第一次烧熟的时候完全是两回事。你要不怕首长不高兴，你走时就带几个试试，那可不是回锅肉，越回越好吃。是的，那有点儿像是早上开了的花，等过了那一阵儿，过了那个鲜艳劲儿，无论你再怎么使劲地扒拉，再怎么努力地服侍，它也只会越来越不行，已经和当初不是一回事了。”

看见宿文景只顾一下一下地蘸盐，只顾把蘸了盐的土豆往自己的嘴里送，并不搭话，谷庆芳装作把散开的盐往一起撮，五个手指像一个笼子一样罩在盐上面，这样一来，宿文景再想蘸盐的时候就蘸不上了，宿文景就手里拿着土豆坐在那里等着，眼睛看着谷庆芳，又看看他的那只撑开在纸上的变成了一个笼子的手。谷庆芳的眼里闪过一丝影子般的笑意。趁着宿文景无法再蘸盐的时候，谷庆芳问他：

“那个时候你在哪里？”

“我在平汉路沿线。”宿文景说道，“有一段时间在津浦路一带。”

“穿得比我们好吧？”谷庆芳问道。

“谁愿意让自己穿得像汉奸一样呢？那是没办法。”宿文景说，“比如，让你以教员的身份进行活动，你起码得穿一件长衫吧？还不能太旧。让你以药铺掌柜的面目作掩护，你总得在长衫的外面再套一个马褂吧？总不能在腰里系一根草绳吧，总不能只穿着鞋不穿袜子吧？人家一下就看出来了，你这是什么掌柜的呢，一看你就不对。”

谷庆芳轻轻地笑了起来，缺了两颗门牙的嘴里有些黑洞洞的，似乎还有风声正在往里面去，他的那只笼子一样罩在盐上的手不知不觉地抬了起来，这个现象立即被宿文景敏锐地捕捉到了，宿文景看看自己手里的半个土豆，赶紧趁机上去蘸了一下。土豆在手里拿了半天，已有些凉了，往下咽的时候，宿文景的眉头皱了一下。之后，拿起身边的缸子，喝了一口水。手是黑的，两个人的手都是黑的。

宿文景对谷庆芳说："下一辈子，如果还打仗，我一定要想办法到主力部队去，再也不搞情报工作了，到头来里外不是人。"

"啊，主力部队？"谷庆芳对宿文景说，"你看看我，我不就是主力部队的么？"

宿文景盯着谷庆芳的脸看了一会儿，然后低下头去，说："我们的命不行，其实无所谓主力不主力的。"

其实，农场里大部分都是一些像他们一样命不济的人。比如，在食堂里专门负责切萝卜切土豆切葱切蒜的华林达，他曾是研究昆虫的，几年下来，刀功已大有长进。一开始的时候，动不动就把手切破了，现在已能够把萝卜和土豆切出蝴蝶和蜻蜓的形状了，栩栩如生。不过，他的技术还不够好，暂时还有许多他无法切出的东西，有人让他用萝卜切出一只蚊子和苍蝇来，着实把他难住了。华林达哭了，他写了决心书，保证自己在半年内掌握蚊子和苍蝇的切法，向更尖端的技术迈进，向人民交上一份满意的答卷。再比如驾驶拖拉机的詹楚才，一开始总怕他跑了，每次出车，总有一个人坐在他的旁边，后来知道他不跑了，就不需要再派人在他的旁边坐着了。每次出去，都能按时回来，有时候半夜里，听见拖拉机在突突地响着，那就是詹楚才又回来了。

穿过地上众多的板凳，谷庆芳悄悄地走进食堂里，我看见食堂里只有华林达一个人正在埋头咚咚地切土豆，准备明天的早饭。谷庆芳展开一张纸，托在手里，走到华林达的身边，说："老鬼，捏一点盐好么？"华林达没有应声，直到又切满一盆土豆后，才抬起头来。

"你真是脸皮厚，上一次不是给过你了么？"

"那都几个月了。"

有一天，有三个人乘着一辆吉普车来到农场里，他们要重新提审谷庆芳。其时，谷庆芳正带着那些大大小小的猪在河滩里喝水，又是口哨又是吆喝声。"大家都不要挤，都能喝上。黑子，你到我这边来，不要硬挤你娘……你爹死得早，你娘能把你们带大已经很不容易。"

农场里派人把他叫回去。走进场部的院子里时，谷庆芳一眼就看到了那辆停在那里的蒙着绿色帆布的吉普车。一个穿灰色制服的人正在对农场的场长说：

"世界上怕就怕认真二字，我就是一个认真的人。我认真地翻阅了他的所有材料，最终果然发现了问题，真是不发现不知道，一发现吓一跳。有一段他是这么说的……"穿灰色制服的人说着，打开一个公文包，从里面取出一摞材料，翻到他要找的那一页时，立即用手卡住，拿到农场场长的面前，场长欠起身看了一下，又坐下了。

"场长你听着，他是这么说的：'……一九四〇年，在抗日战争进入到最艰苦的岁月里时，根据地的广大军民广泛深入地开展了学雷锋运动……'"

场长睁大眼睛，看着穿灰色制服的人，听见对方在问他："听出什么问题没有？"场长竟未做出任何反应。

“连场长也被蒙蔽了。”穿灰色制服的人有些痛心地说道。

场长抬起头，小心翼翼地问道：“到底是什么问题呢?”

“什么问题?就是这么个问题。四〇年他们在根据地开展学雷锋运动……真能胡扯呀！我查过了，一九四〇年的时候，雷锋同志还没有出生呢，他们怎么学呢?我不知道他们到底在学什么呢?”

“啊，原来是这样！这不纯粹是在胡说么?”

“他这是在和我们打擂呢，他打不赢的!”

场长想了一会儿，忽然说道：“我怀疑他当时一定是脑子糊涂了，那就再审审他吧。”

农场上空的月亮只有一个碗那么大，碗还不是食堂里粗笨的海碗，而是那种青瓷的小碗。马铃薯的白花如同无数飞累了的蝴蝶一样到处落着。马车回来了，拖拉机又出去了。马车的胶皮轮子从农场大门口的石头上轧过，落下去时发出钟磬一般的声音。谷庆芳的耳边忽然杀声震天，又听到有人在高喊“冲啊!”一路跑下去，看见漫山遍野的白茅子在风中起舞、摇晃，又朝着同一个方向倒伏下去。大路上没有人，小路上也没有人，高粱的脸还不到红的时候，等它们的脸红了的时候，地上的杂草就像老人的眉毛一样白了。有多白呢?至少也有白茅子那么白。“关营长，管好你的人，不要让他们突然站起来。”这一个时期以来，鹰也不来了，多好的天也很少能看见它们的影子。

后半夜，他们来时乘坐的那辆吉普车还停在外面，那两个人都有些困了，只得用吃烟来抵挡不断地袭来的睡意，吃得也相当的潦草、马虎，很机械，全都冒出来了，像是两个冒烟的机器。满屋子的烟雾，让坐在一张长条椅上的谷庆芳不时地觉得眼里又湿了，湿了他就觉得自己又看不清他们了，漫山遍野的白茅子又重新生长起来了，摇头晃脑的菖蒲在水边照着镜子。一位洗衣裳的大嫂一边捶打着衣裳，一边说："都说你们走了，我不信，我就知道你们没走。"西天上洇出了一些胭脂般的红色，只有那一片是红的，其余大部分还是蓝的。"大嫂啊，你回去告诉大娘，请她老人家原谅，我是个蠢人呢，昨天一顿饭就把你们的一篮子土豆全都吃光了！刚一吃完，我也意识到了，我就知道坏了，我就知道错了，梁政委也批评了我，说我吃起老乡们的东西来一点儿也不含糊。唉，我也觉得羞愧哩，我要在明天的支部会上做出深刻的检查，同志们要是还认为不够深刻，不能过关，我还得继续检查。我什么时候变成了这样呢？像是饿死鬼转世，我都不敢看我自己了，也不知成了个什么熊样儿。"隔了一天，从莜麦地里一前一后走出来两个人，在平常用来打谷和练习刺杀的一片开阔地上走了一会儿，没有通向任何地方就消失了。青草从碌碡的下面钻出来，又与从旁边长出来的那些眉毛胡子的连在一起。观察了他们许久，临到最后，却没看见他们最终去了哪里，这不能不说是一件羞耻的事。这当然是个事，是个失职的事。

根据地的天，也不全是这样青明瓦亮的蓝天，也有布满乌云、刮风下雨的时候，要是不刮风不下雨，根据地的庄稼怎么长呢？水从哪里来呢？但是，有些时候这些却不能被提起，只能提蓝天，只承认晴朗，别的一概不说，好像阴天下雨就是一部有声有色的反面教材，除了供批判所用，再没有其他的用途。江司令员说："白茅子山区搞得很好啊，我一来了就看出来了，比我们刘芝山区那里好多了。"梁政委在后来吃饭的时候说，江司令员真是太客气、太谦虚了，实际上我们这个白茅子山区根本不能和人家刘芝山区相比，我开三区联防会议的时候去过那里，江司令员率领的纵队就担负着保卫刘芝山区的任务。天色一点一点地暗下来了，黑蓝色的天空变得像一个大圆顶子，慢慢地盖了下来。胡麻地里飘荡着油汪汪的气息，河水哗哗地流着，流得让人心惊，真担心有一天它们会全部流完了，再也不流了。“小九，把我的马拉到河边去刷一刷。梁政委的马好像也脏了，也刷刷。什么，都已经刷过了？你这个小鬼，什么时候变得这么机灵了？让你离开咱们根据地，离开白茅子山区，你愿意么？去南方，去大城市，我们要建立一条秘密的通道。”煤油桶里的货已经不多了，一搬出来就会发出阵阵空洞的响声。半夜才从外地赶回来的交通员刚合上眼，立即又习惯性地把枪抓在手里，翻身坐起来。“接着睡吧，丁国玺同志，没有情况，是煤油桶在响。好好地睡一觉吧。”黑暗中，丁国玺同志又把枪放下了，重新闭上了疲倦的眼睛。交通员们在外面都像是兔子哩，一会儿换一个窝，睡觉也从来不敢长睡，只能抽空打个盹，迷糊一会儿。“睡不起呀！一不小心就会把老本睡没了。”

白杨树的叶子在风里唰啦唰啦地响着。

天亮以后，那辆在外面停了一夜的吉普车发动起来了，以穿灰色制服的人为首的那三个人要走了，谷庆芳早早地来到门前，站在那里等着，等着喊他上车，知道自己一定会被带走，连场长也是这么觉得的。场长已经临时找到了一个代替谷庆芳养猪的人，一个叫曹勇的人，如果一段时间后谷庆芳再回来，曹勇再把那些猪交给谷庆芳，如果谷庆芳永远不再回来了，曹勇就接着养下去。但是，那三个人上了车以后，却把车门关上了，车子呜呜地叫了两声后突然开走了。场长和谷庆芳都愣在那里，在车开走的一刹那，他们两个人都下意识地举起了各自的手，场长还哎了一声，一片黄尘在原地浮起，他的声音落进去以后就再没有出来。场长把自己的那只手撤回来，他有些烦躁地问谷庆芳：“又给你做出什么新的结论没有？”谷庆芳摇了摇头。场长说，那你就等着吧，他们还会再来的。

农场里的猪还是由谷庆芳养，那个叫曹勇的人还没有来得及出现，就又缩回去了。

粗大的雨点嘭嘭地打在窗户上，打在门上，宿文景刚才进来的时候还在雨里滑了一跤。宿文景告诉谷庆芳说，就在他接受审讯的那天夜里，他本人也是一夜未睡，他的羊群生出了十二只小羊。宿文景给出生不久的小羊们煮好一锅豆子后，就带着一身的煮豆子的气味来了。谷庆芳对宿文景说，恭喜你，麾下的队伍又壮大了。宿文景说，他煮豆子时，想看看熟了没有，刚放进嘴里尝了一颗，就被农场办公室的田干事看见了，田干事劈头盖脸一顿骂，说他克扣小羊的伙食，和小羊争饲料吃，可能已经汇报上去了。

“不要怕。”谷庆芳对宿文景说，“无非是撤销你养羊的职务，让你来养猪，把我调过去，让我去养羊。”

宿文景说，他听人说，农场里最近可能要弄几只猴子回来。谷庆芳说，会不会让我们来养猴呢？宿文景说，不可能，与猪羊比起来，猴子应该算是比较高级的动物，不可能让你我来养那么高级的东西，我们也只能养些低等的，养个猪啦羊啦。谷庆芳说，怎么又想起养猴呢，为什么要养猴子呢？又不能吃，又不能干活。宿文景说，要是我猜得没错，一定是让它们去看守仓库，房顶上蹲几个，门前再蹲几个。又说，猴子可不是猪羊，不是谁都能养的。当年在津浦路沿线的时候，常看见有耍猴的，一个人带着三四个猴子闯荡江湖，身后跟着一只大的，肩膀上蹲两个小的，怀里抱一个更小的，那些人多是河南、山东、安徽、湖北和四川的人，别的地方的人不行，也不知他们是怎么调教的，双方配合得非常好，总是先由耍猴的虐待猴子，让猴子一趟一趟地搬东西，干重活儿，鞭子不停地抽在它们的身上，猴子一边干活一边向围观的人们做可怜状，作凄惨相，围观的人中就开始有人看不下去了，高声地骂耍猴的人。这时候耍猴的还要再虐待一会儿，等围观的人愤怒的情绪快到极限的时候，情绪就突然反过来了，猴子开始发威，先是用拴自己的链子把主人缠绕起来，然后就捡起地上的砖头猛击主人的头，观众的心里顿时豁然开朗，都高兴了，猴子每扔一块砖头，都像是在替他们出了一口恶气。人群中有人高喊："好！打得好！"看见耍猴的人被打得鼻青脸肿，抱头鼠窜，也有人马上又开始同情耍猴的了，也够不容易的了，够可怜的了，头都被打破了，万一猴子把握得不那么好，真的一下把他打死呢？那也是有可能的。又有人可怜猴子，又有人可怜耍猴的人，这个时候，耍猴的目的基本上就全达到了。凡事都得有一个过程，不这样，平白无故的，谁可怜你呢，谁给你的盘子里扔钱呢？

粗麻绳一样的雨水从屋檐上垂下来，到了地上以后，很快就与农场里别的地方流出来的水汇合到了一起，欢呼着出了农场的大门，谷庆芳把雨水浸泡过的树叶贴到脸上，他就用那样的方法来治疗脸上的伤。有两个晚上，他和宿文景在一起坐着的时候，再没有烧过土豆，因为他的盐没有了，他们坐在一起只是在说话。他们说到了酒。谷庆芳说，白苇子山区有一种当地人酿造的酒，一打开，满屋子都是酒气，连苍蝇和蝴蝶都变得醉醺醺的，飞着飞着就摇摇晃晃地掉下来了，你去捉它，它一动不动。现在想起来，那种酒至少在六十八度以上，甚至有可能七十多度。有一年过年的时候，一个姓郭的地主送来一坛酒，一开始谁也没敢喝，先捉了一只猫，给猫灌了一点。猫喝完以后，走了两步，就趴在那里不动了。众人吃惊地说，呀，好家伙，来得够快的，两步倒！其实猫只是醉过去了，并没有死，睡了两三个时辰以后就又起来了，到处找水喝。这才知道酒里并没有别的东西，只是一坛酒。除夕夜里，他们喝了半坛子，喝着喝着就没有人再说话了，都迷糊过去了。后半夜，一阵爆竹声首先将梁政委惊醒，梁政委大喊一声，把众人弄醒，又立即派人到那个地主家里去。事后才知道冤枉了那个地主，他并没有别的企图，就只是想送一坛酒。

宿文景说，徐州有一个做酒的地方，叫续义坊，有一年……

谷庆芳忽然提出要宿文景划拳，宿文景说，酒也没有，怎么划呢？谷庆芳说，为什么不能划？没有酒不是还有手么？这以后，他们关好门，压低声音嘁嘁喳喳地划了起来，两个人都紧盯着对方的脸和手，赢了的随手在地上画一道，做个记号。我站在窗户下看着他们，宿文景一开始不行，后来却渐渐地占了上风，一激动，声音也陡然大了起来，谷庆芳示意他小声。谷庆芳说，已经满屋子的酒气了，你闻到了么？宿文景点了点头，他的脸上出现了一线红润，像是久雨后的一抹晴色。

那时候，我想对他们说，我也闻到了，一种高粱烧锅的气息……冰雪融化了，柳树绿了，燕子飞回来了，老磨倌去请他的亲家来家里喝酒，自己却先在半路上醉倒在树下了。

农场里没有人见过我。有一天夜里，我从已经熄灯关门了的合作社的门前经过，一只卧在一棵树下的狗突然站了起来，冲着我一顿乱叫，叫得是那样的异常，我看出它也有些骇怕，一口白牙闪闪发亮，嘴边的毛孔纷纷张开，变得很黑很大，叫声向上蜿蜒着，抖动着，我到达谷庆芳的房子前面时，听见它还在叫，不过声音已经小下去了。河水慢慢地从农场的前面流过，草里的虫子吱吱地叫着，有时觉得它们好像是从天上下来，专门来到地上发出吱吱的叫声的，和地上的人们没有一丝的关系，既不是亲戚，也不是朋友，叫完以后还要回去的。

谷庆芳又赶着猪站在农场西边的山坡上了，我远远地看着他，两只蝴蝶在他的脸前一上一下地飞着，我第一次见到他的时候，他就是这样的，也是在这个坡上，草木的气息很重，野花一簇一蓬地生长着，周围只有一些细小的声音。我站在那种看不到边缘的寂静中，他也站在那种看不到边缘的寂静中，我看着他，而他却茫然地不知看着哪里。从农场前面流过的河水到了远处忽然亮了起来，闪闪惑惑地放着光，看上去已无水的模样。

这天傍晚，从坡上回来，把猪都赶回圈里以后，谷庆芳忽然觉得热极了。

晚上，宿文景过来时，才知道他病了，晚上的饭也没有吃。宿文景转身出去了，过了一会儿再进来时，给他拿来两个三合面的馒头，谷庆芳看着宿文景，摇了摇头。宿文景问他哪里难受，他说，这一回好像厉害呢。他的脸前感到热烘烘的。月光从外面照进来，他看见有一些洒落在宿文景的身上，这使得宿文景看上去是那么的清凉、无疾，当年在平汉路津浦路沿线搞情报的那个人，到今天看上去还是那么的机警啊，地上刮过一片树叶，也会被他及时地瞥到。谷庆芳躺在那里，每喘一口气，都要使上很大的力，头还得抬起一些，否则便过不来。他的嘴一直张着，他想闭上，但一闭上就会开始咳嗽，像是有人在背后追着他。

“我不想这么老张着嘴。”谷庆芳用一种很陌生的眼神看着宿文景。

“张着吧，不张你就会过不来。”宿文景对他说，“不要嫌难看，人没有办法才会这样。”

宿文景也是到这时才发现谷庆芳的眼神和表情看上去是那样的陌生，甚至连容貌也有些不对了，变了，已经不太像是几天前的那个谷庆芳了。这个发现让宿文景也一下变得严肃起来，他有些不解地看着他，他在他的身边坐一会儿，又站起来走一会儿，有时走到门口，朝外面看一下。月光里的农场，听见有人正在细细地吹笛子。

夜深后，宿文景走了。临走前，他帮谷庆芳烧开一壶水，把滚烫的水晾在两个碗里，放在一个凳子上，又把凳子搬到谷庆芳能伸手够得着的地方。“好好睡一觉吧，明天你就好了。”

第二天，宿文景又来时，谷庆芳还在睡着。宿文景看见昨晚他拿来的那两个三合面的馒头还在那里放着，没有动过，他走时晾好的两碗水，其中一碗还是满的，另一碗下去了一些，水面上都已有了灰尘。又把手放到谷庆芳的鼻子前试了试，然后才放心地出去了。这一天，宿文景是在忙碌中度过的，上午，他去放羊，因为心里有事，并没有像往常一样走远，只是在离农场不远的附近的一些山梁上待到快日落时分。赶着羊回来后，又去帮谷庆芳喂猪，一边看着猪吃食，一边抬起头看着天上，看见星星在猪吃食的那个过程中渐渐地都出来了。

谷庆芳也醒了。天黑以后，宿文景从食堂里打了稀饭，用一个红瓦罐提着，推门进来。

“猪已经喂过了，现在该你吃了。”宿文景把手里的那个红瓦罐放下。

“我这是在哪里？”谷庆芳问道。

“在农场里。”宿文景对他说道，“能起来喝么？不能起来我喂你。”

谷庆芳说：“我好累啊。”

“喝一点吧。”宿文景说，“今天在山上的时候，我还在想，等将来有一天，我们都自由了，我要跟你去一趟你的白苇子山区，然后我再带你到平汉路和津浦路沿线去走走，我在那些地方有不少熟人，还有许多我曾经住过的地方。”

“对不起，我没和你说，我已经回去过一趟了。”

“回哪里？回你的白苇子山区么？什么时候的事？”

“昨天。”

“是在梦里回去的吧？你这老鬼。”

“我真的回去了，那里的人都不认识我，我也没见到一个熟人。我说我死后想埋在这里，没有一个人表示欢迎，也没有人说不行。一个年轻人对我说：‘想埋就埋去吧，那么多空地，又不长庄稼，别说埋一个你，埋十个一百个也没问题。’”

“你那是梦，那不能算。”

夜已经很深了，宿文景才起身离去。临走时说：

“明天我再过来。”

离天亮还有一会儿的时候，我来到谷庆芳的身边，看见他已经死了，一个鼻孔外有一点点血；看见宿文景昨晚提来的那个红瓦罐就放在不远处。

第九章

四叔，你能想到，接下来的这一世，你我成了叔侄。

小时候对你几乎没有什么印象，甚至说不上你的模样，只记得你时常拿着粗大的手电，蟒蛇一样的簇新的白麻绳，到处去捆人，在河滩里和旱地里追赶你们要追的人。有时候，一群和你一样的人，站在河边，朝着河对面的山上练习打枪，枪声虽然也很响，但并不像电影里的枪声那么让人害怕。看见你们在匍匐前进，练习打坦克，坦克虽然是纸糊的，但和真的一样大，也一样是草绿色的。后来，有一年，当许多蒙着绿麻的伪装的真坦克和真炮出现在北面的树林里时，你奉命带着人把一些成分不好的可疑人家统统看管起来，不让他们出门，更不许他们到处走动，只能出来上一趟茅房，上完以后再赶快回去。墙头上有人在看着他们呢，当然也能居高临下地看见他们是否真的是在上茅房，是否在以上茅房的名义偷偷地写信，绘制地形图，用藏在假腿或金牙里的发报机给苏联或台湾发报。

有的女人脱裤子时怕人看，从家里出来时预先拿一把伞，到了茅房里以后再把伞打开，但是这样不行，站在墙头上的岗哨会命令她把伞收起来，谁知道你在伞底下干什么呢，难道真的有什么见不得人的事情么？

这可苦了那些院子里没有茅房的人们，他们要小便时，因为墙头上有人拿着枪看着，所以女人只能在家里小，男人只能在院子里小。景顺是我的小学同学，景顺他们的院子里就没有茅房，景顺的姐姐们和他的母亲就不能出来。仅仅过了两天以后，家里和院子里的气味就不能再闻了。景顺的爹在院子里跪下，给在墙头上放哨的人磕头，哀求说："去请示一下德龙吧，去请示一下公社吧，能不能让我们到外面去尿？实在是不能再在家里尿了，家里和院子里到处全是跳蚤……"

景顺和我说起你时，恨得咬牙切齿。

我能看出来，景顺也恨那些隐藏在北边树林子里的上面蒙着绿麻的坦克和大炮，只是不敢说出来。

那些年，我几乎没有叫过你一声四叔。有时候，在河边的油菜地里或流着水的玉米地里看见你的影子，像是看见了鬼一样，赶快躲开。

我从十四岁离开家去县里读书，从此，家乡离我一年比一年远了。有时候回去一下，听到某某死了，某某不在了。又看到整个村子突然地缩小了不少，如一件儿时的衣裳。

我在县里读书的时候，有一天忽然在县城的大十字街上看见了你，你看上去好像在到处寻找什么，我没有过去和你说话，而是赶快回到了学校里，一路上心跳得像敲鼓一样，只担心怕你看见我，怕你认出我来。回到学校里还在担心，担心你会突然出现在学校门口。

我在大学里学的是中文专业，当年，这是我的第一志愿，我曾神往已久。没有想到的是，十几年以后，我学的这门学问却成为一门十分可笑又可怜的学问，为人所耻笑，甚至不齿，至少对我来说是这样的。我的岳母，每次一看见我就说，你怎么学了那么个东西呢，你哪怕是俄语、阿拉伯语，也比你现在强啊。作为老一代的知识分子，岳母这样责备我、规劝我，让我的心里既虚弱又难过，因此，我总是尽量减少与她见面的机会。

我从中文系的一名学生变成中文系的一名教师，十几年过去了，我还是一名讲师，仿佛一种停止了进化的生物。像我这种年龄的讲师如今已经很少了，就我知道的，除了我，还有哲学系的庞大海和历史系的肖秦，一些比我们小很多的年轻人都已成为教授、导师。我、庞大海、肖秦，我们都有着极其繁重的授课任务，以保证教授们能够有足够的时间著书立说，有足够的精力在其他大学和机构兼职，周游列国。

每年面对新生，我站在讲台上，心都会不禁往下一沉，几乎是清一色的女生，仅有的几名男生如同一张脸上的几个粉刺。最初的几年，我曾因不解而问过，男的都到哪里去了？有人告诉我说，都在别的专业里。一两年后，我教的新生里，那些富有才干的女生也都弃暗投明，转向别的专业。我时常在想，我教的像是一门瘟疫学。

后来我就不再问什么了。

宁晓凌教授是我的妻子，当年是我的同学。有一年中秋，望着从东边渐渐地升上来的那个又圆又黄的月亮，她有些感伤地对我说，我们都没长后眼。我知道她的意思。这话说过后不久，晓凌就开始有意识地改变自己，她追随鹿怀谷教授，没几年也终于扛上了教授的招牌，她也是这个时代的聪明人。鹿导师现在四世同堂，在鹿导师众多的弟子和子孙当中，晓凌属于姑母辈的。当年，我也曾是鹿导师的学生，但鹿导师后来抛弃了我，理由很简单，道不同，不相与谋。鹿导师发现我不像是他那个圈子里的人，就像一只头羊忽然发现它的队伍里有了一只土拨鼠一样，我也意识到不是，这样一来，相互疏远就成了一件再自然不过的事。鹿导师时常带着他的弟子们出席各种会议，鹿导师喜欢在娱乐城里泡脚，不仅仅是因为他有严重的暗疾，治疗只是一个方面。这些年来，这个国家的人，从南到北都在泡脚、洗头，一路泡过来，人人筋骨松软、醉眼蒙眬。晓凌作为时代的一分子，当然也不能例外，但只有几次以后，她就染上了脚气。每当脚气发作的时候，她把高跟鞋狠狠地甩掉，冲着我说道："这个世界怎么这么恶心啊?"所用句型为设问，并非陈述。我帮她查到几个治疗的方法，但她一个也没有用过。我也能想到她的艰辛与不易，在某些会议上，上面神采飞扬，侃侃而谈，脚底下却奇痒难捱，个中滋味，无人能晓。

春天里的一个晚上，我问晓凌，杜甫晚年时在湘江上作有一首诗，我忘记了那首诗的题目。听到我的询问，她淡淡地说道，不知道。我只好又去查找。正在找的时候，晓凌过来了，在我的身后站了一会儿，我听见她在叹息。我回过头，她看着我说，琢磨点儿有用的东西吧。

我在心里对她说，对不起，以后不再问你这样的事情了。

作为她的丈夫，我焉能不知她手上有多少事务，肩上的担子有多重，除了写文章，到处讲学、交流，近几年，她不断地出任各种评委、顾问，繁忙是繁忙一点，但来自那边的回报也足以令他们自慰。她曾说过，现在，各大学、各大报刊社和研究机构，到处都是我们的人，我们说什么就是什么，一人一篇文章，那是多么广阔的一个海洋，一人喊一声，那是多么巨大的声势！就算偶尔有一个不同的声音，也会被我们淹没得尸骨全无。那些需要我们给他壮胆、鼓掌的人，他们唯一的出路就是积极地与我们合作，缔结友谊与盟约。

我在心里暗自庆幸，我只是一个教书匠，不是别的，无有所求。

我不羡慕他人。从来没有人求过我，我却常有想帮助别人的愿望甚至冲动。所以，当影视传媒系的洪森要去外地开会，想让我帮他上几节课时，我极其爽快地就答应了。月底，洪森开会回来，塞给我报酬时，我坚辞不受，后来洪森又亲自送到家里来。我交给晓凌，但是晓凌却说，你付出了，为什么不要？又说，你留着用吧，我有。一个男人，身上一点钱也没有，叫什么男人。

我看着晓凌，我看到了她眼里的忧伤，还有深深的怜悯。

结婚这么多年，晓凌从没有把她的客人往家里带过，我知道她是为了顾及我们的面子，我们的狭小的居所尤其让晓凌难以豪迈起来，所有的女人都希望自己有一个富丽豪华的背景，有时候不一定是奢华，但至少也应该是体面的。我感到愧疚，对不起晓凌。我唯一聊以自慰的就是我对于晓凌的忠诚，对于我们的婚姻的忠诚。在我们这个国度里，在我们这个校园里，别人尚且不说，就连我们的货车司机、电工、食堂里洗菜熬汤的大师傅，甚至传达室年过花甲的老符，都时常绯闻不断，春花秋月。我爱晓凌，但是我们之间出现了问题，问题主要在我身上，这十几年来我无有长进，与时代之间出现了不算窄的裂缝，这就是根源所在。

我不喜欢这个时代，它没有一丝一毫让我留恋的。

我常想，我如果洗心革面，重新换一副心肠做人做事，我相信我也会获得大多数人所能够获得的那种所谓的好处、利益。比如，重新回到鹿导师多年编织的那张网里，成为其中的一员悍将，张开嘴咬人，伸出手捧人，成为他人的盟友，成为众多兄弟姐妹当中的一个，成为那个欢乐的大家庭中的一个，成为众声中的一个笛孔，一荣俱荣，弹冠相庆……从讲师到教授，从四十平方米到四百平方米，从自行车到汽车，从来就不是一道天险，而恰恰是一条必由之路，就像从过道走进屋里一样自然、近捷，关键是看你的态度、你的走法，走得不对，你就会离那道门越来越远，只能是越来越远。

家里没人的时候，我对自己说："我不想!"

哲学系的讲师庞大海，他在某些方面的锋刃已远远地超出了我们的日常生活，他至今仍是孤身一人，他活得平静，自然而清澈。

有一天，我正在家里，晓凌忽然从外面打回电话，说她有事要和我谈谈。我说，有什么事不能回来再说么。晓凌说，我想过了，这事还是电话里说更容易一些。我说，那你说。晓凌在电话里犹豫了一会儿，然后对我说，我想了很长时间，觉得我们是不是分开一段时间，两个人都冷静地想一想，想一想各自的问题？分开的这一段时间内，如果我们双方都不再彼此思念，那就证明我们的婚姻可能已经到了头。晓凌的话语度过了一开始的枯竭期，渐渐地变得越来越流畅了，就像一条跃出了峡谷的河，越流越有力了，溅起的水花拍打在两边，那透明的水花是欢欣的、愉快的。

我对晓凌说，这样很好，我同意。

也许她稍感意外，但也只是一瞬间的事，很快就又过去了。晓凌说，这一段时间，她搬回她父母那里去住。

我问晓凌，不回来收拾一些东西带走么?

晓凌说，先不收拾了。

放下电话，我突然感到一种前所未有的轻松，甚至隐隐地有一种羽化的感觉，我在心里对自己说，这就好了，这一下就好了。能够把晓凌轻轻地放下，还有什么不能再让我放下的呢？放眼这个世界，再没有什么东西能够让我时常感到愧疚、自省、拘谨，让我一再地小心翼翼地拿捏、把握、留意分寸，没有了！这样的一种轻松是从里到外的，是我成年以来从未体验过的，让我突然看到身边这四十平方米的空间是如此的辽远而旷达，呈现给我的概念不再是一个居所的概念，而是一种清晰的山河与疆土的概念，林木葱郁，大雪纷飞，山花烂漫，长河落日，苍茫到无限，遥远到永远难以抵达。

晓凌一不回来，这个家里就只有我一个人了，我们没有孩子，这让我突然体会到了没有孩子的好处。如果有一个孩子，我和晓凌分手，受害的必定是孩子。现在让我感到欣慰的是，我们分手，这中间没有受害者。而这一切，又全都有赖于晓凌的高瞻远瞩，正是晓凌一直不主张要孩子，才会有今天的大好局面，政通人和，这样一来，不知省去了多少牵挂和麻烦。晓凌啊，当初她要是稍微将就一下，马虎一下，现在我们这个家里就会凭空多出一宗罪孽，就不会像现在这样响天晴日、了无牵挂。

晚上，我怀着轻松的心情去下面的一个小吃店里吃了一碗阳春面。店主认识我，付账时，他对我说："人逢喜事精神爽，看你这样高兴，是要到国外去讲学么?"

我说：“是的。”

“是去美国么？”

“是一个比美国更美的国家。”

“比美国还要美？”他愣了一下，“那是个什么国家呢？”

路灯把我的影子变得有几丈长。我一边走一边看着那个又长又黑的身影，在古代，这样的身高，注定会成为山大王的，手下有喽啰数千，看见有人有车过来，林中锣声噔啷一响，立即捉上山去。

一个多年未见的表弟忽然找到了我，表弟还带着他的两个朋友，三个人，在楼下的草坪前坐着抽烟。我回来时，表弟率先站起来，一边叫我，一边飞快地朝我走了过来。随后，他的那两个朋友也都过来了。

三个人还没有吃饭，我又带他们去一个饭店里吃饭。他们吃饭的时候，我在一边想，一会儿是否要带他们去附近的宾馆住宿，我悄悄地摸了摸我身上，意识到住宾馆的钱不够。又想到家里现在只有我一个人，不如就让他们住在家里吧。我看见他们的脸都很黑，手也不太洁净，像是有几天没有洗过。表弟，很多年前那个眉清目秀的男孩，现在胡子很黑，脸上的汗毛也很重，已经很难再觅到很多年前的那种样子了。

从饭店里出来，迎面的风一吹，表弟的一个朋友很响亮地打了几个嗝。另一个朋友对他说：“吃多了吧？”

打嗝的那个有些委屈地说：“还说呢。我说不吃了不吃了，你还非让我再吃一点儿。”

那个说：“不吃不就剩下了么？”

我对他们说：“剩下就剩下。”

走在前面的表弟忽然说道："城市里真亮啊，这得要费多少电呢?"

打嗝的那个说："像白天一样哩。"

另一个说："电都给了大城市，怪不得在咱们那里老没电呢，磨面机磨着磨着就没电了，一停就是好几天，机器里一半是颗粒，一半是面，都没办法往回拿。"

我听着他们的谈话，想起了舅舅一家人住着的那个遥远的地方，童年的山岗、小河，红马拉着车，白马在后面跟着，雨地里，一个戴草帽的人正在模模糊糊地跑着……

回到家里，表弟四处看了看，说：

"就你一个人?"

我说："对。"

"嫂子呢，还没回来么?"

"她出差去了。"

听到表嫂不在，三个人都明显地松了一口气，渐渐的，他们也不再那么僵硬了。表弟到处走着，这儿看看，那儿看看，连天花板上也仔细地看过了，看过后，表弟对我说：

"哥，没想到你住得这么小。刚来到这里后，看着那么多的高楼和别墅，我还在心里想，哪一栋是表哥和表嫂的呢?"

"哪一栋都不是。"我对表弟说，"住在那里的是别人的表哥和表嫂。"

他们笑了起来。

我拿出烟给他们抽。不到一个小时，三个人就抽光了一包烟。表弟走到阳台上，小声地问我：

"哥，还有烟么?"

我又给他们拿了烟，开了窗户。幸亏晓凌不在，这样的情景她是不能够看的，更不能够接受。

让他们洗澡，他们说：“不洗了，前两天刚洗过。”

我对他们说，那就睡吧。

表弟的两个朋友先躺下了，我又和表弟说了一会儿话。我问了问舅舅舅母以及两位表姐的情况，表弟对现实不满，却又无可奈何。舅舅舅母都已去世了，两位表姐都还过得去，却又说不上有多好。不知道她们现在变成什么样了。小时候，我曾认为她们是世界上最美丽的女子，认为将来无论什么样的人娶了她们，都会使她们受到委屈和沦落。

表弟说：“那个地方不行了，已经没有风水了，人住在那里只会一年不如一年。”

两条清澈的里面有小鱼和蝌蚪的河都消失了，树木也越来越稀疏，人们每天吃一口饭，睡一个觉，也没什么好盼望的，好等待的，终极目标似乎就是在等待寿日的结束。

我问表弟这些年都在干什么，表弟说，什么都干过，什么都没闹成，最大的收获就是失去了认真做事的耐心，心情也越来越坏了。说是狗熊掰玉米吧，还没有人家狗熊那种新鲜好奇悠然恬静的好心情。另外，狗熊多自信呢，连老虎都不在它的眼里，狗熊坐在树墩上对老虎说，别在我眼前跳来跳去的，小心我一巴掌拍死你。老虎也害怕熊掌呢。又说了一些别的人和事，有些是我知道的，有些是我不知道的，但表弟却以为我也知道。他说，南山上的那个庙，本来已经破败得不行了，就快要塌了，可近几年，每到初一的夜里，里面就会亮起灯火，站在村口，看见那里灯火通明，听见有丝竹管弦在演奏，又隔着窗户看见有宽大的袖子和彩色的长绸在飘舞，过去看时，却又没有了，里面依旧是一片漆黑，柱子歪倒在一边，香案上是厚厚的灰，蜘蛛网轻轻地颤动着。

我问表弟，那是什么？表弟也不知道，说不上来，一脸的茫然。

我对表弟说：“你也睡吧。”

第二天我早早起来，屋里的空气十分地不好。我叫醒表弟，对他说，我得去上课，学生们都在等着我。表弟说，你去吧，不要管我们了，我们一会儿起来就走了。我说，既然来了，不要急着回去。表弟说，不住了，你也怪忙的，今天我们就要回去了，已经出来好几天了。

晚上，我回到家里，表弟和他的那两个朋友都早已不在了，但屋里还残存着他们留下的气息，我打开窗户，让风进来。那时候我并未留意少了什么，直到第二天才忽然发现那个双耳的汉代陶罐不见了，那个陶罐比一般常见的陶罐要小，只有一个茶杯那么大，十分精巧，那可能是我家里唯一值钱的东西。肖秦证实它成形于西汉文景年间。我想了一会儿，我不认为是表弟带走了它，极有可能是他那两个朋友中的一个。我不收藏什么，因而也并不觉得有什么可惜的，不会像那些收藏者一样捶胸顿足，仿佛被人剜走了一块心头肉。只是有一丝遗憾，遗憾也不是因为失去那个东西，而是为了表弟。但愿他们在路上别打碎了。

岳母打来电话，问我们最近都在干什么，又说，晓凌也很久没回来过了。我听了，心里一惊，晓凌告诉我说，她要搬回父母那里去住一段时间，原来并没有回去。于是，我对岳母说，我还是老样子，每天上课。晓凌最近很忙，不过我会告诉她的，让她抽空回去看看你们。

我的自行车坏了，我去修车的时候，看见肖秦也在那里修理他的自行车，肖秦自己动手，修车的师傅则在旁边修理另外的一辆车子。我在想，庞大海的自行车一定也坏了吧。

肖秦对我说，前天看见你们家宁教授了，和两个汉学家在说话，一看就是两个垃圾。

我说，是么。

肖秦说，也只有到了中国这种国家，他们才会有价值，他们很聪明，知道该去哪里。

修车师傅在修理我的自行车，我蹲在一边，看肖秦修车，看见他的手上全是油，看见他像某些历史一样瘦削、黯淡，不大容易被人记起。很多年前，我们第一次认识的时候，我和他都还没有结婚，现在，他的头发已一片花白。

十几年过去了，我们都在生活面前败下阵来。

大约两三个月以后，我与晓凌正式办理了离婚手续。

分手时，晓凌拿出一笔钱给我，我不要。晓凌说，别和我争，以后你会用得着的。

房子她也不要。我要搬出去，她不让搬。她说，搬出来，你去哪里住呢？又说，想搬你就搬，反正腾空了我也不会回来。

我说，那就先不搬。

听到我这样说，晓凌笑了，我看到了那笑容里的忧伤。

又说，抽烟不要抽太次的，好一点，少一点。

我对她说，我都记住了。

又说，有事就给我打电话，只要我能做到的，我一定不会不管。

我点点头，我知道这是她的心里话。

一个人的日子简单多了。

我每天只吃一顿饭，一顿饭也足够了。我突然发现时间如同大海一样丰饶而辽远，多少年了，我从未对时间有过如此的概念和印象。

我给学生们讲授英国文学、苏俄文学，一些人过客一样从我的眼前和声音里匆匆地流过去了，穿着灰色法兰绒的背影犹如伦敦的天气一样令人惆怅。一些人远远地站着，站在紫色的荒原上，被浓雾笼罩着。那中间有一个令我无论任何时候想起来都会感到揪心的年轻女子，爱米莉·勃朗特，《呼啸山庄》的作者，一个从来都羞于向他人谈论自己，谈论自己的构思和理想的年轻女子，她的绝大部分的段落都是在家中的厨房里形成并完成的，犹如一只毛茸茸的雏鸡在羞怯地成长。家里来了客人，她在厨房里为他们烹煮食物，一边照看着火上的布丁，一边回想着萦绕在她心间的故事。现在的女人，张口事业，闭口成就，言必称自己是做大事的，以不进厨房而引以为荣。年轻的爱米莉·勃朗特去世后，她养的那条狗一直卧在她卧室门口，两三天不吃东西，它也许不知道，它的主人再也不会从里面轻轻地出来了。

二十世纪三十年代末，玛琳娜·茨维塔耶娃带着她的十四岁的儿子穆尔借住在戈利其诺，其时，丈夫和女儿已被处决，玛琳娜与儿子在作家基金会的一个创作之家搭火，别人都有基金会提供的生活补助，只有她没有，每隔一段时间，创作之家都要求她去结账。穆尔喜欢甜食，一有了牛奶，玛琳娜就熬牛奶软糖，熬好了，满满的一大盘，穆尔一下就吃得精光。年轻人，不懂事，只知道索取，只知道顶撞，从没有为他的母亲做过什么，是个宠坏了的孩子，对母亲很苛刻，没有礼貌，而她什么都原谅他，有时候为他哭泣，悄悄地走开，盲目地爱着他。他们租住在一间简陋的旧房子里，这位头发斑白、容貌超群的女性，有时眼里会突然出现绝望和痛苦的神情，比任何言语都更强烈地说明着她的内心。没有人去助她一臂之力。两年以后，她自杀身亡。又过了几年以后，没有了母亲的穆尔也死了，还不到二十岁。二十几年以后，她的妹妹造访戈利其诺，看到了姐姐生前坐过的岩石，曾经独自走过的小路。一位当年的管理人员，现已满头白发的老妇人惊讶地迎出来："啊，像极了，连走路的步伐也是那样的轻快。"

大约又是半年以后的一天，我忽然接到晓凌的电话，首先问我过得怎么样，我告诉她还是老样子。又问我为什么从来没给她打过一个电话，我对她说，主要是因为没有什么事情。电话那头传来她的笑声，那声音是我所熟悉的。晓凌问我，还是一个人么？我说还是一个人。有没有认识什么女的？没有。

"我就知道你没有，所以才要打这个电话给你。"她说。

接下来，她告诉我，大学出版社有一名校对员，叫毛春花，一年前丈夫死了，现在她是单身一个人，人长得也很漂亮。我渐渐地听出了她的意思，她是想促成我和那个女人结婚。

亏她能想得出来。我问晓凌："这事你难道觉得合适么？"

"怎么不合适？"她说。很快又说：

"不把你安顿好，我也不踏实。"

我说："我已经很好了，你尽可以放心。"

"那不行。"她说。还是从前的口气。

让我没有想到的是，过了两天，晓凌竟真的把那个叫毛春花的女人领来了，把毛春花介绍给我后，她就走了。听着她渐行渐远的声音，我一时竟不知该如何面对这个叫毛春花的女人。也许是晓凌已提前和她说过什么了，毛春花却一点也不拘谨，倒显得比我还要随意、大方，每一次对话都是先由她主动发起，我像是一个被访问者。

说了一会儿话，毛春花站起来随意地在屋里到处看了看，我跟在她的后面，那时候我有一种奇怪的感觉，觉得毛春花是一个来租房子的，而我就是那个有房子想要出租的人。

毛春花毫不掩饰心中的遗憾，她边看边说：

“要是再有一间卧室就好了，哪怕只有十平方米也行。”

“没有了，只有你看到的这两间。”我有些束手待毙地说道。

毛春花说：“我喜欢住得宽敞一点。”

我得承认，毛春花同志的话说得朴素而又实在，她并没有不切实际的过分的要求。不是毛春花一个人要这样，世上所有的女人谁不是这样，哪一个女人不想让自己住得宽敞一点呢？哪一个女人愿意在一个狭小的蜗壳里度过自己的一生呢？

“你忙吧，我先走了。”临走时，毛春花这样对我说。

我目送着她离去，知道她再也不会来了。

第二天，我正要打算出门，晓凌忽然又来了电话，一上来就直接问我昨天和毛春花谈得怎么样，我把实际的情形告诉了她，听见她在电话那头沉默了一会儿，又不解地问我：

“到底是什么问题呢？”

我告诉她，主要是房子太小。

我听见晓凌有些急了。她说：“这个女人，就她那样，她还想找个什么样的呢?”很快又对我说，“别着急，慢慢再来吧。”

我对晓凌说，这事以后就不要再提了，也请她以后不要再管这种事。谁知，她却说：“那不行，碰到好的，我还是要管。”

我对她说：“我结不结婚和你有什么关系么?”

“当然有关系。”她说，“只有亲眼看见你又结了婚，我才会彻底放心。”

放下电话以后，我一个人愣了很久，晓凌这样的一种逻辑让我感到费解又困顿。这些年来，原以为我对她应该算得上是十分了解的，可依眼下的事实来看，却又并非如此，甚至也可以说，我从来就不知道她在想什么。是的，这种事初看似乎没有道理，但只需细想一下就会发现它又是那么的合情合理。两个人脸对脸躺着，互相看着，对方心里想什么你怎么能知道?靠猜是不行的，靠判断也不行。

又起风了，像是有无数个声音捆在一起叫唤、哀嚎。一个人长时间地听着这样的声音，会渐渐地想不起你是在何年何月。

梦见一些人，但没有一个是我认识的，前面的那些脸都湿漉漉的，分不清是汗水还是泪水，甚至也有可能是雨水；到了后面，那些脸就开始变得十分干燥了，越往后越是那样，一张比一张干，有的甚至无风起尘，像是站在雾里，有面粉一样的东西不断地从那些脸上刮起。

接下来是一个让我心力交瘁的梦。

梦见鹿怀谷导师被我打死了，不，我没有动手，是他自己忽然倒下去的。是在一个雨后的傍晚，空气湿润，到处都还滚动着水滴。鹿怀谷导师的暗疾又发作了，他心情烦躁，质问我为什么不向他靠拢，不归于他的门下？其时，我正在楼梯后面的一个角落里修理我的自行车，满脸满手的油，与外面的那个空气清新的傍晚正好相反。我拆下前面的一个飞轮，看见里面的一圈滚珠一颗都没有了，果然是这样，难怪前面的轮子不再转动了。我没想到我也能找到自行车的毛病，这让我非常高兴，以后，我也可以像肖秦一样自己动手了。

就在我十分高兴的时候，猛然看见鹿怀谷导师站在我的面前，衣冠楚楚，就像他平日在各种会议上时一样，但脸上却交织着鄙夷与恼怒的神情。我不知道鹿怀谷导师是怎么找到这里来的，这件事让我觉得奇怪极了，他不在会上发言，跑到这里来干什么呢？这是楼梯后面的一个角落啊！我蹲在大卸八块的自行车前，抽着烟，烟上也全是油污。听见鹿导师说："你这个蠢货，瞧你那点出息，这就是你孤立的下场！"我在心里说，我不孤立啊，我的身边日日夜夜都有十三亿人呢，跨过海去，还有四五十亿呢。鹿导师这样说，是要让我明白，如今，他的弟子们每个人都有了自己的汽车，都有了各自的一张甚至多张的关系网，只有像我这样的执迷不悟者才会一直还骑着十几年前的自行车，这就是现实对我的报应。

又听见鹿导师说，今日时代是一个以团伙，以同盟为单位的时代，你不加入我们这个团伙，至少也应该去加入别的团伙，一个人，如果你不在任何一个团伙里，没有团伙做靠山，没有盟友的支持与呼喊，你将一事无成，死无葬身之地，连收尸的都没有。听着鹿导师的话，我心里也有些感动，也就是自己的老师，才会这样实打实地掏心窝子地对你这样说，换了别人，无论知道多少真谛和秘密，都不会告诉你。我慢慢地站起来，把那只沾满油污的手在地上蹭了又蹭，看看还不干净，又在自己的衣服上擦了擦，我想与鹿导师握握手，可是，我还没有来得及站起来，鹿导师忽然上来掐我的脖子，我又被他撞倒了。我向旁边爬去，就在那时，听见鹿导师哼了一声，他的头撞在了一把锤子上，他伸出一只手，软软地指了我一下，“你——”，我上去抱起他，看见他已经死了。

鹿导师一死，我一下就慌了，拆卸成一堆的自行车也再用不着修了，我赶快离开那个地方，楼上的家肯定不能再回去了，用不了多久，有人就会首先找上门去。我想了一会儿，趁着天黑，先跑到一片树丛里躲了起来。我口渴得厉害，用手摸到旁边积存的雨水，我趴下去，用手扒开上面的树叶，一口气喝干了那个小水坑里的雨水。

不多时，那里已挤满了人。

接下来的一个场景却是一个大的会议室，又有点像是一个阶梯教室，里面坐满了人，全都是鹿导师历年来的弟子们，没有学生，全部都是清一色的教授，另外还有学校的领导、警察。忽然，一个声音说道：

“有请宁晓凌教授——”

在众目睽睽之下，我看见晓凌走上了讲坛，她首先提议为不幸遇害的鹿怀谷导师默哀。默哀过后，晓凌说：

“是的，我与他结婚十几年，他是个什么样的人，我是再清楚不过，相信在座的诸位没有人比我更了解他。”

接下来，晓凌开始在她的身后的黑板上画图，她画出十几条道路，并分别标出那些道路的方向和终点。晓凌向大家说，这些道路就是他最有可能逃亡的具体路线和方向。看见众人有些迷惑，晓凌进一步解释道：“中间那条最粗的路，是通往他故乡的一条路，其余的那些路都是他平时比较喜欢的一些地方，那些地方，有的他去过，有的却从未去过。”众人看见那些路有的指向正北方向，有的指向东北方向、东南方向，还有的指向正南和西南方向，几乎就是四分之三个中国。

我看见那些警察们都在不住地摇头，而教授们却都斗志昂扬，精神抖擞。

……后半夜的时候，我已经在逃亡的路上了。

在一个岔路口，通过界碑的指示，我看到了那条通往故乡的路，那一年，我就是从那条路上来的，一个十六岁的少年，怀揣着大学录取通知书，感觉自己真的就像是一位天之骄子，沿途的一切都是美好的，一切又都不在他的眼里，看到天上的雄鹰，他觉得他将来一定会比它飞得更高，看到远处的大树，他觉得他将来一定会比它更加枝繁叶茂、绿荫如盖。阳光下的夹竹桃像一张张笑脸，看着他从她们的面前经过。

可是，后来，一切都变了。到底发生了什么？

我坐在一棵树后面，看着那条通往故乡的路，却不能再踏上去，晓凌已经把它公之于众了，并作为一个重点做了介绍，我若再走上去，走不了多远，就一定会被擒住，等于自投罗网。

借着黎明前幽暗的天色，我好像看见了去世多年的母亲，母亲用焦急的神情望着我，她轻声问我：

“孩子，你怎么会走到今天，怎么会弄成这样？”

我看着母亲，我对她说：“妈妈啊，我也不知道到底发生了什么，我要是知道就好了。”

有风吹来，树上的水滴被纷纷刮下来，嘭嘭地落到我的脸上和身上。

我抬头朝天上看看，星星都已经回去了，再过一会儿，天就要亮了。通往故乡的那一条路已经不能再走了，我看着另外的两条黑黢黢的路，犹豫着，实在不知道该走到哪一条上才是对的。

就在那时，我忽然听到身后有人嘿嘿地笑了两声，我回头去看，看见曾经的几位师兄弟站在我的面前，每个人的胳膊上都戴着一个红袖章。我的心里闷闷的，我在想，他们都是教授，教授怎么也会戴那种东西呢？

“终于把你逮住了。”他们说。嘴里的白牙一闪一闪的。

我叫了一声，痉挛般地从床上坐了起来，我的脸上全是水。我惊魂未定地看了看床头边的表，正是凌晨三点钟。

我不再睡了，抽着烟，一个人在黑暗中躺着。

我一点一点地回想着不久前的那个梦，又试着抬了抬腿，感觉两条腿真的像是经过了长途的奔逃。

屋里的东西渐渐地显出了轮廓。

天慢慢地亮了。

起床以后，我打开一包牛奶，喝了一半，另一半又重新放回去，留给明天早上。

那时候我并不知道，我已经没有明天了。

自行车经过上一次的修理，已经好骑多了，轻快，没有乱七八糟的杂音。我骑着自行车，去学校给学生们上课。就在快到学校大门口的时候，一辆汽车突然从里面飞速地驶了出来，我的眼前亮亮地闪了一下。

撞死我的那个人叫夏冬冬，一位年轻的教授，曾经也是我的一名学生。

四叔，这以后，我回过一次家乡，知道景顺也于几年前不在了。

跟四叔走吧。

四叔，我在这里等你。

等我?

再过几十年，你不还得回来么？不管你混得好坏，你不都得回来么?

说得倒也是。

四叔是在傍晚时分离去的。

河水呜咽着。到了对岸以后，我就渐渐地看不见他的身影了。

四叔，祝你好运，愿人世间的好运能够眷顾于你。

二〇〇七年四月二日写毕，五月十五日改定

编后记

除了另外三部长篇小说以及部分短篇小说由于版权等原因未能收入外，这次编辑出版的作品系列囊括了我目前面世的全部作品，共计有长篇小说六部、中篇小说四十四部、短篇小说三十七部。在各册的编排上，力求和谐。不过，因篇幅字数的差异，有时又确难做到内容与风格上的高度一致甚至相近，如此，同一册之中，有时会有完全不同面目的作品并存。阅读一本风格内容相近的书犹如在一个熟悉宁静的地方漫步，反之，则如同在同一座山上浏览四季；对于阅读者来说，很难说哪一种方式更好。也许，这中间并不存在可比性。此外，部分篇章中偶有另造之词句，我视之为自己之词句，更视之为一个写作者对于语言、对于表达所做之努力或曰贡献。我不喜并厌恶被无数人咀嚼过无数遍的词句及语言，故在与各册编辑商榷后，使它们得以保留。保留它们，也意味着保留了我之所思所想，更是一次与它们生离死别之苦痛的避免。

这套作品系列，贯穿了我迄今为止的写作生涯，从最早到最近。

感谢此系列最早的策划者续小强、孟绍勇二位青年才俊，感谢北岳文艺出版社，感谢北岳文艺出版社众位编辑朋友在此系列的编辑、校阅、出版过程中付出的大量艰辛的劳动和努力，她们认真、求真、严谨细致的工作作风和编辑精神给我留下了深刻难忘的印象，也使我深为感动。

吕　新

二〇一七年十月二十四日